Los deseos y su sombra

Ana Clavel

Los deseos y su sombra

ALFAGUARA

LOS DESEOS Y SU SOMBRA
D. R. © Ana Clavel, 1999

ALFAGUARA M.R.

De esta edición:
D. R. © Aguilar, Altea, Taurus, Alfaguara, S. A. de C. V., 1999
Av. Universidad 767, Col. del Valle
México, 03100, D.F. Teléfono 5688 8966
www.alfaguara.com.mx

• Distribuidora y Editora Aguilar, Altea, Taurus, Alfaguara, S. A.
  Calle 80 Núm. 10-23, Santafé de Bogotá, Colombia.
• Santillana S. A.
  Torrelaguna 60-28043, Madrid, España.
• Santillana S. A.
  Av. San Felipe 731, Lima, Perú.
• Editorial Santillana S. A.
  Av. Rómulo Gallegos, Edif. Zulia 1er. piso
  Boleita Nte., 1071, Caracas, Venezuela.
• Editorial Santillana Inc.
  P.O. Box 19-5462 Hato Rey, 00919, San Juan, Puerto Rico.
• Santillana Publishing Company Inc.
  2043 N. W. 87 th Avenue, 33172, Miami, Fl., E. U. A.
• Ediciones Santillana S. A. (ROU)
  Constitución 1889, 11800, Montevideo, Uruguay.
• Aguilar, Altea, Taurus, Alfaguara, S. A.
  Beazley 3860, 1437, Buenos Aires, Argentina.
• Aguilar Chilena de Ediciones Ltda.
  Dr. Aníbal Ariztía 1444, Providencia, Santiago de Chile.
• Santillana de Costa Rica, S. A.
  La Uraca, 100 mts. Oeste de Migración y Extranjería, San José,
  Costa Rica.

Primera edición: junio de 2000

ISBN: 968-19-0615-2

D. R. © Diseño: Proyecto de Enric Satué
D. R. © Diseño de cubierta: duna vs. paul
D. R. © Fotografías de cubierta: Rubén Pax

Impreso en México

Índice

A mis padres

Deseos que traen en la cola al azar

I

Cuando Soledad salió del jarrón y descubrió que nadie podía verla, se le ocurrieron ideas disparatadas: tan pronto se metió a la Librería Francesa para llevarse un libro de fotografías que desde hacía años quería tener, como se paró frente a un policía gordo que dirigía el tráfico en Reforma y se puso a insultarlo. El policía buscó a su alrededor; miró con suspicacia los semáforos, los automovilistas, las nubes pero al no encontrar al responsable de las voces, terminó por pedir ayuda a un compañero. "Ya me cargó el diablo, le dijo, llévame a un hospital."

Mientras los uniformados se alejaban en la patrulla, Soledad se miró a sí misma plantada sobre el camellón de Reforma. Ni una pizca de sombra se escapaba de sus talones. Entonces pensó en Lucía y en las palabras que le dijo cuando la invitó a seguirla adentro del jarrón: "Se trata de tu deseo más secreto. Anda, vamos juntas." Y como Soledad tenía una larga historia con los deseos le brillaron las ansias pero dudó: los deseos eran monedas extrañas que, una vez lanzadas al aire, se cumplían conforme a designios secretos y desconocidos hasta para quien los formulaba. Por eso sintió curiosidad y quiso saber a qué se refería Lucía con aquello de su deseo más secreto. Sólo había que decidirse a saltar: después de todo, ¿qué tanto podía perder si se sentía perdida? Todo podía ser ahora tan sencillo: dar un brinco al interior del jarrón chino, como cuando Lucía y ella eran niñas, cruzar el laberinto de paredes rojizas y alcanzarla antes de que se adentrara en el sueño del dragón que dormía en su centro.

Por eso cuando salió del jarrón y descubrió que nadie podía verla, sin una pizca de sombra que se escapara de sus talones, creyó que habitaba una de las historias que desde niña le gustaba contarse... O quizá todo se debiera al sol, que se hallara en su punto más alto y ningún cuerpo tuviera sombra. Pero no, un sol oblicuo caía sobre la Ciudad de México, en una de esas tardes de transparencia luminosa que cada vez se volvían menos frecuentes. Soledad miró a su alrededor; aletargada, la avenida Reforma bostezaba durante el intervalo de un semáforo. A su izquierda la columna dorada del Ángel, como una espiga que tocara el cielo; a su derecha, en lo alto de un cerro, el Castillo de Chapultepec. Frente a ella, los hoteles de lujo y los edificios más modernos de la zona. Pero por más inaccesibles que fueran unos y otros, mientras durara aquel sueño, sólo bastaría con franquear los sitios prohibidos, hacer a un lado los cordones, las vallas, las puertas clausuradas o simplemente estirar la mano y tomar lo que deseara. La invadió una sensación de plenitud. Recordó que aún traía el libro de fotografías consigo. Un libro para mirar las nubes... Se disponía a hojearlo cuando terminó el bostezo y el tráfico y el deambular de la gente se reanudaron. Un muchacho de lentes tropezó con ella y Soledad soltó el libro de fotografías que fue a caer en el arroyo de autos.

Uno tras otro, los automóviles que circulaban por Reforma aplastaron el primer hurto de Soledad. Cuando hicieron una pausa, la muchacha pudo cruzar y levantarlo. Lo puso, maltrecho, en una de las bancas de cemento mientras intentaba entender lo que había sucedido. No tuvo mucho tiempo para pensarlo pues un hombre que vestía un gabán sucio y desfondado, con un listón rojo y blanco alrededor del cuello, se sentó en la banca y tomó los restos del libro entre sus dedos de uñas largas y grises.

—Te digo que te calles, Francisca —dijo repentinamente el hombre—. Este libro no es de nadie y mucho menos tuyo; yo me lo encontré primero.

—Tómalo —respondió Soledad sólo por ver qué hacía el hombre—. Te lo regalo.

—Gracias —contestó el otro para luego ensalivarse los dedos y comenzar a hojearlo. De pronto cerró el libro y volvió el rostro hacia la joven—. Sí, ya sé que tienes hambre pero al menos podrías esperar a que termine, ¿no te parece?

—No, no tengo hambre —respondió ella.

—A mí no me engañas, tienes hambre y por eso te gruñen esos gatos que llevas dentro. Pero no me voy a levantar hasta que no lo reconozcas. Si nuestro señor Jesucristo reconoció "tengo sed" cuando estaba clavado en la cruz no veo por qué tú no vas a admitir que tienes hambre.

—Está bien —aceptó Soledad que no recordaba cuándo había probado alimento por última vez.

El hombre levantó la nariz con dignidad. Su mirada se dirigió hacia un joven que se acercaba empujando un carrito de helados.

—Así me gusta, Francisca... Estas fotos son exquisitas —ahora señalaba las páginas del libro—, pero, claro, tú no las entenderías. Ya te veo diciéndome: "Qué exquisiteces ni qué ocho cuartos. Éstas no son más que fotos de nubes..." A ti que te hablen de la Adoración Nocturna, pero de otras obsesiones, nunca. Algodón de nube, nieve de nube, raspado de nube... Pero acuérdate que las nubes también son obra de Dios nuestro señor.

Y sin esperar más, el hombre corrió hacia el carrito de helados. El muchacho que lo conducía tardó en reaccionar. Para entonces, el hombre había levantado la tapa y sacado un puño de paletas y esquivaba a paseantes y oficinistas, en fuga declarada. Soledad estuvo a punto de gritarle: "Regresa, acá estoy", pero el hombre ya se perdía en la dirección contraria.

Merodeó un rato por la zona. Conforme anochecía el flujo de transeúntes aumentaba. Soledad los rehuía por costumbre, a pesar de que había momentos en que debía encararlos. Entonces sucedió algo inusitado: la gente comenzó a chocar con ella, la empujaban, la golpeaban y jaloneaban como si el espacio que ocupaba en el aire no le perteneciera. Tuvo que saltar al escalón de una tienda antes de que el remolino la tragara y no intentó moverse sino hasta que el flujo amainó. Mientras esperaba, miró en la acera de enfrente a un grupo de pordioseros, sentados en plena calle. La mayoría de la gente pasaba sin mirarlos y muy pocos se detenían a arrojarles una limosna: o bien los rodeaban a fin de no pisarlos o de plano los evitaban, pero en todo caso era evidente que les hacían un sitio en la calle.

Confundida, apenas pudo, echó a andar. No muy lejos encontró las puertas abiertas de un cine. El hombre de los boletos ni siquiera se inmutó cuando pasó frente a él. La película ya había comenzado. En la oscuridad buscó un sitio alejado en la primera fila y se sentó extenuada. Pero la cinta no le interesaba. Tras unos minutos de descanso comenzó a mirar hacia la gente. Trataba de indagar la manera en que ese público silencioso observaba y se concentraba en una escena. Tal vez si se parara en el centro del escenario no podría evitar mirarla. Subió unas escaleras laterales y se colocó a mitad de la pantalla; esperó unos segundos creyendo que el sueño terminaría. Pero no, ni rechiflas, ni gritos, ni abucheos. ¿De verdad estaba sucediendo aquello? Se miró las manos y el cuerpo, incrédula de que las miradas pudieran ver a través de ella. No pudo evitar sentirse desprotegida, como si las decenas de miradas que la traspasaban tuvieran la capacidad de hurgarla, de penetrar esa intimidad que, ahora lo sabía, resguardaba la piel. Miró hacia la pantalla, una cascada de imágenes se le vino encima. Soledad sintió que se ahogaba en ellas, que la arrastraban todavía más a esa caída adonde sus pies, de pronto, dejaron de encontrar límite.

Debió de perder el conocimiento porque cuando abrió los ojos el cine estaba vacío. Salió a toda prisa, sin importarle que al empujar la puerta una señora del aseo rodara por el piso. Siguió corriendo hasta llegar a Reforma; aturdida, levantó la cara hacia el poniente. Fue entonces cuando descubrió el Castillo de Chapultepec iluminado y en la punta de su torreón el recuerdo de aquel niño héroe que se había arrojado envuelto en la bandera nacional. Soledad recordaba también haber oído que todo aquello eran puros cuentos, la necesidad de un país de inventarse una historia admirable y prodigiosa. Como fuera, el torreón del Castillo de Chapultepec le pareció un faro en aquellas tinieblas que comenzaban a atemorizarla.

II

Subió la rampa y llegó al Castillo de Chapultepec corriendo. Así, con la velocidad, dejaba de pensar y de sentir. Se convertía en una ráfaga más de viento. Cuando estaba a punto de cruzar los jardines exteriores del Castillo, la detuvo un penetrante olor a zacate quemado. Un par de soldados se agazapaba entre las columnas de la pérgola. Fumaban mariguana y la brasa del cigarro les iluminaba alternativamente los rostros. Soledad comenzó a toser.

—Órale, mano —dijo uno de los milicos—. Hasta pareces novato.

—Si yo no he dicho nada, cabrón —respondió el otro.

—Pues por eso, pero la tos te delata.

—¿Cuál tos?

Soledad carraspeó hasta aclararse la voz.

—Pues ésa, ¿no la oyes?

—A mí se me hace que ya se te subió el zacatito.

—No, cabrón. Oí una tos aquí cerquita. Mejor apaga eso y echamos un vistazo.

Se acercaron a donde estaba Soledad. Avistaron hacia uno y otro lado sin conseguir ver nada.

—¿Ya ves? Puro pinche alucine —comenzó a decir el soldado que no había escuchado toser a la muchacha—. Si esto te pasa con mota, ¿cómo te pondrás con unos champiñones?

A la luz de los arbotantes que rodeaban el Castillo, Soledad descubrió los rostros jóvenes y mestizos de los dos militares. Se acercó al que acababa de hablar y, sin pensarlo, le puso una mano en el hombro. El muchacho giró la cabeza instintivamente pero, al encontrar sólo el vacío del aire, se quedó rígido. Tras unos segundos, se atrevió a decir.

—¿De dónde sacaste esta mariguana, cabrón? Está bien pegadora. Ahora sí que yo también estoy alucinando.

Soledad observó que por debajo de la sombra del casco una gota de sudor se escurría por la cara del muchacho. Quitó entonces la mano de su hombro y, con el dedo índice, recorrió aquel rastro de sudor nervioso. El muchacho tembló al sentir la caricia.

—No me lo vas a creer —dijo en voz baja.

El otro soldado se volvió a verlo con interés.

—Debo andar muy loco —admitió por fin—, porque ya estoy imaginando que me acaricia una morra.

III

Le decían el Caballero Alto y resguardaba el Castillo. En el Castillo habitaban un rey azteca, una emperatriz demente y una loba. El Caballero Alto,
montado en su atalaya, los protegía de la ciudad
inclemente, de los cielos contaminados y la poca fe
de los visitantes que creían que aquello era un
museo... No, no.

El Caballero Alto era un gigante de piedra que
resguardaba el sueño de una princesa convertida en
montaña... Tampoco, además ésa es otra historia.

El Caballero Alto era el nombre del torreón del
Castillo... Mucho menos.

El Caballero Alto fue una vez un hombre a quien
le concedieron un don maravilloso: ver cumplidos
todos sus deseos... Sólo que sus deseos eran semillas extrañas, germinaban secreta e inexplicablemente, tal vez por eso traían enredado en la cola
al azar.

IV

Para cuando consiguió montarse en el Caballero Alto,
la ciudad despertaba, perezosa, en el valle: estiraba
los brazos de humo de sus fábricas, contoneaba las
piernas de sus avenidas, se arrebujaba de nuevo en
las cúpulas de sus iglesias. Soledad, pasmada, tuvo
que restregarse los ojos para que aquel espejismo no
se desvaneciera. Advirtió entonces que el aire resplandecía con una transparencia que borraba todas las dis-
tancias: el Cerro de la Estrella, la Catedral, la Torre de
Rectoría, la loma alta de Las Águilas se podían tocar

con sólo extender la mano. Respiró profundo: la ciudad le cabía en los pulmones. Qué lejos todo aquello que la había llevado a desear borrarse, desaparecer, a que otro tomara las riendas de su vida y decidiera por ella. Pero esos sentimientos no eran nuevos como tampoco eran recientes los deseos que inspiraba: en realidad, los había venido atesorando desde la muerte de su padre —o incluso desde antes.

Ahora caminaba por las cornisas del Caballero Alto sin temor a la caída, se colgaba del asta donde cada fecha solemne tremolaba una bandera tricolor, y se sentía ligera e inmune porque nadie podía verla. Era como si hubiera vuelto a ser niña, cuando el mundo eran sus propios pasos y Sol —así le decía su padre— podía viajar con la vida colgada como un sombrerito a la espalda y entrar en los roperos o brincar las luces de los anuncios luminosos. O sentarse en el caballo de las piernas de Javier García y galopar un sinfín de historias. En una de sus preferidas, se apeaban del caballo para subirse a un tren. Se dirigían a Oaxaca, el lugar de origen de Javier García. En el camino su padre se acordaba de que ese día era el cumpleaños de Soledad y le pedía al maquinista que se detuviera en la primera tienda de juguetes que encontrara. Estaban a punto de dejar atrás una grande y bien surtida, cuando el maquinista accionó el freno de emergencia a riesgo de que los vagones se estamparan unos con otros. El enfrenón no tuvo mayores consecuencias: los pasajeros sólo se encaramaron sobre los que estaban enfrente, unas señoras de sombrero de red dejaron besos cuadriculados en los sacos de sus acompañantes, un niño lloró porque el helado se le había escapado hasta la niña del vagón siguiente. Soledad sonreía con la bola de helado inflándole los cachetes mientras Javier García la llevaba de la mano a ver juguetes. Entraban a la tienda. Una pared cubierta de muñecas y muñecos se le vino a Soledad encima cuando él apremió: "Rápido, escoge uno." Escogió una muñeca vestida de oriental. Con la muñeca entre los brazos, Sol subió al tren para continuar un viaje para siempre eterno por las vías de la memoria.

Así empezó a construir un mito propio: su padre capaz de detener al mundo para realizar sus deseos. Y cuando se tuvo que morir —porque podía parar el mundo, pero no detener a la muerte— le dejó las historias y aquel don de los deseos que entonces ella no conocía del todo.

—Quiero que sepas —le dijo Javier antes de que se lo llevaran al hospital— que los deseos siempre se cumplen. Alientan la vida o la destruyen. Son como una llama que llevamos dentro. No dejes que esa llama te apague nunca.

Los deseos. ¿Qué podía ser eso? Después lo supo: a su fuente de los deseos le pusieron una sábana blanca y la sepultaron tres metros bajo tierra.

Soledad se quedó en blanco. Después del sepelio, regresó con su madre y su hermano a la casa de los portales. Pero Carmen lloraba todo el día y cuando ella se acercaba sólo atinaba a decirle: hazle caso a tu hermano, ahora él es el hombre de la casa, las niñas no hablan cuando están entre mayores, quietecita como una muñeca de porcelana: si se mueve se rompe. Sol se quedó quieta: ella tampoco quería moverse más. Pero adentro la llama chisporroteaba negándose a morir. Una tarde —su madre lloraba menos, su hermano Luis había salido a jugar futbol con otros muchachos de la calle—, descubrió la muñeca que su padre le había regalado escondida en aquel jarrón chino que se hallaba en el descanso de la escalera. Entonces la llama la devolvió al viaje en tren y a su padre diciéndole como un genio: "Rápido, escoge uno."

V

Hablaban poco entre ellos. Creían que si se acercaban, toda la fortaleza se resquebrajaría, como la casa que se desmoronaba en una de las historias que por entonces comenzó a leer Soledad. Había muchos libros en el despacho de su padre. Carmen, con tal de verla tranquila, la dejaba tomar uno y otro. Así Soledad se topó con historias y mitos como los que le contaba Javier García por las noches. En todos ellos, detrás de cada héroe y de cada proeza, palpitaban los deseos. Entonces recordó las palabras que le había dicho papá antes de morir, aquello de que los deseos siempre se cumplían, y se preguntó si alguna vez ella había deseado su muerte.

Su madre, en cambio, no leía ni salía de la casa más que lo estrictamente indispensable. Le llevó años perdonar a Javier García el haberse muerto. Contemplaba a su hijo Luis, miraba a Soledad y venía a su mente la lista de quince pretendientes que tuvo antes de decidirse por él. Soledad recordaba haber visto el rostro de fascinación de su madre ante la sonrisa de Javier cada vez que se salía con la suya, que era siempre. "Eres un ladino", bromeaba Carmen cuando lo veía atender lo mismo al jefe sindical de los cañeros que a la esposa del director del Departamento de Asuntos Agrarios. Quizá porque al final no se había salido con la suya y la muerte lo había vencido en un acto que ella interpretó como una traición (una deficiencia renal que se había venido incubando desde antes de que se conocieran), o quizá porque se arrepentía de amarlo, de haberse dejado seducir por su imagen de fortaleza que contendría la tacita de cristal que era ella, amenazada con quebrarse ante el más pequeño rumor, quizá por eso y por la lista de quince pretendientes, fue que Carmen García se refugió en el rencor. Para ella, todo lo peor de este mundo se colaba como polvo en los objetos, muebles y personas que habitaban la casa de los portales. Luis por lo menos se escapaba a ratos de las cenizas en que Carmen y Soledad se sepultaban a diario, cuando una acababa de hacer sus pasteles porque la pensión no era suficiente y la otra sus tareas de la escuela, y cada quien se dirigía a su cuarto a sumirse en la tristeza. Luis, en cambio, era amigo de los grandes de la cuadra y a menudo jugaba con ellos futbol. A Carmen no le gustaba que se juntara con tanto vago (como se refería a Miguel Bianco y a los otros muchachos que lo mismo festejaban porque ganaban los Pumas de la Universidad, que porque el tío de uno de ellos perdía un concurso de aficionados de la XEW), pero finalmente cedía al pensar que los hombres eran hombres y que ahora Luis, de alguna manera, era el hombre de la casa. Luis no tenía la sonrisa de su padre, pero en cambio hacía gala de un gesto hosco y reservado que Carmen interpretó como buen juicio y virilidad. Ésta fue la razón por la que su madre le consultó a Luis qué pasteles se venderían más, si los de leche o los de moka; si sería conveniente introducir al mercado de la colonia los famosos "suspiros" que le habían dado renombre en Pinotepa (no sólo por los que arrancaba en su pueblo natal a los cada vez más numerosos clientes de su puesto de panadería habilitado en la ventana de la sala familiar, sino por lo bien que le quedaban esas golosinas); también le consultaba si no convendría darle a Soledad un jarabe de col y epazote para el susto porque tenía cara de espantada, o si no sería más prudente recluirla en un colegio de monjas que tenía internado. Por fortuna, Luis no resultó tan errado en sus consejos: sugirió los pasteles de moka porque eran los que le gustaban a él (y en verdad se vendieron mucho más); desechó la idea de los "suspiros" porque él tendría que proponerlos de puesto en puesto (y por cierto, hicieron una prueba y los "suspiros" de Pinotepa eran demasiado empalagosos y caseros para el gusto de la capital); también recomendó el jarabe porque él no era quien se lo iba a tomar (que del susto no le quitó nada a Soledad pero sí la hizo echar una lombriz de treinta centímetros que según Carmen le estaba chupando el alma); y por último, aconsejó a su madre que dejara a Soledad en casa. De todos modos visitaron el colegio de monjas. La madre superiora le regaló un dulce y le pidió que saliera al jardín. Afuera, los minutos no pasaban, en realidad eran horas babeantes y viscosas que se eternizaban en el mismo lugar. Unas niñas la invitaron a subirse a los columpios. Soledad aceptó y se olvidó de por qué estaba allí. Cada vez más alto, el columpio y su alegría subían hasta los cielos. De pronto miró hacia abajo. Su madre y Luis se acercaban a la salida. Se bajó en pleno vuelo. Cayó y rodó, se golpeó y raspó, pero les dio alcance.

—Tontina, ¿a qué esas lágrimas? —le dijo su madre a Soledad cuando iban en el taxi de regreso—. ¿No te he dicho que las niñas deben estar sentaditas, calladitas y obedientes? Bien te mereces que te interne para que esas santas de la obediencia te dobleguen.

Soledad miró a Luis. Su hermano leía una revista del Hombre Araña que le había prestado el chofer. Envidió su aplomo, su reserva, ese aire de gente mayor con que cruzaba la pierna y se concentraba en lo que estaba haciendo. Le agradeció de corazón que hubiera dejado la revista para interceder por ella:

—Te lo dije, mamá. Estos internados son muy caros.

VI

A Soledad le gustaba contarse historias. En el piso de la sala, cada dos o tres mosaicos, aparecía un azulejo con dibujos. Ella caminaba por las junturas de los mosaicos como si se tratara de una cuerda floja, se topaba con un azulejo, inventaba una historia y así pasaba del molino de viento que cantaba, a la pareja que veía pasar las aguas de un río, a los rostros de una mujer y un niño, a un hombre de barba luciferina al que siempre prefería evitar. No tenían televisión, ni compraban el periódico; sólo cuando Luchita iba a hacer la limpieza y encendía su radio de comerciales y novelas, Soledad se enteraba confusamente de que *Martín Cadena le daba un Ariel a su novia para lavarle las Olimpiadas que llegarían como golondrinas blanqueadoras del campirano norte*. Pero Luchita no siempre estaba ahí. Cuando algún descuido llevaba a Soledad hasta un mosaico con un hombre barbado, sobrevenía la historia de Lucía, una niña a la que castigaban encerrándola en el fondo oscuro de un jarrón; como no le echaban comida, ella raspaba las paredes de la olla y se comía el barro convertido en polvo. "Pide perdón o no te sacaré de ahí", le gritaban. La voz retumbaba entre las paredes curvas y el eco hacía correr a la niña y perderse en los laberintos del jarrón. Entonces las palabras chocaban unas con otras y le decían mensajes confusos: *edipo nó drena te saharé de ací, para casa pide paredón, hipo no tarda ni rondón, pide orden o césar date eahí, casarte he í no dire dondé papeó*. Exhausta, cuando se acercaba al centro del laberinto, Lucía escuchaba de nuevo cómo el mensaje casi se recomponía del todo: *pide perdonón o te sacaré de ahí*. Una luz rojiza vibraba tras la última pared del laberinto. Lucía no dudaba en continuar. Las fauces abiertas de un dragón chino aparecían ante ella como la única salida. Lucía se dejaba comer por la bestia. Lejos de pasarla mal, sonreía triunfante en las entrañas del dragón. Sus perseguidores, ante la imposibilidad de seguir castigándola, se arrancaban, furiosos, los dientes.

La historia de Lucía era capaz de dejar a Soledad a oscuras en la sala de la casita de los portales durante horas. Una vez que caía bajo su influjo, bien podía tocar el timbre un vendedor de baterías para el hogar, arrojar los amigos de su hermano una pelota sobre las tejas de la covacha del jardín, llegar Luchita para darle de merendar cuando a Carmen se le hacía noche, sin que ella misma pudiera salirse del jarrón.

Las historias de los azulejos cambiaban y se complicaban. En la oscuridad de esas horas, surgían los retratos de Carmen colgados de las paredes. Pocas veces se habrá visto a una mujer a la que una diadema natural de bugambilias coronara tan excelsamente. Soledad sabía que eran fotos de su madre antes de casarse, pero ella nunca la había visto así. Sus recuerdos se la devolvían con gestos sombríos, como si un velo opaco le cubriese el rostro, y de aquella belleza de la cual daban testimonio los retratos de la sala, sólo se conservara una mala copia. Un día, mientras Carmen llegaba de surtir sus pasteles, el hombre de barba luciferina le revelaba a Soledad que su verdadera madre estaba atrapada tras los vidrios de aquellas fotografías (que en realidad eran ventanas de un castillo). Pero eso no era todo, agregaba el hombre, la que se hacía pasar por su madre era la culpable de que Lucía hubiera tenido que refugiarse en las entrañas del dragón.

Te creo-no te creo, saltaba Soledad en un pie sobre el azulejo del hombre barbado. Finalmente se decidía: No te creo. "La prueba tú la has visto y está sobre el buró de noche...", le respondía el hombre. Soledad corrió escaleras arriba rumbo a la recámara de Carmen, en busca de un vaso con un petrificante no-deseo. Una vez en el cuarto, dio unos pasos en la oscuridad y encendió la luz. Instintivamente, cerró los ojos. Una lluvia de arena rojiza inundó el interior de sus párpados. Al abrirlos y buscar el buró, surgieron ante ella, remojados en agua, unos dientes blanquecinos y culpables.

Comenzó a temblar toda. De modo que el hombre barbado tenía razón. Soledad siempre había tenido dudas respecto a su madre, pero ahora... Ahora el hombre barbado reía a carcajada batiente y ella estaba sola, en una casa que era un calabozo, donde la habían escondido para que su padre —que estaba vivo— no pudiera encontrarla. Sintió que se ahogaba, ahora que sabía la verdad las paredes de su prisión se habían acercado hasta arrinconarla. De seguro, Lucía era más libre en su jarrón.

Un fulgor rojizo, como ése que surge cuando intentamos ver el interior de nuestros párpados, le señaló el camino. Soledad se adentró en aquellos pasadizos y el asombro se fue tragando sus pasos y la tristeza. De modo que los deseos se cumplían. Sólo había que recorrerlos por el sendero adecuado.

—¿A dónde te habías metido? —le preguntó su hermano apenas Soledad abrió los ojos.

—¿Y Lucía? —preguntó ella reconociendo que ya no estaba en el jarrón. Luis frunció el ceño.

—De modo que estabas jugando a las escondidas con una de tus amigas... Qué susto nos diste. Mamá habló a la policía y acaban de llegar.

Soledad escuchó voces en la planta baja. Y pensar que todo ese revuelo era por ella. Terminó de salir del jarrón ayudada por Luis que le tendió la mano para saltar. No podía creer que un simple deseo pudiera causar tanto barullo.

—Y nosotros que ya te dábamos por muerta y desaparecida... —dijo Luis—. Lo malo es que ya vinieron los policías y tendrán que llevarte presa por falso testimonio.

VII

Duerme que vela encendida. Tu luz irradia claridades de ensueño. Estoy aquí, pero no sé dónde. Escucho pasos que vienen hacia mí. Entonces huyo. Un jardín desbordado me esconde entre alhelíes y banderas y hojas-lanza de lirio. El cuarto del jardinero emite una vaga luz. Quiero entrar pero un candado me lo impide. Una ventana lateral me obliga a ponerme de puntas para alcanzarla. Desde ahí, observo al jardinero de espaldas que engrasa una podadora. Sus dedos se deslizan sobre las aspas sin cortarse. Un temblor me sacude las rodillas mientras el hombre hurga el interior del artefacto. Saca rondanas, mete tornillos, pequeños muelles saltan libres y al final la podadora escurre aceite por todos lados. El hombre echa un vistazo antes de salir: tengo que agacharme para impedir que me vea. Por fin se acerca a la puerta. Su cabeza roza el marco: tan alto y grande es. Lo sigo hasta el interior de una casa inmensa. Lleva manchas de grasa en los pantalones y de una de sus manos cuelga una gota de aceite. Subo escaleras tras él; en silencio, me confundo sombra en sus huellas. En el descanso de las escaleras un jarrón chino tiene atrapado a un dragón. Su bocaza es oscura como mi cuarto a solas por la noche cuando los cocodrilos reptan bajo las camas. O a lo mejor son dragones diminutos, lagartijas o salamanquesas con su doble maldición: si tocas su transparencia te perseguirán durante el día y también durante el sueño. Yo no he tocado ninguna con la mano. Pero los ojos también tienen tacto. Como los ojos del dragón que nada en el mar de sangre donde se halla aprisionado. Dicen que no es necesario darle de comer, pero yo sé que está vivo. Por eso arrojo pedazos de carne de la comida en su vientre oscuro. Por eso también estoy aquí, sin poder moverme, en esta oscuridad de la que mis ojos se alimentan y desde donde puedo ver al jardinero llegar al piso de arriba. No se lo ha propuesto, pero me ha abandonado a los ojos acechantes del dragón. Quiero escapar, bajar las escaleras a saltos antes que sea demasiado tarde. Inútil. En vano. Las pupilas del dragón se abren como ojos de cerradura y husmean la habitación adonde ha dirigido sus pasos el hombre. Noche luminosa de los cuerpos que se palpan y conocen y crepitan y se maceran implacables. Ahora sí sé dónde estoy. Puedo ver con mis manos restos de carne reseca y digerida, y salamanquesas de oscura transparencia. Aquí, aprisionada en el vientre lujurioso del dragón.

VIII

Conforme pasaban los minutos, Soledad iba pareciéndose más y más a las nubes: tan pronto veía aquella ciudad de espejos a sus pies y se iluminaba con una alegría súbita y plena, como se le cruzaba algún recuerdo por el alma y se ensombrecía en una penumbra cargada de humedad y tristeza.

O podía parecerle una bendición desafiar el vacío desde el torreón del Castillo, sintiendo, como nunca, que su vida y sus deseos le pertenecían.

Pero bastó que una pareja se paseara por los jardines interiores al pie del Caballero Alto, que el muchacho mirara los ojos de la chica con esa vehemencia del que quiere despertar para seguir soñando, para que, a su vez, Soledad se preguntara si de verdad aquello que le había pasado era un don. Se sintió sola y perdida. Miró el cielo y luego el bosque que rodeaba el Castillo guareciéndolo en un sueño otoñal. Más allá, la torre triangular de Tlatelolco y la estación de trenes le recordaron, de nuevo, a su padre y, después, a Miguel Bianco, vencedor de epopeyas y soldados. Pero para llegar hasta Tlatelolco debía detenerse en una parada previa: su amiga Rosa Bianco. Abordó el tren de la memoria porque algo como una extrañeza o melancolía le hizo pensar que tal vez en el pasado encontraría una respuesta.

IX

Soledad no podía entender por qué a ella y no a los otros u otras. Vidas cruentas, tortuosas, difíciles abundan que siempre hay uno más roto que la descosida, de donde se colige que esto de la vida es una labor del deshilván. Aunque también es cierto que es uno mismo, con sus tejidos ralos y compactos, dicen, quien dibuja el perfil de su propia sombra. Pero el pasado de Soledad, la suma y la resta, multiplicación y división de factores, no los inventó ella, o no del todo. Por eso es que para saber qué camino seguirían sus huellas sin pasos, recurre al pasado y husmea entre sus recuerdos —verdaderas instantáneas fotográficas— antes de que, como ella misma, terminen por velarse. Lo prodigioso de estas instantáneas es que a pesar del polvo y lo amarillentas basta con que se acomoden en ese ojo especial de la memoria para que las imágenes fijas se sucedan una tras otra. Fotograma tras fotograma una escena se ambienta ahora. Hay un edificio de ladrillos donde vivía la amiga de Soledad, Rosa Bianco, a media cuadra de su casa; en él, largos pasillos comunican unos departamentos con otros, y entre piso y piso, muchas escaleras. Soledad rectifica el encuadre: una escalera, la que conducía al departamento de Rosa. Pero esta escena, donde aparecerán una niña que es Soledad misma y un hombre que siempre será Desconocido, se originó en exteriores, una miscelánea, la calle, la mirada cruzada entre dos que se reconocieron, una veloz historia de seducción y escarceo que condujo al hombre y a la niña al cubo penumbroso de la escalera que a su vez conducía al departamento de Rosa con quien esa niña solía jugar un lenguaje de labios y manos que casi siempre la conducían al rincón oscuro de un clóset donde era más fácil refugiar la culpa.

Pero el punto de partida era la escalera. Con la escasa luz, Sol enfoca las siluetas dispares de esta niña y este hombre que se inclina para susurrarle algo al oído y al mismo tiempo besarle la mejilla, que levanta el faldón de su vestido de por sí muy corto, e introduce una mano (en realidad, menos húmeda que el mullido colchoncito que guardan los calzones de la niña).

Antes de continuar (se agolpan el semblante excitado del hombre, los ojos brillantes de la niña, las monedas plateadas que el hombre le ofrece), Soledad se resiste a creer del todo que esta escena sea determinante. A ver, se pregunta a solas con su sombra, ¿cuántos no han tenido que boquear desesperados en las grutas del sexo? ¿A quién le resulta fácil esa angustia por lo propio desconocido? ¿Quién no es juguete del deseo de los otros? Y, sobre todo, ¿quién no goza siéndolo? ¿O acaso no fue esto lo que les pasó a Soledad y al Desconocido cuando, más allá de un juicio basado en la diferencia de edades que lo incriminaría a él, fue ella la que le señaló el camino para que la siguiera, para que después, frente a sus piernas, y luego, él frente a las suyas, la iniciara en el goce de su cuerpo, presagiado desde aquella mirada en la miscelánea?

Bueno, también pesaron las monedas que una a una el hombre le entregaba a la niña como para guardar las apariencias, su honra de pervertidor a todo trance. Y pesaron más las monedas porque esta niña deseaba comprar un regalo para su amiga Rosa Bianco que, en los últimos tiempos, prefería jugar con sus vecinas Ángeles. ¿Qué clase de regalo?

Rosa Bianco deseaba unas zapatillas de ballet que obtuvo y por partida doble. Las monedas que Soledad consiguió del Desconocido se sumarían a las monedas de recreos de abstinencia y a las que subrepticiamente, Sola —como le decía su amiga— comenzó a extraer de los perdedizos monederos de mamá.

Pero la historia de las zapatillas sucedería después con su dosis de desilusión inevitable. Antes están las instantáneas de la escalera y de las hermanas Ángeles.

Lección de nubes 1

Ignoro cómo se fabrica la piel de los secretos. Ante mí un hombre mayor se vuelve para comprobar mi sometimiento. Lo sigo hasta el cubo de oscuridad de un edificio abandonado. Antes de entrar en la penumbra me detengo: alguien grita mi nombre con la angustia de un presentimiento. Los ojos del hombre brillan entonces en la oscuridad en que se ha internado. Una moneda llamea en una de sus manos, invitándome. Doy un paso y mi nombre vuelve a escucharse. El hombre me muestra una moneda más grande y luminosa que lo convierte a él en un espectro plateado. Descubro lo que ya sabía desde la primera mirada cómplice: la misma sonrisa que lo vence todo. No es el original pero se le parece con la imprecisión de una vieja fotografía en sepia. Hilos de araña, inexorables, me atraen hacia él. Atrás, en la luz, queda mi sombra escuchando el último grito de un nombre que me es lejano ya.

Ambas monedas me son conferidas. En mis manos irradia la luz oscura de un secreto. El hombre me mira pero no me ve: sólo ve su propio deseo. Los pelillos de su bigote me hacen cosquillas pero las monedas en mis manos son parte de un trato. Me toca por primera vez. En la piel arrasada va quedando la huella de un temblor sollozante. Quieta, quietecita mientras el hombre retira la ropa —el vestidito rojo, los calzoncitos de holanes hasta dejarlos en los tobillos— para jugar un deseo. No soy pato pero nado en humedad, no tengo ojos de vidrio pero estoy junto a una ventana donde todo se ha vuelto recuerdo. La lluvia que cae afuera no logra refrescarme. Otra vez me buscan los labios del hombre, su boca pilosa que busca mi aliento cortado para hacerlo más cachitos. Ignoro por qué sus manos tienen tantos dedos en forma de alfiler, y por qué el dolor de sentirme traspasada es algo que tiene poco que ver con el dolor. Toda muñeca soy. Inmóvil, esperando en una estación oscura a que el hombre termine de fabricar en mí un túnel. Se aproxima con su sonrisa resplandeciente que rompe la oscuridad como antes las monedas en mis manos. Pero el tren ya no avanza: una parada forzosa lo ha hecho convertirse en imagen de postal. Otra vez han dicho mi nombre. No es que lo hayan gritado. Sencillamente alguien se asoma desde el pasillo de luz y amenaza con hacerse presente. Entonces corro. Subo escaleras que conducen a cuartos cerrados. Uno de ellos es mi propia habitación. Antes de entrar, algo se me enreda entre los pies. Entonces me visto. Pero aún el cuerpo es todo un corazón palpitante. Me arrojo a la

cama antes de que el dragón huela mi sangre caliente. Las monedas continúan en mis manos. Han perdido su esplendor. Ahora sólo irradian la oscuridad
llameante de una culpa.

Lección de nubes 2

Jugábamos Rosa y yo en el patio de su edificio cuando llegó el par de ángeles. Hay ángeles de distintos
tamaños, sexos y jerarquías pero éstas eran casi
mayores. Nos invitaron a su casa y no pudimos ne-
garnos: ¿quién puede resistir una proposición semejante? Nos tomaron de la mano, nos sentaron en sus
piernas desnudas, nos dieron de comer en la boca
papillas de nube y ralladuras de aire, nos dieron
golpecitos en la espalda para hacernos eructar. Y
entre tanto hacer (peinarnos porque éramos muñecas, frotarse las narices porque eran ángeles esqui-
males), los roces deliciosos, ese cosquilleo en
ausencia que van dejando los dedos o la lengua.
    Decidieron bañar a Rosa: sus bocas de ángeles se
deslizaron por debajo del vestido, la camiseta, el
calzón, sorbiendo la mugre y las manchas de mi
cochinísima, marrana, puerca amiga. Sentí hambre.
Miré en derredor y descubrí un plato de peras en el
centro del mantel de flores. Alargué la mano y me
llevé la fruta a la boca. Una de las ángeles se acercó
a mí, me miró con su mirada cristalina mientras yo
succionaba la pulpa y pulverizaba su cáscara resis-
tente. La otra ángel dejó a Rosa para ver cómo la
pera empezaba a desaparecer en el interior de mi
boca. Pensé que, en su calidad de ángeles, les resultaba imposible un acto de magia tan sencillo. Entonces me acorralaron.

"No debiste comerla. Sólo estábamos jugando", dijo una de ellas. "Ajá, dijo la otra, ahora, ¿qué le diremos a nuestra madre cuando venga?" Yo quise decirles que no era para tanto, se trataba sólo de una fruta, pero ellas cirnieron sobre mí la espada de los pecados capitales. Me encogí de terror y la pera cayó de mi mano, irremediablemente mordida. Me sacaron de su casa. Yo les pedía perdón, les sugería que acomodáramos la pera de nuevo en el platón con la huella de mis dientes oculta. Pero ellas seguían con vuelo firme atravesando el patio, rozando con sus alas el cubo de la escalera que conducía hacia la casa de Rosa. Iban a acusarnos.

A unos cuantos escalones del abismo, Rosa suplicó por ambas.

—Por favor... por favor...

Los ceños fruncidos de las ángeles no se desarrugaron.

Rosa insistió:

—Voy a decirles algo... un secreto.

Las ángeles alargaron sus cuellos y agitaron levemente sus alas.

El silencio se extendió como una cuerda. Esperaban.

Rosa dijo casi en un susurro:

—Dios castiga a las niñas malas.

Las ángeles se enderezaron como si en verdad un rayo de Dios las hubiera alcanzado.

—¿Eso es todo? —y se rieron con esa carcajada sonora y hueca que me reveló su verdadera esencia.

—Mejor vámonos, son tan... tontas.

Y se marcharon abrazadas. Rosa y yo las vimos desde el balcón del rellano: seguían riendo. Les busqué las colas puntiagudas pero fue inútil: sus alas les cubrían los talones.

—Rosa, ¿de qué está hecho el corazón de los ángeles?, ¿es como el nuestro? —le pregunté por decir algo.

—No lo sé. Mejor, respóndeme esta adivinanza: ¿De qué son los leones que están a la entrada del Castillo de Chapultepec?

—De bronce...

—No...

—De mármol...

—No...

—Entonces de nubes...

Rosa lanzó un suspiro y acomodó su cabeza en mi hombro.

—No volvamos a jugar con ellas —dijo refiriéndose a las ángeles mientras sus ojos brillaban por las lágrimas.

Le prometí que no, acaricié la manga de su suéter y permanecimos abrazadas mirando cómo la tarde se entintaba. Cuando nos separamos —su madre acababa de gritar que era de noche—, Rosa llevaba mi pubis y una de mis piernas y yo su corazón y su brazo izquierdo. Supe entonces que mi promesa había sido en vano. Rosa iría mañana por nuestra ración de nube.

X

Con las monedas que le había dado el Desconocido, más las que llevaba atesoradas, Sola compró unas zapatillas rosas de ballet. El ingenio pareció sobrarle cuando le pidió a su hermano que la acompañara al centro a comprarlas: las necesitaría para el festival de fin de año pero Carmen no debía enterarse pues quería darle una sorpresa. A partir de entonces y durante el par de semanas que duró el engaño, Luis se acercaba a su hermana con movimientos de mariposa en los pies y en las manos, ante la sorpresa de su madre que terminó por creer que se trataba de otra más de las ocurrencias adolescentes de su hijo. Por su parte Soledad tuvo que adoptar un aire de varita de nardo, esbelta y delicada como suponía a las *prima ballerinas* del mundo. Tiesa y reticente, más que otra cosa, después de su frustrado intento por congraciarse con su amiga pues las zapatillas que le había comprado lucían hermosas con sus listones y su tela satinada, pero habían llegado tarde: un día antes, las Ángeles habían agasajado a Rosa con unas zapatillas adornadas con un ramillete de pequeñas rosas de seda. No resultó raro que Rosa las prefiriera y que decidiese dar con ellas una función privada para las Ángeles. Sol regresó a su casa con las otras zapatillas bajo el brazo. Ahora que había subido a su cuarto y miraba la tela satinada de las zapatillas, imaginó a su amiga aleteando entre las Ángeles. Tal vez si Rosa hubiera muerto repentinamente, Soledad hubiera llorado menos, pero imaginarla en compañía de otras, disfrutando lejos de ella, le daba inexplicablemente la percepción de su propia muerte, una dimensión tajante en la que el adverbio "jamás" encarnaba el horizonte de todos los verbos y sustancias posibles. ("¿Será por eso —piensa ahora Soledad montada en los hombros del Caballero Alto—, será por eso que los sucesos verdaderamente graves, las muertes y las traiciones, nos dejan fuera de combate, como ahora a mí, en este limbo donde mis pasos se pierden?")

Y mientras llegaban esos otros limbos, sentada en la oscuridad de su cuarto, Soledad corrió al último rincón de sí misma para encontrarse con Lucía: saltó al jarrón, cruzó el laberinto y llegó hasta su centro. El fulgor rojizo que rodeaba al dragón le permitió ver que se hallaba dormido. En silencio se acercó con las zapatillas en las manos y las colocó a un lado de la cabeza enorme. Los párpados del dragón temblaron pero no se despertó. Lucía asomó su sonrisa por entre dos colmillos y brilló al descubrir las zapatillas. Entonces separó con cuidado las fauces del dragón hasta formar un hueco por donde escurrió el cuerpo.

—Están bonitas —dijo y se probó las zapatillas. Luego ensayó un par de saltos—. Y me quedan perfectas. La próxima vez tráeme una cinta de terciopelo para la garganta.

Soledad asintió y Lucía le contestó a su vez con una reverencia para luego ponerse en puntas y arquear los brazos como una profesional. Era extraño verla bailar con el quimono pero, al parecer, no le estorbaba. En cada salto se elevaba un poco más y cuando empezó a volar, Soledad no supo si eran sus piernas las que la impulsaban por aquellos aires enrarecidos o si las zapatillas eran mágicas. De pronto, Lucía le tendió la mano para que la acompañara. Sol dudó un instante pero los ojos rasgados de Lucía sonrieron y ella no pudo más que aceptar. Sus manos separaron las nubes rojizas que exhalaba el sueño del dragón con una destreza inusual. Deslizarse así, perseguir a Lucía para tocarle el cuello y que se quebrara de risa, hacer piruetas simultáneas como si una fuera el reflejo de la otra... Sol resplandecía pero de continuo acechaba al dragón. Al contemplar su sueño inalterado, Lucía y ella reían juntas.

Por fin el dragón comenzó a moverse. Lo despertó la voz de Carmen al asomarse al jarrón. Soledad ya no pudo volar y cayó de nalgas contra la superficie de arcilla; Lucía corrió a refugiarse en el dragón que la devoró de un solo bocado. Ahora, los gritos de Carmen cruzaban la bóveda rojiza como relámpagos atronadores. El dragón se enfureció: rugía y exhalaba un humo negro que lo confundía todo. Soledad sintió miedo y trató de alcanzar los gritos de su madre. Saltaba sin conseguir tocar ninguno y no fue sino hasta que se apaciguaron, hasta que su madre, amorosa, suplicó un "despierta, mi niña" cuando pudo tomar el hilo de voz y salir del laberinto. Afuera, Carmen abrazaba a una muñeca del tamaño de Soledad. No le costó trabajo entender que era ella misma.

XI

Soledad no puede recordar en qué momento le contó a su madre de las zapatillas de ballet, de Rosa y de Lucía.

—¿Una niña castigada en un jarrón? Pero qué tonterías se te ocurren. Bueno, supongo que te viene de tu padre. Era tan ideático el pobre... Pero si esas zapatillas existen quiero verlas y quiero saber de dónde sacaste el dinero para comprarlas.

Y durante buena parte de aquella mañana de sábado, Sol se sumergió en el diccionario buscando los posibles significados de "ideático", preguntándose si sería primo de "maniático" y en consecuencia medio-hermano de "sexual"; o si, partiendo de que los lunáticos, vivían en el ático de la luna, entonces los ideáticos podrían vivir en el armario de las ideas, un lugar adonde de seguro no habían corrido las zapatillas puesto que Lucía era más bien de la familia de las dragonáticas y ni modo de írselas a quitar al jarrón.

Carmen no podía aceptar que hubieran desaparecido.

—Tal vez unos buenos golpes te hagan recordar.

—Recuerdo... —dijo Soledad visiblemente memoriosa—. Sí, sí recuerdo. En casa de Rosa hay unas zapatillas.

Y fue a buscarlas. En el camino, iba diciéndose las razones que le daría a su amiga para conseguir que le prestara las suyas. Pero Rosa no estaba, había ido con doña Cande a recoger el giro que les enviaba su padre desde Nuevo México.

Miguel, el hermano mayor de Rosa, le abrió la puerta y le dijo que pasara a esperarla. Soledad estuvo a punto de regresar a su casa con las manos vacías. Al verla dudar, le dijo:

—¿A poco te da miedo?

Sol se miró las puntas achatadas de los zapatos y entró. Miguel cerró la puerta. En el sofá de la salita descansaba un periódico. Soledad se sentó al lado.

—¿Quieres leer algo mientras llegan mi mamá y mi hermana?

Soledad puso tal cara de asombro (en su casa nunca compraban el periódico) que de inmediato Miguel repuso:

—Lo siento, pero aquí no compramos cuentos de monitos.

Soledad tomó el periódico e hizo ademán de ponerse a leer. Miguel se dirigió al baño. Aunque cerró la puerta, el chorro de orina burbujeó con fuerza. Soledad recordó que, unas semanas antes, Rosa y ella habían compartido, momentáneamente, ese mismo baño con él. Fue una vez en que ambas amigas se metieron a la tina a "nadar" en camiseta y calzones. Habían bañado muñecas, se habían contado historias y ahora jugaban por encima de sus camisetas cuando Miguel tocó a la puerta y les dijo que necesitaba entrar. Rosa había puesto seguro a la puerta y se negó a quitarlo.

—Mira, Rosa, que se me van a ir mis novias por tu culpa —suplicó Miguel con la boca pegada al quicio por donde se colaba un haz de luz del pasillo, de tal forma que las niñas podían atisbar su figura y él, a su vez, un pedazo de cortina.

—¿Novias? ¿Pues que no vas a una manifestación? —gritó su hermana.

—Ay la Rosa tan babosa... —susurró otra vez Miguel—. Si lo gritas un poco más, me vas a ahorrar el trabajo de decírselo a mamá.

Rosa miró a su amiga y emitió unos gorgoritos de placer.

—Mamá, dice Miguel... —fingió que gritaba.

—Está bien, Rosa. ¿Qué quieres a cambio?

—Pues... un vestido de bolitas para mi muñeca que puedes comprar en el puesto de ropa de muñecas del mercado, dos pasillos después de la tienda de los japoneses.

—¿Nada más? ¿No quieres de paso unas zapatillas de ballet y una sombrilla de papel para ti y otra para tu amiga? Ya, Rosa, me estoy meando. Déjame entrar.

—Antes, prométeme lo del vestido.

—Está bien, pero ya abre.

Rosa pidió tiempo para regresar a la tina sin que su hermano la viera "desnuda". La puerta se abrió hasta que dio aviso de que estaba lista. Entonces entró Miguel. Lo escucharon desabrocharse con urgencia; luego, el chorro de orina golpeó contra la cerámica de la taza y burbujeó sobre la superficie del agua con una fuerza desconocida (al menos, así le pareció a Soledad que no recordaba haber compartido nunca el baño con su hermano Luis). Rosa miró con astucia a Soledad y le hizo señas para que se asomara. Sol negó con la cabeza y como sintiera frío, se sentó en la tina para que el agua tibia la cubriera más. La cortina apenas si tocaba el borde de la tina y desde ahí se alcanzaban a ver los pantalones de Miguel. Un impulso llevó a Soledad a colocarse más cerca y husmear, pero sólo consiguió ver a Miguel de espaldas. Llevaba un traje azul y no, como era su costumbre, una playera y un pantalón de mezclilla. Rosa, que aún permanecía de pie, corrió con cuidado la cortina y se asomó. El chorro de orina declinaba y una exhalación gozosa escapó de los labios de Miguel, absorto en sí mismo. Rosa soltó una carcajada.

—Parece la cabeza de un guajolote —dijo.

Miguel chasqueó la boca y soltó un golpe a la cortina que sólo hizo ruido.

—Me vas a cortar la inspiración... Aprende a tu amiga: parece que ni respira.

El chorro menguó como una llave mal cerrada y por fin dejó de escucharse. Mientras tanto, Rosa había regresado al extremo donde se encontraba su amiga. Ambas tiritaban un poco por el agua que comenzaba a sentirse fría y otro poco por el silencio que se escuchaba más allá de la cortina. La sombra de Miguel se extendió entonces en la superficie de plástico y el perfil de su mano se acercó a un extremo para buscar la llave de agua.

—Uy, las tiernas, tiernitas, tienen frío, ¿verdad?

Y abrió de golpe la llave de agua fría. La llovizna cayó directa sobre Rosa que, sin proponérselo, protegió a su amiga con su cuerpo. Gritaron con fingida indignación. Rosa se movió con rapidez, descorrió aún más la cortina y con la mano como pala, salpicó a su hermano. Soledad se puso a imitarla.

—Montoneras —exclamó Miguel al tiempo que cobraba bríos para acercarse. Se quitó el saco y alargó una mano sobre la cabeza de su hermana y la obligó a zambullirse. Rosa manoteaba intentando arañarlo, pero al final su hermano la dobló. Cuando por fin Miguel la dejó salir, estalló en llanto. De pronto Soledad recordó la vez que Rosa había intercedido por ella con las Ángeles y arrojó agua a los ojos de Miguel. Él apretó los párpados mientras Rosa comenzaba a reír. Miguel también sonrió pero esta vez su rostro se volvió hacia Soledad; apenas se quitó el exceso de agua, se acercó a ella y la tomó del brazo. Apretó tan fuerte que Sol estuvo a punto de gritar.

Cayó de rodillas sintiendo cómo toda la fuerza de Miguel se concentraba en la mano que la sujetaba y en el labio inferior que, distraídamente, se mordía. A pesar del dolor, Soledad descubrió en ese momento que Miguel tenía los mismos labios de Rosa: carnosos y apretados en un gesto que recordaba el puchero de un niño.

Rosa comenzó a dar de voces a su madre. Repentinamente Miguel soltó a Soledad, se alisó el cabello y le dio la espalda para ponerse el saco frente al espejo. Era cierto, iba a ver a sus novias.

No se dieron cuenta de que doña Cande había llegado, hasta que soltó una risilla.

—¿Así que éste era el escándalo que se traían? ¿Guerras de agua? —y volvió a reír mientras tomaba un par de toallas que colgaban de la lavadora para secar a Rosa y a Soledad. Primero ayudó a secar a su hija; cuando le tocó el turno a Soledad y le pasó los dedos por el cabello, Sol creyó que traían crema, pero luego reconoció que así eran de suaves los dedos de la mamá de Rosa.

Se hizo un silencio prolongado y sólo Miguel se decidió a romperlo.

—Entonces, ¿la tienda de muñecas está al lado de los japoneses? —dijo mientras se ponía agua de colonia—. Bueno, paso mañana porque hoy ya se me hizo tarde.

—¿Y adónde va tan pizpireto este muchacho? ¿A dónde se le hace tarde? —preguntó doña Cande mientras le sacudía a Miguel unas gotas que le colgaban del pelo.

El hermano de Rosa sacó una corbata de la bolsa del saco y se la pasó por el cuello.

—Tengo una cita —dijo misterioso.

—Pero con los del Comité de Huelga de su Prepa —lo interrumpió Rosa en venganza.

Por supuesto, Miguel se volvió a ver a su hermana con odio, pero Rosa no se dio por enterada y siguió acariciando el brazo de Soledad.

—Miguel... —comenzó a decir doña Cande, colocándose frente a su hijo para hacerle el nudo de la corbata—. Ya sabes que aquí nadie va a impedirte nada.

—Mamá, créeme, tengo una cita con una muchacha.

—Miguel, yo soy la primera en estar en contra del gobierno... Tu padre lejos, el dinero que no alcanza... Pero ustedes están provocando al mismísimo demonio.

—Mamá, voy a verme con una amiga en el Museo de Antropología.

—Sí... —terció Rosa, dirigiéndose a su madre—, porque ahí empieza la marcha.

—No es mi novia, pero aquí mi compañera está celosa...

—¿Quién está celosa, tú, Soledad?—preguntó Rosa, malhumorada.

—Ya, muchachos, no peleen. Rosa, ¿por qué no le prestas a Sol una ropa interior y se cambian las dos? Y tú, Miguel, muy trajeado pero te vas a poner esta medalla —dijo doña Cande mientras se la quitaba del cuello para luego ponérsela a Miguel.

—Pero, mamá, si yo no soy creyente.

—No le hace, la Virgen de Zapopan te acompañe. Si te pasa algo, dime, ¿quién va a lavar los trastes esta noche?

Habían transcurrido semanas desde aquel encuentro. Entonces Soledad y su amiga compartieron la trinchera de agua y derribaron al enemigo Miguel. Ahora, en cambio, Rosa era más amiga de las Ángeles y Soledad estaba a solas con Miguel que acababa de salir del baño. Corrección: Soledad estaba sola pues el muchacho se había dirigido a su recámara como si no hubiera nadie más en el departamento. Debió de reconsiderar la situación porque de pronto le gritó a Soledad que pasara al cuarto de Rosa a jugar con sus muñecas. Sol supo que era su oportunidad para buscar las zapatillas pero dudó en hacerlo pues tendría que cruzar frente a la recámara de Miguel. Cuando se decidió, trató de no hacer ruido: ya era suficiente con los latidos de su corazón que anunciaban a los cuatro vientos una fiebre repentina, mortal, inusitada. Mientras caminaba por el corredor, alcanzó a ver a Miguel con el rabillo del ojo: se había recostado y parecía leer. Consiguió llegar a la puerta del cuarto de Rosa y una vez ahí, se apresuró a buscar las zapatillas. Se le había ocurrido que podría tomarlas prestadas, aunque para ello tuviera que llevárselas escondidas de la vista de Miguel. No fue difícil encontrarlas en el cajón de juguetes preferidos que Rosa escondía debajo de su cama. Estaban ajadas de la punta y la suela, y uno de los ramilletes se había zafado por lo que Rosa lo había prendido con un alfiler. Soledad supuso que se habían deteriorado en funciones privadas para las Ángeles y prefirió dejar las zapatillas en su sitio.

Se escurrió de nueva cuenta por el pasillo. Otra vez los latidos como si un mar tempestuoso fuera a desbordársele por dentro. Antes de cruzar frente al cuarto de Miguel, se detuvo. Las puntas achatadas de sus zapatos parecían esperar una orden. Apretó el cuerpo pero el mar y sus latidos la arrojaron al cuarto de Miguel. Se cubrió la cara con las manos. ¿Qué iba a decirle? ¿Sonreírle como una tonta, decirle que tenía zapatos saltarines que la habían hecho brincar hasta la orilla de su cuarto antes de que el mar —¿cuál mar?— la alcanzase? Soledad formuló un deseo desde la vergüenza de saberse descubierta frente a él. Pidió: "Que no se dé cuenta de que estoy aquí."

Permaneció con las manos sobre el rostro varios segundos, pero Miguel no dijo nada. Abrió los ojos y lo contempló mientras leía, absorto, sin percatarse de su presencia, como si su deseo se hubiera cumplido. Al principio, Sol se asustó de lo que había hecho pero unos segundos bastaron para considerar las ventajas. Podría acercarse sin peligro, olerlo, quizás hasta tocarlo y respirar su propia exhalación. Se aproximó con cautela hasta que su rostro casi tocó el filo del libro. No, definitivamente, Miguel no la veía. Ella, en cambio, miraba la curva de sus párpados, el color exacto de sus ojos, una cicatriz en su ceja derecha, sus labios carnosos que atraían la boca de Soledad como si el cuarto donde se hallaban, el libro entre ambos, o ella misma, no existieran y todo se concentrara en esa atracción hacia sus labios que lo borraba todo. Lo besó. Se había atrevido. Apenas el roce de un ala de ángel, una felicidad fulgurante y total. Pero en el reverso del instante, en esa cara oscura detrás de las cosas y del tiempo, se desató también la reacción de Miguel que echó la cabeza hacia atrás en un asombro que casi le velaba los ojos, como si hubiera caído en trance. Entonces Soledad creyó que la rechazaba.

Se lanzó fuera del cuarto; en los labios llevaba la sensación de que le habían arrancado algo, como si Miguel la hubiera mordido y en el hueco quedara un vacío ardiente.

Pero Soledad ignoraba otra parte de la historia, lo que quince años después le habrían de decir los muertos de Catedral: que los que van a morir por violencia comienzan a vivir en un limbo donde ni el dolor ni la alegría los tocan y que, a veces, ese limbo les impide ver hasta sus propias manos; así, comienza el olvido apresurado de un cuerpo que una vez extinto les daría horror sólo de verlo y saberlo propio. Pero en aquel momento, Soledad sólo pensaba en la historia de sus deseos, en que secreta y oscuramente, al cumplirse cada uno, lo hacía de forma imperfecta, incompleta, fallida. ¿O es que lo inconmensurable era la materia y la calidad de sus deseos?

Soledad se alejó dispuesta a irse. De pronto, la voz de Miguel la llamó.

—Sol, ¿sigues ahí o ya te comieron la lengua los ratones?

—No... sí... No sé... Quiero decir, estoy aquí y no me han robado los ratones.

De pronto, Miguel se asomó al pasillo. Al ver a la niña cerca de la puerta de entrada, se apresuró a añadir:

—Mi mamá y Rosa ya no deben tardar. ¿Por qué no te vienes a platicar un rato?

Soledad volvió a mirarse los zapatos, ¿qué habría hecho Lucía en su lugar? La imaginó que salía del jarrón con las zapatillas de ballet y que caminaba segura por ese pasillo desde el que Miguel esperaba una respuesta. Ella recordó el ala de ángel de fuego que aún le quemaba los labios y sólo pensó en huir. Lucía, en cambio, se acercó a Miguel y le preguntó:

—¿Quiénes son? —dijo señalando los carteles de tres mujeres hermosas que se hallaban colgados en el cuarto de Miguel, cerca de un escritorio y un librero atiborrados de papeles y libros.

—¿No conoces a mis novias? Ven, te las presento: Angélica María, Marilyn Monroe... y ésta de acá, la que le dice secretos a mi comandante Guevara, Brigitte Bardot. ¿Qué tal, te gustan?

—No soy hombre.

—Pues te pareces mucho a tu hermano. Si te cortaras el pelo, yo podría confundirte, capaz que hasta te invitaba a ver chavas en Insurgentes.

Soledad bajó la vista. Ella sabía que su hermano Luis, Miguel y otros de la cuadra, hacían incursiones por la colonia nada más por el gusto de descubrir un buen trasero, unos ojos soñadores o un cabello suave. Les envidiaba su complicidad y ese aire de cazadores experimentados con que, en manada, juzgaban a sus presas. Sin duda, le hubiera gustado ser uno de ellos, pasarle a Miguel el brazo por los hombros y caminar rumbo al baño de hombres para sellar esa alianza de sexos que se da de mingitorio a mingitorio, sin paredes ni compartimentos aislados como los de mujeres. Pero Miguel debió de entender que la había ofendido porque agregó:

—Bueno, tampoco estás tan peor y cuando crezcas, capaz que das la sorpresa. Yo puedo esperarte, míralas a ellas: no soy tan exigente.

Ella sabía que bromeaba pero sintió que se hallaba nuevamente en peligro. Si seguía junto a él, recordaría la vez que fue muñeca de marfil mientras un desconocido la hurgaba. Ante el recuerdo de aquella imagen tembló toda porque una cosa era dejarse llevar por los deseos propios y otra, muy distinta, la de obedecer el deseo de los otros y encontrar, como le había pasado con el Desconocido, en el sometimiento, nuestra verdadera naturaleza. Pensó en huir, pero sus pensamientos se transparentaron de alguna forma porque la reacción de Miguel fue sujetarla del brazo.

—A ver, dime, ¿cuando crezcas, a cuál te gustaría parecerte?

Ella sabía qué debía contestar, pero ya los músculos se le entumecían y también la voluntad.

—No sé... A ti, ¿cuál te gusta más? —respondió.

Miguel le apretó más el brazo. Soledad recordó la vez que estuvieron en el baño, cuando ya no podía tolerar el dolor pero fue incapaz de gritar o de buscar zafarse. Miguel se mordió los labios antes de añadir:

—¿Tú quién crees?

—...No sé —dijo Soledad arrastrando las palabras.

—Sí que lo sabes —afirmó Miguel y le apretó todavía más el brazo. Soledad comenzó a doblarse del dolor, pero no podía evitar sentir esa emoción que se desbordaba en cada uno de sus poros, que la ponía al borde de su cuerpo y que amenazaba con inundarla. Terminaron hincados en el suelo, él con el brazo de Soledad aprisionado, ella con su terco "no sé". Un brillo repentino hizo percibir a Sol el próximo fastidio de Miguel, pero sintió miedo de lo que podría venir. Hubiera bastado con un "sí", o asentir con la cabeza, esa señal de "me atrapaste" que en realidad era "me dejé atrapar", pero en vez de eso: terca, aterrada, la piel vuelta remolinos, repitió: "No sé."

Entonces Miguel la soltó, regresó a la cama y a su libro. Soledad miró la huella de sus dedos en la piel, desvaneciéndose con una facilidad que nada tendría que ver con la marca indeleble de días y años posteriores cuando pensara en lo que pudo haber pasado. Inició la retirada. Cuando escuchó que Miguel le hablaba, creyó que había decidido darle otra oportunidad.

—Cierra bien la puerta cuando salgas —dijo sin mirarla.

Así lo hizo. Al bajar las escaleras Lucía y Soledad iban tomadas de la mano. De pronto Lucía la soltó y le dijo:

—Debiste haberme dejado a mí.

Luego, saltó al jarrón y no volvió a salir hasta que supo de la muerte de Miguel.

XII

La culpa trae manos vendadas. Escucho historias, recuerdo prohibiciones. Hay un jardín inmenso y un árbol en el centro. Después de probada la fruta, no es la desobediencia lo que más importa. (De los tres amigos, la inocencia es la que no se recupera jamás.) Hojas de parra ocultan el mayor de los pecados. La serpiente es un dragón sin alas, un ángel caído que no podrá elevarse. Mientras tanto ellos pagan: la expulsión a una vida que es también muerte: todo en la espada flamígera monodáctil y en la hoja de parra con sus cinco dedos vergonzantes.

El hombre lleva una venda blanca en la mano y un ramo de flores para su mujer recién parida. (Los niños nacen del pecado, por eso hay que bautizarlos.) (¿Cómo toca un hombre a una mujer? ¿Qué le hace cuando están a solas? ¿La sienta sobre sus piernas para columpiarla? Aserrín, aserrán, los maderos de don Juan. Piden pan, piden besos, se les atoran en el... ¿sexo?) Camino tras el hombre. Su espalda no me impide verlo anoche columpiándose en la cama. Claro que lo miro con los ojos del dragón, desde su vientre cálido que penetra la noche. En el piso de arriba crujen maderos de nogal. Una ardilla sale de un hueco y se me trepa encima. Tócala y te clavará sus colmillos de alfiler. No la toco, no la toco pero ya clava sus garritas violentas, sus dientes punzones y me distrae con un dolor nuevo y fulgurante. Como el que me provocaron los colmillos del dragón que han bebido mis primeras sangres. Como el que padece el hombre que gime y casi llora. Se ha herido la mano y ahora habrá de llevarla vendada. Ha tocado el fruto prohibido. Filos rodeaban la fortaleza y al entrar lo han desgarrado. Con todo, hizo suya la fortaleza tal y como el rey Grillo después de cruzar el puente tendido por el colmillo del dragón. Ahora la mano vendada del hombre es la señal del castigo.

XIII

¿Quién que es, no es Caín de sus hermanos? ¿O cuando menos, no desea serlo? Si Dios te escupe o te golpea por una sola y nimia equivocación mientras mira con buenos ojos los errores de tu hermano, ¿cómo aceptar las primeras bofetadas? En todo caso era un asunto de hermanos: uñas, revolcones, zapes... Carmen se había ido al hospital a operarse una hernia. Su hermana mayor, la tía Refugio, llegó a cuidar a Soledad y Luis. Soledad no recordaba haberla visto sino en contadas ocasiones. En cambio Luis le enviaba cartas a Pinotepa desde que apenas empezaba a deletrear el abecedario. Tía Refugio, que sólo había tenido hijas mujeres, le contestaba otras tantas que Carmen leía agradecida pues desde el casamiento con Javier García, ella y su hermana se habían distanciado y ni siquiera la muerte de Javier había conseguido restablecer aquel orden familiar que las había acercado como si fueran madre e hija desde mucho antes de la muerte de la abuela Marina. Los primeros pasos los dio Luis impulsado por su madre: en una carta, con desuniforme letra palmer de cuarto de primaria, le pedía a doña Refugio que fuera su madrina de comunión; luego vino en el garigoleado estilo de su tía una invitación para que Luis pasara las vacaciones de sexto año en Pinotepa y Puerto Escondido, a donde ella viajaba cada mes de julio para calmarse las reumas. Esforzándose por recordarla pues era claro que alguna vez se habían cruzado, Soledad sacó en conclusión que su tía no podía ser sino aquella mujer cuyo gesto adusto le marcaba las comisuras de la boca como dos líneas intencionalmente dibujadas. También recordó la peineta sencilla con que contenía en un chongo la frondosidad de su cabellera gris plateada.

Fue precisamente en una carta que Luis le informó a doña Refugio sobre la próxima intervención quirúrgica de Carmen. Y la decisión que doña Refugio tomó les llegó vía telegráfica: "Cuido a tus hijos mientras te operan *punto* Salgo en camión mañana *punto* Cuca." Mamá lloraba de alegría y repetía la última palabra del mensaje una y otra vez. Como Soledad no entendiera, se asomó a la puerta y le gritó a Luis, quien jugaba en la calle: "Tu tía Refugio firmó Cuca, ¿te das cuenta?" Luis atravesó el imaginario campo de futbol y desbarató la ofensiva de su equipo entre los chiflidos de sus compañeros para acercarse a Carmen y soltar un azorado y alegre "¿De veras, ma'?" Soledad los miró como si fueran dueños del mapa de un tesoro cuyo plano y descripción no quisieran compartir. Desconocía entonces la etimología que transformaba una palabra acogedora y protectora como "Refugio" en "Cuca", la esposa del inconmesurado, oscuro y temido Cuco. Entonces preguntó: "¿Así se llama? ¿Cuca?" Carmen estaba tan contenta que se olvidó de regañarla por preguntar antes de que le diera permiso de hacerlo y respondió: "No, niña, ni se te ocurra decirle así. Tu tía sólo se lo permite a quien le tiene aprecio y confianza. A mí hacía años que no me dejaba llamarla así, pero ya ves, el tiempo lo borra todo..." Y mientras decía esto último le guiñó un ojo a Luis.

Antes de que llegara tía Refugio a la casa de los portales, mamá habló con Luis y Soledad. A él le encargó la casa y le dio dinero para que tía Refugio no gastara el suyo. A ella le dijo: "Soledad, esmérate, acomídete. No le respondas, no la contradigas. Sé juiciosa y obediente, así te la granjearás."

El encuentro entre Carmen y su hermana fue grandioso. Doña Refugio aceptó en sus brazos a la hermana perdida y la aceptó en su diestra. Como señal de perdón, sacó de su bolso un cofrecito de madera y ante los ojos deslumbrados de sus sobrinos, lo abrió. De él extrajo el anillo de bodas de la abuela Marina con papá Tobías y se lo dio a Carmen.

—Toma —dijo doña Refugio—, para que te lo quedes.

Soledad miró a su madre que casi flotaba en el aire por la dicha. Carmen atrajo a sus hijos para mostrarles el anillo. Era una doble argolla de oro fundida en una sola pieza y lucía las iniciales de soltera de la abuela. Carmen se puso el anillo y abrazó a sus hijos bajo la mirada beatífica de Refugio. Era una alegría extraña y ajena, pero Soledad se dejó atraer por el perdón que así reconciliaba a su madre con la vida.

Transcurrió el primer día sin alteraciones. Por la mañana habían acompañado a su madre al hospital y el resto había sido un día como todos. Por la tarde, merendaron con su tía y Luis, contrario a su costumbre de salir un rato más en la noche, se fue a su recámara a estudiar. Tía Refugio se dirigió a la sala y sacó su labor de tejido mientras Soledad recogía la mesa y se disponía a lavar los platos. Cuando terminó decidió subir a su cuarto. A punto de entrar se detuvo: hacía tiempo que no visitaba el estudio de papá. De las vitrinas eligió un libro de cantos dorados con ilustraciones de un museo de Europa que nunca antes se le había ocurrido hojear. Apenas había revisado unas páginas cuando apareció la figura de su tía.

—Así que por eso estabas tan calladita —dijo mientras le quitaba el libro de las manos.

—Sí, tía, digo, no... —tartamudeó Soledad.

—Dios misericordioso, habrase visto: la Virgen María con las chichis de fuera. Esto es un sacrilegio... ¿De dónde sacaste esto?

—Son libros de papá.

—Ajá, el hereje ese. ¿Y quién te da permiso de verlos? —y sin esperar respuesta, prosiguió lastimosa—:

Pobre Carmela. Ocupada como está por mantenerlos, ni se entera de lo que hacen. Al menos tu hermano es juicioso, pero tú, ya se ve que saliste más a tu padre, claro, con esa cara, si me parece que lo estoy viendo en mujer...

Soledad siempre había notado el parecido y a solas frente al espejo, se enorgullecía, pero algo en el tono de doña Refugio la hizo sentir que debía avergonzarse.

—Tía, es un libro de museos de Europa, mire, vea usted —se apresuró a decirle, señalando la portada.

—A callar. ¿Me crees tan tonta? Y esta encuerada de acá con angelitos me vas a decir que acaba de salir del baño, ¿no? Pecadora que eres, ¡de rodillas y póngase a rezar cincuenta padrenuestros y cincuenta avemarías!

Una vez que Soledad se hincó en el piso, Refugio regresó la mirada al libro y siguió hojeándolo con atención. Los "Jesús" y los "Cristo sacramentado" continuaron escuchándose cuando se bajó con el libro a la sala. Al poco tiempo llegó Luis a devolver un grueso tomo que al parecer había estado leyendo. Al ver a su hermana de rodillas, masticando el cuadragésimo segundo padrenuestro, le preguntó:

—Y ahora ¿qué hiciste? ¿Por qué te castigó?

Al principio Soledad pensó no contestarle, pero luego se le ocurrió que debía buscar aliados.

—Porque estaba viendo un libro, ¿tú crees?

—¿Qué libro?

—Uno con pinturas...

—¿Qué pinturas?

—Pues... la virgen, santos y otros.

—¿A poco? ¿No sería uno de esos libros de arte de papá con mujeres con las nachas y las tetas al aire?

Soledad enrojeció.

—No lo digas así.

—¿A poco te da pena? ¿Que tú no tienes? —y luego tras una revisión rápida—: Aunque no mucho, la verdad.

Soledad comenzó a rezar otra vez, pero ahora en voz alta. Luis se acomodó muy cerca de su hermana con todo y el libro que aún tenía entre las manos y comenzó a leerle al oído:

—"Entonces Esplendor lo abrazó entre sus piernas. Hassán sintió que su miembro se le separaba del cuerpo proyectado hasta el cielo y buscó abrevar en la fuente de la que en forma de ojiva manaba el precioso néctar de su amada..."

Sola no entendía muy bien lo que Luis le estaba leyendo pero se puso sus orejas de pescado y comenzó a tararear:

—No te oigo, no te oigo, tengo ojeras de bacalado.

Como Soledad opusiera resistencia, Luis jugaba a seguirla molestando y le leía más fragmentos eróticos remarcando las palabras no con el volumen de la voz sino con gestos exagerados. A su vez, Soledad se apretaba más las orejas y cantaba más fuerte su canción de bacalados.

Doña Refugio debió de escuchar la algarabía y preguntó:

—¿Soledad ya acabaste?

Sus pasos se escucharon en la escalera.

—No tía... es que Luis...

—Tu hermano qué, si él está leyendo en su recámara.

Luis quiso escapar pero su cuarto quedaba al otro lado de las escaleras y ya la tía había acabado de subir.

—Me está molestando —dijo Soledad cuando doña Refugio apareció en la puerta.

—Yo sólo vine a dejar este libro —dijo Luis con seriedad—. Es de esa vitrina de allá bajo. Sólo le pedí que me diera permiso.

—Pero, hijo, ¿qué no ves que está castigada?

—No es cierto. No me pidió permiso de nada. Se puso a leerme cosas cochinas —dijo Soledad señalando el libro que cargaba Luis.

Doña Refugio alzó las cejas y extendió el brazo ordenándole a Luis que se lo entregara.

—*Las mil y una noches...* —dijo leyendo la tapa—. ¿Pero estás mal de la cabeza? Si es una lectura infantil muy sana. Tu abuela Marina tenía uno de éstos y papá Tobías nos leía trozos cuando regresaba de la faena.

Soledad no entendía. También ella había leído historias de *Las mil y una noches* en una colección de cuentos para niños y había princesas y ladrones, marinos y lámparas maravillosas, pero no cosas como las que había leído Luis. Lo entendió semanas después cuando su tía ya no estaba en casa y pudo revisar con calma los dos tomos de aquella versión más completa de las mil y un historias orientales, que tenía más de un episodio erótico. Pero en aquel momento de confusión no pudo más que resignarse a creer que Luis había inventado todo. Lo miró con odio. Su tía descubrió aquella mirada de resentimiento y se decidió a castigarla.

—Anda, muchacho, tráeme un cincho —le indicó a Luis—. Voy a ajustarle las cuentas a esta mentirosa.

No podía ser: Luis salía airoso y ella permanecía hincada. Desde abajo, miró aquella montaña del Sinaí oaxaqueño que era su tía, pero la vio con los ojos de rencor que de seguro tenía el labrador Caín cuando descubrió que, a pesar de haberle ofrendado los mejores frutos de la tierra, Jehová prefería las ovejas de su hermano. Luis regresó con un grueso cinturón y se lo dio a la tía. Sol sintió que lo detestaba, hubiera querido verlo muerto. No supo ni cómo se le desató el deseo, pero en todo caso lo formuló fuera de tiempo: Miguel Bianco había sucumbido a la furia demencial de las bayonetas unos días antes, en Tlatelolco. Doña Cande todavía no daba con su cuerpo en las delegaciones. Luis, que lo había acompañado a ver muchachas al mitin vio cómo lo mataban. Era el único testimonio que podía justificar su desaparición. El hermano de Soledad había tenido que refugiarse en los sótanos de basura de la unidad y salir horas después. Entonces contó lo que había visto, pero en los días siguientes, mientras se recuperaba del susto, Sol jugaba a que los papeles se invertían y que era Miguel quien tenía la penosa labor de contarle a Carmen sobre la muerte de Luis.

En vez de eso, Luis le sonreía a su tía y miraba a su hermana con desdén. De pronto Soledad sólo fue marioneta de sus instintos: Luis siempre estaba ocupando el lugar de otros. Estrelló su cuerpo contra el de su hermano con una furia que lo derribó al piso. La cabeza de Luis golpeó hueca contra el mosaico —de qué otra manera podía sonar una cabeza de chorlito como la suya, pensaría después Soledad—. La respuesta fue fulminante. Desde las alturas, una mano flamígera le incendió a Soledad una mejilla. Nunca antes había recibido una bofetada, pero más que el dolor la atontó la sorpresa. Luego una voz en la cima de la montaña atronó:

—¿De dónde te salió el orgullo si tu padre era un don Nadie? Tú no tienes der...

Soledad se negó a escucharla, cerró las puertas de su cuerpo y buscó refugio con Lucía. Pero incluso allá la voz repetía una y otra vez: "no tienes derecho a nada, no tienes derecho..." Su amiga le suplicó que no la escuchara y la apremió: "Pide un deseo, que tu tía se caiga de las escaleras o que le sangre la nariz hasta que se vacíe y se muera..." Pero a Soledad sus deseos comenzaban a darle miedo, así que se tragó la rabia. Volvió a escuchar que le decían: "no tienes derecho a nada..." Lucía puso sus manos sobre los oídos de Soledad y la voz casi se acalló, pero bajito seguía insistiendo. Fue entonces cuando Soledad descubrió que ya no era la voz de su tía Refugio la que le hablaba. Lucía apartó las manos vencida: era la propia voz de Soledad.

XIV

La última vez que Soledad vio a su amiga Rosa Bianco, las dos estaban de luto. Recargadas en el balcón del rellano, esperaban la mudanza que transportaría las pertenencias de la familia Bianco hasta el pueblo donde las campanas siempre tocaban: Tingüindín. Días antes, Rosa había vestido su corta estatura de negro y, aparentando un aire de adulta que no le salía del todo mal, se había convertido en el único apoyo de su madre, enloquecida de tantas cosas que le había tocado ver en hospitales y delegaciones, con la zozobra de que su hijo no estuviera —cruel paradoja— entre esos cruzados con pintura negra en el pecho que esperaban ser cremados en el Hospital Rubén Leñero. Eran pilas de cadáveres y doña Cande se había plantado toda la noche del 3 de octubre frente a las puertas del hospital, mirando cómo las chimeneas del crematorio exhalaban un humo negro constante, cargado de olores de rastro.

Cuando las Ángeles se enteraron de la muerte de su hermano, esperaron impacientes a que Rosa saliera a algún mandado para preguntarle detalles.

—¿Es cierto que era un terrorista pagado por los rusos? —le preguntaron casi a coro—. Padre nos lo dijo, salió en el periódico.

Rosa no entendía, pero se avalanzó contra las Ángeles y les clavó dientes y uñas. Las hermanas escaparon al rincón seguro de su casa, pero igual escupieron su ponzoña: "¡Terrorista!... ¡terrorista!" Por supuesto, ni Rosa ni Soledad comprendían la palabra (en otra situación hubieran pensado en un "contador de historias de terror"), pero en aquel momento, dicho en ese tono, hasta la palabra "angelical" les hubiera sonado a insulto.

Una vez que se alejaron, Rosa dejó caer los brazos y el ánimo; su rostro descolorido y apagado la hacía ver de más edad. Soledad pensó que literalmente era una flor marchita, arrancada de raíz por una mano voluntariosa y siniestra. Se acercó a su amiga. Entonces Rosa recargó su mejilla en el hombro de Soledad de la misma forma en que lo había hecho tiempo atrás cuando la relación con las Ángeles comenzaba. Contemplaban aquel cielo de octubre, con sus nubes cargadas de furia como carabelas que no acabaran de partir nunca. Soledad tomó la mano de Rosa y se puso a jugar con sus dedos.

—Este chiquito se fue a la mar y pescó un resfriado —dijo tocándole el meñique—; este otro, se fue al mercado y compró el resfriado a un precio bajo; éste de acá, se puso necio en que lo quería y llamó a un soldado y...

—Y a éste de acá —musitó Rosa con los ojos enrojecidos—, lo mataron de un bayonetazo.

—No, Rosa, eso es lo que nos dijo Luis, pero no, son invenciones suyas, Miguel va a regresar. Oye, mientras tanto, ¿por qué no me dices ya de qué son los leones que están a la entrada del bosque de Chapultepec? Tú dijiste que cuando comenzaran las Olimpiadas me lo ibas a decir. ¿Son de mentiras, verdad?

Rosa Bianco miró a Soledad como si su amiga fuera transparente y pudiera penetrar más allá de su piel y de sus carnes, revisándole el corazón para verle las llagas, para saber qué tanto le dolía la muerte de Miguel y si podía confiar en ella. La debió de ver muy niña desde su mayoría de soledad adquirida de golpe y a destiempo, porque de pronto le dijo:

—Bueno, mejor me voy con mamá. A ver si ya se calmó y está despierta.

—Dormida, querrás decir.

—No, despierta, acuérdate que así se vuelve más dócil.

—Se me olvidaba que recuerda más cuando pega los ojos.

—Sí... las lágrimas se los despegan y entonces sí se olvida de todo. Tú la has visto... como en el limbo.

—Y tu papá... ¿por qué no viene por ti, por ella, por ustedes?

Rosa miró el cielo y se lo tragó de un respiro antes de añadir:

—Te mentí: hace tiempo que no sabemos nada de él.

Lección de tinieblas 1

El 2 de octubre de 1968 comenzó la epopeya: apenas el olor de la sangre y la pólvora se extendieron por las calles, la gente se levantó en armas. Hasta los niños tomaron parte en la lucha; muchachitas vertieron gasolina en la calle de Lerdo, por donde tenían que alejarse los tanques, y les prendieron fuego; adolescentes de catorce años asaltaron tanquetas con botellas de petróleo ardiente en las manos. El pueblo sostuvo la lucha de la indignación. "¿Por qué peleas tú?", había preguntado la reportera Rosa Falaci a un joven combatiente. La respuesta fue una mirada que taladró la vergüenza de la periodista por preguntar cosas tan tontas. El joven abultó los labios en un puchero antes de añadir: "¿No te queda claro?... Pues por la libertad." Se les llamó los Combatientes de la Libertad: había burócratas, enfermeras, obreros, señoras de vecindad que declaron a la periodista Soledad Fryer: "Es que esto no se le hace a los hijos de la Patria."

En las calles de Brasil y Belisario Domínguez, bajo el Palacio de la Inquisición y para continuar su memoria, se descubrieron los cuarteles secretos de la

PGR. Eran galerías de varios pisos de profundidad, con muros de concreto de un metro ochenta de espesor, puertas que cerraban herméticamente, instrumentos de tortura, todo un sistema de sótanos que se extendía hasta Palacio Nacional.

Estudiantes con cananas en bandolera, empleados de las cantinas y centros nocturnos de la zona, albañiles de ocasión que solían ofrecer sus servicios a un costado de Catedral, vaciaron camiones de armamento y se apercibieron de ametralladoras y granadas de mano.

Para cuando el gobierno pudo reaccionar la revuelta había liberado a trescientos presos políticos. Durante esos días de libertad —del 2 al 19 de octubre—, sólo abrían las tiendas de víveres; cines, bancos, teatros y restaurantes permanecieron cerrados. Aparecieron nuevos partidos políticos y también nuevos periódicos. Los jóvenes llevaban poemas, noticias, artículos y escenas de la revolución a los diarios.

Al hotel El Diplomático, donde se hospedaban la mayoría de los reporteros internacionales, llegaron rumores sobre la intervención militar de la Unión Americana. Se decía que avanzaban seiscientos tanques y treinta mil soldados y marines. Al amanecer del día 14-Águila, desde los cerros del Tepeyac y de Chapultepec, cañones americanos bombardearon la Ciudad de los Palacios hasta convertirla en el Valle de los Escombros. El comunicado estadunidense que repitieron los altavoces declaraba: "Las tropas norteamericanas están restableciendo el orden. Los soldados y oficiales norteamericanos somos vuestros desinteresados amigos."

Al finalizar la acometida militar de ese día cientos de cadáveres yacían en las calles del Centro junto a montones de cascajo, cristales, ladrillos, cartuchos gastados y cascos vacíos de municiones. A despecho de las enormes pérdidas, la gente mantuvo una lucha desesperada y valiente. Los trabajadores del Centro, estudiantes, soldados desertores, padres y madres de familia, juraron resistir hasta el fin. Cada día se decían unos a otros: "Mañana todo habrá terminado", pero mientras tanto, arremetían con furia contra los tanques y fuerzas militares.

Una periodista inglesa, Soledad Fryer, atravesó la línea de resistencia. Se le había unido una periodista italiana cuyo atrevimiento e impulsividad la habían llevado a arriesgar el pellejo en Madagascar y se introdujeron juntas en una zona cercana al Zócalo, donde proseguía vivo el combate. La periodista inglesa escribiría más tarde en una crónica de la resistencia que se publicó días después en periódicos europeos:

Los tanques merodeaban por todos lados y las balas perdidas nos obligaban a caminar encogidas. Nos aventuramos en una calle, Brasil, sitio de encarnizadas luchas. Un Combatiente de la Libertad, un joven de unos 16 años que traía una molotov casera en las manos, nos gritó que nos largáramos de ahí.

Minutos después pasamos frente a un hotel derruido. Era el cuartel general de un destacamento de guerrilla en la Plaza de Santo Domingo. Mientras los tanques estaban sólo a la vuelta de la esquina, varios jóvenes de no más de veinte años rasgueaban las culatas de sus ametralladoras como si de verdad fueran guitarras. Al acercarse los tanques, se guarecían en el interior del hotel, donde había un depósito bien abastecido de armas, así como obreros y estudiantes prestos a deslizarse por la acequia de Perú para seguir la lucha si el hotel era atacado. Al mirarnos con las cámaras al pecho nos invitaron a ver al comandante, un muchacho apenas mayor que ellos que traía una sotana enfundada en pantalones militares. Reconoció que la resistencia era desesperada, pero que resistirían hasta el fin —individualmente, en último caso. Afirmó que dominaba y dirigía la lucha en toda la zona. Como Rosa se mostrara descreída, nos envió con el muchacho de la molotov a recorrer "su" territorio. En el trayecto aproveché para hacerle unas preguntas al joven combatiente. Mi entrevistado tenía 16 años, había nacido en un pueblo llamado Michoacán, pero desde niño había emigrado a la Ciudad de México. Se había iniciado en el movimiento por equivocación: una de sus citas amorosas había tenido lugar en el desaparecido Museo de Antropología, de donde había partido la histórica Manifestación del Silencio. De hecho, el teniente Pucheros (así lo llamó el comandante cuando le encargó acompañarnos), reconocía que los mítines eran el lugar perfecto para conocer muchachas. De uno a otro acto, la cita podía ser: "Nos vemos en la próxima manifestación." Así conoció a Lucía. Era una lástima que no hubiéramos llegado dos minutos antes, nos decía el teniente Pucheros, porque se había ido a ligar soldados yanquis para atraerlos a zonas de emboscada. Lucía había salvado al teniente Pucheros durante la masacre del 2 de octubre escondiéndolo en un gran jarrón chino. Ahora, combatían juntos.

Para el 21 de octubre era evidente que la lucha había terminado, aunque la resistencia continuara en zonas aisladas. La periodista inglesa terminaba su nota así: "La revolución fue vencida, ahogada en sangre y enterrada entre ruinas y mentiras, pero... PERO..."

(—¡Cállate! Ya no juego más —gritó Rosa mientras comenzaba a zarandear a Soledad—. ¿Entiendes? ¡No más!

—Pero Rosa... Ahí no acaba todo —respondió la otra, angustiada, saltándose páginas de un libro de Miguel que había quedado fuera de las cajas adonde habían metido sus cosas—. Podemos darle otro final, componer el cuento... Si tú quieres.

—¡Qué cuento ni qué ocho cuartos! Eso sucedió en Hungría en 1956, así lo dice el libro. Dámelo de una vez.

Y se lo arrancó de las manos para destrozarlo. Cuando terminó con él —en las tiras que quedaron regadas todavía podía leerse *La tragedia de Hungría*—, le espetó con odio:

—No vuelvas a componer la historia. Tus cuentos no sirven para nada. Aquí la gente no hizo nada después del 2 de octubre, ni se levantó en armas, ni clamó por la verdad, ni mi hermano es ningún Combatiente de la Libertad... Es más: aquí no hubo muertos ni heridos. No hubo cuerpos ni sangre... Yo nunca he tenido un hermano llamado Miguel. Yo no estoy aquí y tampoco te conozco. Es más: no te veo.

Y echó a correr sin regresarle a Soledad su pubis ni una de sus piernas, y sin que Soledad pudiera devolverle su corazón ni su brazo izquierdo, como cuando aspiraban a tomar rayaduras de nube y a que las Ángeles las ampararan porque aún no conocían su verdadera esencia.)

XV

Soledad regresó varias veces al edificio donde había vivido su amiga Rosa Bianco. Visitó el cubo de las escaleras donde un desconocido la había iniciado en el disfrute de su cuerpo. Se plantó frente a la puerta donde Miguel la invitara cierta vez a esperar a su hermana. La puerta —antes café— relucía ahora un verde escandaloso.

La última vez que fue, acababa de terminar el año escolar y las vacaciones se avecinaban con su carga de tedio y melancolía. Subió hasta la azotea: las cúpulas de la Iglesia de los Josefinos y las puntas *nouveau* del Museo del Chopo refulgían en aquella tarde de brillos crepusculares. El conjunto de casas y edificaciones, construcciones dispares, descoloridas y opacas, con escasas zonas arboladas, se extendía hasta los cerros circundantes y en algunos de ellos comenzaba a trepar como una hierbamala seca. Soledad no pudo evitar el recuerdo del lago extinto del que tanto le hablaran en sus clases de Historia y Civismo. Trató de imaginar las aguas y las canoas, las acequias y los puentes, los patos y las chinampas. Estaba a punto de desear ver aquel mundo primero pero se detuvo. Nunca más volvería a desear nada.

Ignoraba Soledad que los deseos más gloriosos y terribles se urden sin saberlo.

SEGUNDA PARTE

Apuntes para una poética de las sombras

XVI

¿Qué la detenía? Si de verdad nadie podía verla, entonces tampoco sabrían nada de su muerte. Y si algo tenía de obsceno el suicidio más decoroso era encontrar el cuerpo como huella lastimosa, como vestigio sangriento, como una fotografía de nota roja. Dependiendo de la muerte elegida, el grado de horror podía aumentar o disminuir pero a final de cuentas sucedería como con esas fotos que muestran los estragos de la guerra, del hambre, de la injusticia: al poco tiempo la gente se acostumbra y las olvida. Las vuelve invisibles. Como todo aquello que de verdad nos toca o nos hiere. Soledad reflexionó que, bien visto, aquel deseo de desaparecer sin dejar huellas había sido un buen deseo: sin manchas ni rastros aun en el caso de que terminara arrojándose al vacío. Saberlo la reconfortó: no se sentía dueña de su vida pero por fin sería dueña de su muerte.

La ciudad atardecía cuando bajó de la atalaya. Se paseó por las terrazas ya sin visitantes, sólo pobladas de fantasmas y soldados. Ahora el Castillo le pertenecía: sus habitaciones estilo imperio, sus muebles de terciopelos y brocados deslucidos, el baño privado de Carlota con sus mosaicos de dalias y varas de durazno, el elevador que usara Carmelita Díaz para subir a su alcoba de vestal, la austera carroza de Juárez, el reloj musical que alguna vez hiciera las delicias de Eugenia de Montijo, los jarrones y mesas de malaquita rusa, los cuadros del pintor Cordero y el biombo con escenas del Parián... ¿Era de verdad todo aquello que veía y tocaba, o era sólo un sueño? Tentó a la suerte: abrió vitrinas, encendió luces pero al parecer los sistemas de seguridad del Castillo no funcionaban o... no existían. Hubiera sido una delicia divertirse con el correr de los soldados al sonar de las alarmas. Se recostó en un silloncito de la sala de música. Por la ventana se alcanzaba a ver una luna casi llena que plateaba las altas copas de los eucaliptos y los llamados "cipreses de Moctezuma". Cuántas veces Carlota Amalia, segunda emperatriz de México, había desgranado sueños de gloria sentada en aquellos muebles tapizados con fábulas de La Fontaine. Tal vez, muy al principio, le pareció que su vida era una fábula con aquel imperio de México que había surgido por arte de magia. La luna era tal vez más clara, el bosque más recóndito y el mundo, sin lugar a dudas, más ancho... Pero ¿y los deseos? Carlota Amalia cruzó el Atlántico en pos de un sueño que se había hecho realidad. Pero entonces, Soledad recordó la suerte de la emperatriz y sintió pena. Si los deseos se cumplían, y una vez lanzados al aire no podían dar marcha atrás, ¿qué había pasado con Péter? ¿En qué momento, amándolo con un hambre física, había deseado perderlo? ¿Por qué eran tan inexplicables los deseos? ¿Y por qué actuaban en contra de uno? Recordó que a la partida de su amante, el simple acto de tocar le dolía. Como si su piel no existiera y toda ella, frente al abandono, hubiera quedado descubierta. Le había pasado antes, cuando Rosa y Miguel salieron de su vida pero en aquella ocasión el dolor desapareció repentinamente como se recupera uno de las fiebres de la niñez; en cambio cuando Péter regresó a Hungría, aquella sensación física fue en aumento conforme descubría que su ausencia era un vacío absoluto y sin fondo, una caída del alma sin asideros ni esperanzas. No había dejado nota alguna en su hotel, adonde Soledad llegó con todo y maletas precisamente porque aquel viaje lo emprenderían juntos. Ni pensar en regresarse a su casa con la cola entre las patas, después de haberle mostrado a Carmen, semanas antes, el telegrama que, supuestamente, le notificaba que el ministerio de cultura húngaro le concedía una beca (telegrama que Soledad misma había fabricado con fotocopias de telegramas y cartas que le llegaban a Péter desde su país). A su madre no se le había ocurrido preguntar mayor cosa sino pedirle dos: una, que dejara guardadas sus pertenencias en el garaje porque, si Soledad no tenía objeción, podría rentar su recámara; dos, que le mandara postales: "No importa si no escribes nada al reverso, pero manda muchas, con ríos congelados y tulipanes en las casas de cuento. Quién quita y junto un dinero y hasta te visitamos Luis y yo... ¿Holanda, verdad? ¿O dijiste Hungría? ¿No son lo mismo?" Sol le dijo que sí, dejó listas sus pertenencias en unas cajas que arrinconó en la cochera, y programó su supuesta partida para un día después de que Carmen y Luis salieran en una de sus excursiones de fin de semana. Soledad sabía qué trabajo les costaba renunciar a sus paseos. Desde su rompimiento con Lorena tres días antes de casarse, Luis había pedido una licencia sin goce de sueldo en su trabajo y no se separaba de su madre más que lo estrictamente necesario. Soledad pretendió verse magnánima: "No, mamá, ni se sacrifiquen por irme a dejar al aeropuerto. Si estas salidas le hacen tanto bien a Luis, no vale la pena que cancelen su viaje... ¿a los prismas basálticos de San Luis Potosí?" Su hermano, aunque distante de cuanto sucedía a su alrededor alcanzó a preguntar: "Se me olvidó para qué dijiste que te habían dado la beca." "Fotografía *puszta*", se apresuró a contestar ella recordando el escaso húngaro que aprendió en paseos nocturnos al lado de Péter, cuando él dejaba fluir su español aprendido con un amigo cubano que residió en Budapest. "¿Y tu carrera?", reaccionó de pronto su madre. Soledad estuvo a punto de decir: "¿Mi carrera? ¿A quién demonios le interesa un título de Comunicación Gráfica cuando puedes aprender las 24 horas con un maestro como Péter Nagy?" Claro que Carmen hubiera preguntado: "¿Y quién es ese don Péter Nagy?", como en su momento preguntó por Cartier Bresson o Casasola. Sólo que Soledad no hubiera podido mostrarle los trabajos de Péter que guardaba en su cuarto como sí le enseñó fotos famosas de los otros (ésa donde un hombre salta un charco, o la de la soldadera en el estribo del tren, frente a las cuales su madre alzó las cejas antes de decir: "bueno, siquiera el de nombre de reloj retrata cosas actuales"). Y no se las hubiera podido mostrar no sólo por el rechazo de Carmen a toda forma de erotismo (para ella la desnudez no podía ser más que perversión o pecado), sino porque el cuerpo allí fotografiado, aquel pubis, esos senos, esa "o" apretada del culo, aunque matizados por los claroscuros, eran los de Soledad. Así que se limitó a inventar: "Los cursos que voy a tomar allá, me los revalidan en la escuela... además, ¿desde cuándo te preocupa lo que yo hago?" Esta última parte de su respuesta estuvo a punto de costarle el permiso para viajar con Péter.

Ahora que Soledad lo piensa reconoce que era absurdo esperar que a sus veinte años Carmen hubiera podido detenerla. Suena absurdo, pero no lo era: si su madre no hubiera terminado por ceder y le hubiera negado el permiso, ella no se habría atrevido a dejar la casa. Inventar el asunto de la beca para escapar de aquella manera con Péter, la había dejado con una sensación de vértigo tal, de haber transgredido los lindes no sólo de su propia existencia sino del mundo entero, que cargar con un arrojo más la habría precipitado en la incertidumbre de no pisar ya ningún terreno conocido. Y por su naturaleza, o ese algo que era ella, esa llama que chisporroteaba silenciosa, no se sentía capaz de grandes cambios ni de fuegos espectaculares. Sólo el amor por Péter —o la fascinación que ella creía como tal— podía aventurarla por caminos inéditos pero siempre a riesgo de perderse de sí misma.

Por eso, cuando después de la invención de aquel viaje para estudiar becada, de aquella doble vida que mantenía para que Péter no supiera de su familia, ni su familia de aquel maestro húngaro de fotografía que tras unos cursos de intercambio regresaba a su país de origen, de aquel apostar ese mundo de valores y temores heredado de Carmen a cambio del amor de un hombre ajeno, como ajeno era su mundo, por eso, cuando Péter se fue sin decirle adiós, haciéndole creer que marcharían juntos, no sólo se le desvaneció un sueño: Soledad se sintió desnuda hasta de la piel misma, como si de pronto la hubieran desollado y el simple roce del aire lastimara su carne descubierta.

En particular, las manos se le despellejaron. Tuvo que usar guantes de algodón blanco y como una especie de fantasma (pero de ópera *buffa*, se burlaba de sí misma Soledad), se quedó en la ciudad que, noctámbula, había atestiguado su relación con Péter. ¿Cómo describir esa ciudad en aquellos días posteriores a su abandono? A donde pusiera la mirada, los edificios y las calles, los cafés y galerías por donde con frecuencia deambulaban y por donde vagó después solitaria, adquirieron para ella una nubosidad escalofriante: tal era la sensación de irrealidad, de caminar en falso, ajena por completo de sí misma con que quedó a la ausencia de Péter.

(Además estaba la diferencia de horarios. Las siete horas que separan a la Ciudad de México de Budapest permitieron que Soledad transitara por un túnel de espacio y tiempo donde el sueño y la vigilia se confundían:

despertaba para vagar sonámbula sin más realidad que creerse el fantasma que recorría a la deriva los sueños de Péter; dormía y entonces era Péter la sombra huidiza que se escapaba por calles desconocidas para de pronto aparecer ante sus ojos con la magia de un deseo cumplido. Y en la orilla de uno y otro mundo, su alegría volátil hasta el momento en que bajaba de la cama y ponía pie en tierra en aquella soledad arisca y alfombrada del cuarto de hotel.

Permaneció en el hotel donde pasó sus últimos días con Péter. Entonces Soledad había creído que aquello era una estación previa al paraíso. ¿Qué clase de felicidad esperaba encontrar en aquel proyectado viaje, del que sólo mucho después entendió que había fraguado ella sola y no con Péter? En aquellas ocasiones, mientras Sol hablaba sobre el viaje que emprenderían juntos, él sólo escuchaba —o parecía escuchar—, mesándose la barba oscura y ejercitándose en un juego particular que desde niño practicaba: darle la vuelta a los objetos sin tocarlos, imaginarlos justo en la parte donde no podía verlos, ese lado de sombra oculto a la mirada que ejercía tanta fascinación en él.

Soledad recordó un día en que le hizo unas tomas en ese mismo hotel. Les habían dado un cuarto con vista a la calle, pero Péter pidió aquella habitación oscura cuyas dos ventanas circulares recordaban las claraboyas de un barco. Apenas se quedaron solos, Péter le indicó con un gesto que se desvistiera. A su vez, desvistió la cámara y el fotómetro de sus respectivos estuches. Sol lo veía hacer y disponer con ese aire de dueño y señor con que se plantaba en cualquier lugar del mundo. Desde ahí, desde aquella cima adonde se colocaba para contemplar el mundo, Péter descubría de pronto que su voluntad indiferente obraba efectos y se sorprendía de ello: observó el cuadro que tenía enfrente, la luz cortante de las claraboyas rasgando la penumbra, violentando en pequeñísimas colisiones ese camarote transformado repentinamente por su mirada en el centro del universo, y un poco más allá, una mujer desnuda que a su vez lo observaba. Soledad percibió por primera vez aquel juego de sombras y tanteos que tanto disfrutaba Péter sin mover un dedo, sólo la vista ejercitada. Era como si su mirada no se detuviera en las partes visibles de su cuerpo, sino que la acariciara también en esas zonas ocultas a sus ojos. Turbada, se atrevió a preguntarle:

—Péter, ¿cómo es la luz en Hungría?

Sorprendido, él detuvo aquellos dedos con que sin tocarla le recorría el cuello, los hombros, la espalda, las nalgas.

—¿Qué? —alcanzó a proferir Péter, irritado.

En vez de regresar al silencio como a todas luces convenía, Soledad sólo atinó a modificar la pregunta.

—Tu casa en Hungría, ¿tiene mucha luz?

Péter la jaló del brazo y la llevó al chorro de luz.

—Las niñas inteligentes sólo hablan si tienen cosas importantes que decir —le dijo, mientras la luz de la claraboya le cruzaba la cara a Soledad. Midió la luz y se alejó para disparar la cámara. Era evidente el enojo de Péter y la muchacha no pudo evitar sentirse culpable. Bajó la vista y los hombros y entonces el haz de luz le cayó en la nuca.

—Así, así... sin moverse —le indicó Péter con una voz que era también una súplica.

Después de tomarle varias fotos la cambió de lugar. Ahora la luz cortaba el vientre de Soledad. Péter estaba a punto de alejarse, cuando se volvió para acomodarle un mechón de pelo; luego pasó esa misma mano por el hueco de sus nalgas. El placer fue tan repentino que Soledad tragó aire por la boca. Escuchó el clic del fotómetro a sus espaldas. Péter medía la luz en su mitad ensombrecida. Decidió hacerle la foto por detrás. Se alejó unos pasos y terminó el rollo antes de acercarse de nuevo. Puso delante de Soledad una silla y le indicó que se apoyara. La luz le pegaba ahora en el rostro y por la posición le atravesaba el cuerpo como una flecha luminosa. Las manos de Péter en su espalda se alejaron unos centímetros y luego tornaron a acariciarla. Soledad creyó entender que tocaba la luz.

—Adoro tu piel, *csillagom*. Es luminosa y transparente —dijo Péter antes de someterla.

Rapsodia húngara 1

Escribo esto en húngaro. Una vez siendo niño fui con mis padres a Balaton. Ellos tenían asuntos que tratar con el abuelo Gyula. Tan pronto llegamos, papá me dio unos florines para que me diera una vuelta por el "mar". Yo no quería nadar y me largué pateando piedras y arena del camino. Iba tan furioso que sólo me detuve cuando escuché unas risas. Alcé la vista y entonces la vi. Era bonita y burlona. En las manos traía una caja de zapatos donde guardaba secretos que después se negó a mostrarme. De pronto, se le acercó otra niña y le cuchicheó algo al oído. Volvieron a reírse y señalaron mis zapatos. Los miré: estaban puestos al revés. Estaba por alejarme (par de tontas), cuando ella me preguntó si la ayudaba a buscar tesoros. Le dije que sí. Soltó la mano de su amiga y echó a correr. Bordeó el "mar" Balaton y desapareció tras las "dunas movedizas", un recodo de playa donde, según el abuelo Gyula, más de un bañista había muerto ahogado de arena. Eran invenciones del abuelo, pero apreté el paso. No conseguí encontrarla. Corrí de un lado a otro. Un dolor se me hincó en el costillar. Por fin atisbé la caja de zapatos abandonada sobre un montecito. Iba a abrirla, cuando su risa gorjeó en mi nuca. Me volví. Por un instante la tuve enfrente. Era casi de mi tamaño. Me preguntó: "¿Vamos a buscar tesoros ahora sí?" Esbozó una media sonrisa —esta vez de coquetería—. Contesté que no. Entonces dijo: Al menos, enderézate los pies. Y pasó de largo rumbo a su caja de zapatos. La alzó y echó a andar como si el mundo y yo dejáramos de existir apenas sus ojos se llenaran con otras imágenes. Me quité los zapatos y la seguí descalzo.

No encontramos tesoros y terminamos por meternos al mar. No quiso mostrarme la caja y se la dejó a su amiga. Le pregunté qué era lo que guardaba con tanto celo. Me respondió: suspiros, y saltó al agua. Competíamos y cada vez nos alejábamos más de la orilla. En un descanso dijo: "Tú le gustas a Estela." Tragué agua. "¿Estela, quién es Estela?" "Mi prima", dijo y su dedo se extendió hacia la playa. (Ahora que lo pienso, esa muchacha que conocí en México, Soledad, se parecía un poco a las dos. A la prima y a la otra de quien nunca supe el nombre.) Estela nos miró mirarla y se tapó la cara con la caja de zapatos. "Vamos más hondo", dijo mi acompañante y volvió a bracear. No paramos hasta que su prima casi se borró en la orilla. Me eché bocarriba para descansar. El cielo era claro. El sol estaba en su sitio. El día de pronto se había hecho perfecto. Entonces sentí un roce en la oreja. Luego en la frente, las mejillas y los labios. Solté una carcajada. "¿Cómo lo haces?" Ella tomó un trago de agua. Apuntó los labios como si fuera a mandarme un beso. Del hueco, brotó un chisguete que me pegó en la cara. "Son dardos de agua", dijo y continuó flechándome hasta que pude lanzar un dardo que se estampó en su frente. En plena guerra, exclamó: "Tengo que irme", y echó a nadar sin más. Miré hacia la orilla. Una mujer hacía señas. Apenas llegó a la playa mi amiga se volvió para despedirse. Yo también agité la mano. Continué flotando un rato más. El sol se había movido de lugar pero el cielo seguía brillando. Me dio gusto pensar que todavía me quedaba una semana de vacaciones en Balaton.

Pero ella no regresó al día siguiente y nunca volví a verla. En cambio, su prima me seguía a todas partes: apenas me volvía o trataba de hablarle, salía corriendo y no paraba hasta desaparecer. Me resigné a su presencia silenciosa. Un día antes de mi regreso a Budapest alguien tocó la puerta. Creí que era uno de los gatos que venían a pedirle sobras al abuelo. Era Estela. No pasó del umbral. Su rostro, a través de la malla de metal, se hizo más indefinido. Su voz, en cambio, resultó tremendamente clara. "Ella me pidió que te diera esto... se maltrató un poco... te la dejo aquí", y se inclinó para echarla por debajo de la puerta. Salió huyendo. Se trataba de una postal de la Basílica de San Péter en Roma, como decía al reverso. También había un mensaje que había sido tachado con pluma. Por supuesto que odié a la prima. La busqué para obligarla a que me dijera el mensaje pero también se había ido. Me senté frente al "mar" Balaton con la tarjeta en las manos. San Péter... como mi nombre. Miré la tarjeta a contraluz del sol que ya se ponía. De todas formas, no había puesto dirección: en esa parte el papel estaba en blanco. Dejé que a la Basílica de San Péter se la llevara el mar. Flotó en las aguas hasta desaparecer con el último resplandor del "Puente de Oro".

XVII

A la partida de Péter, permaneció en un hotel con el dinero que pensaba llevar a Hungría. Eran los ahorros que había juntado haciendo una foto por aquí, ayudando a los amigos de Péter con revelados e impresiones por acá, y alguno que otro trabajillo para una empresa publicitaria. Si lo había reunido para realizar un sueño, ¿por qué no derrocharlo ahora que Péter había decidido que no debía gastarlo con él ni en Hungría?

Aquella primera noche en la habitación del hotel, la visitó Lucía. Llevaba horas tirada en la cama, con la misma ropa con que había salido de la casa de los portales, observando, ahora en la oscuridad, la maleta de viaje que se le había quedado sin destino, cuando vio a su amiga. Supo que era ella aunque llevaban tiempo sin verse y a pesar de que Lucía había cambiado el quimono por unos jeans. A Soledad le dio gusto reconocer que todavía se parecían a pesar de que la palidez de su amiga seguía recordando la porcelana de las figuritas chinas. Además, Lucía tenía labios delgados. Soledad intentó recordar si siempre los había tenido así o si sucedió después de aquella ocasión cuando, siendo casi adolescente Soledad, Carmen la sorprendió en el asombro y la seducción de contemplarse frente al espejo. Sol se observaba con embeleso, veía sus ojos rasgados, sus cejas bien dibujadas, el afilado óvalo del conjunto, los labios carnosos que se parecían a los de su padre... A Soledad le gustaban tanto sus labios que probaba a acariciarlos con la punta de un dedo y luego con la lengua que les dejaba un brillo de ciruela recién mordida. Sobra decir que la imagen reflejada le fascinaba y que poco faltó para que la cubriera de besos, para que comiera aquella fruta carnosa y se consagrara en el culto de los que son fieles a sí mismos. Pero entonces, Soledad oyó la voz de su madre y, por extraño que parezca, se supo desnuda y descubierta. La fruta cayó de sus manos, podrida aunque aún su apariencia fuera agradable. Carmen había dicho: "Si metes el labio de arriba hacia dentro, todavía puedes corregirlo." Y acompañó sus palabras con una demostración que la dejó, a ella que tenía apenas una línea por boca, sin labios. La boca de un simio o un pez. Soledad pudo haberse reído de lo absurda que se veía su madre. Pero en cambio, miró el espejo y desde ahí una Soledad nueva la contempló con la boca empequeñecida.

Claro que el labio no se le corrigió nunca porque se le cansaba y entonces se levantaba todavía más inflamado a despecho de tantos minutos sometido. Y tal vez por esa rebeldía no se volvió fantasma del todo, aunque cada vez se le veía más opaca y borrosa según lo atestiguan las fotos de la época donde había que rastrearla con lupa entre cuerpos vigorosos y rostros como el de su hermano Luis que atrapaban la mirada a la primera intención.

Pero no siempre fue así. Ahora que nadie puede verla trepada de nuevo en el Caballero Alto, desde este puesto de observación alguna vez dispuesto para atisbar el movimiento de los astros, donde contempla por igual su vida y este discurrir de ciudad vertiginoso y cada vez más ajeno, ¿a qué otra cosa puede aferrarse (como su mano al asta del torreón para no caer) sino a la verdad de una confesión que sólo busca un asidero a esta condición fantasmal, de sueño o engaño, en la que se encuentra ahora? Así las cosas, Soledad admite que a veces tomaba fuerza y atraía a la gente a su alrededor. Eran situaciones tan extrañas —los demás girando en torno a ella— que le entraba una especie de delirio por agradarlos, pero en esos instantes fugaces ella pensaba que era Lucía la que los encantaba con su gracia para caminar, ese aire tímido

—No, eso está penadísimo, él ya no puede repetir... Pero dicen que apoya a Laura Gómez. Aunque quién sabe. También se lleva con Jorge: yo los he visto echarse sus cascaritas en el estacionamiento del túnel y luego hasta juegan en el mismo equipo.

Se habían detenido al pie de las escaleras del ala izquierda, muy cerca de la librería de cuya puerta de cristal colgaba un cartelito que decía: "Hoy ya trabajamos, mañana... tampoco." Soledad observó a Filemón. Aunque nunca había sido hostil como don Agapito, su tono actual era francamente amigable. Luego lo miró saludar con un gesto al vigilante que se hallaba apostado a la entrada del Palacio, por cuya puerta principal, apenas entreabierta, se iban colando los trabajadores que llegaban a la asamblea. Soledad nunca había presenciado una pero supuso que, por la cantidad de gente que iba llegando y que continuaba hacia el teatro, aquella reunión era importante.

—...Y la mera verdad, Jorge es a todo mecate. Lo mismo se pone una borrachera contigo que te consigue veinte pases para *El lago de los cisnes* en la isleta de Chapultepec... En cambio esa Laura es una alzada. Que si el materialismo histórico, que si Rosa Luxemburgo y quién sabe cuánta mentada de mente... Mírala, ahí llega: habla uno de la viuda negra y ella saca las antenas.

Soledad descubrió a una muchacha un par de años mayor que ella, cabello alborotado, brazos y piernas cortas. La timidez de su andar —porque caminaba con recato, como si temiera que el Palacio se le viniera encima—, contrastaba con una sonrisa permanente y unos ojos golosos que parecían querer comérselo todo. Se aproximó a un grupo de trabajadores que aguardaba cercano a una de las taquillas. Un hombre de lentes y sonrisa de castor le dio la bienvenida con un abrazo.

—Ése es Leonardo Ramírez —dijo una voz de mujer atrás de Soledad.

acordado de pedírselo. Y r tras lo hacía girar alrededor de su dedo, no dejab. pensar en las extrañas maneras que tienen los deseos para cumplirse.

XLV

Al día siguiente, apenas llegó al Archivo, don Agapito la atajó en uno de aquellos pasillos amurallados de papeles.

—¡Afuera! ¡Afuera! —le dijo. Filemón alcanzó a asomar el rostro cuando su cojera lo hizo inclinarse más allá de un hombro de don Agapito. "...A la asamblea", gesticuló al ver la cara de sorpresa de Soledad.

Soledad sujetó fuerte la cámara fotográfica que traía colgada al hombro y se dejó conducir. Sonrió cuando el hombre mayor le dijo serio pero ya sin rastros de hosquedad:

—Y cuidadito con venir a trabajar sin mi permiso, ¿eh? A los que hacen semejante cochinada les llaman sacacorchos y tú no eres de ésos, ¿verdad?

—No se llaman sacacorchos, don Agapo... —aclaró condescendiente Filemón—. Se llaman esquiroles.

Pero el hombre ya abandonaba el túnel para subir las escaleras hacia la superficie. Era la primera vez que Soledad lo veía moverse con energía y entusiasmo.

—Ahora, sí... que me avienten a esos charros —le alcanzaron a oír como si en vez del Palacio entrase a un jaripeo. Se escucharon risas y aplausos, también chiflidos.

—¿Y tú por quién vas a votar? ¿Por Laura Gómez o por Jorge Flores Miranda? —le preguntó Filemón mientras la invitaba a que subieran.

Soledad no sabía de quiénes hablaba el muchacho.

—¿No van a reelegir a Leonardo? —respondió casi cuando arribaban al gran lobby del Palacio.

Juárez. Dibujar en un pedazo de betabel una figura circular que simulara el matasellos había sido fácil, lo mismo que las letras cirílicas que copió de un diccionario Larousse. Lo complicado fue pensar en el mensaje que dirigiría a su madre, aquel cambio de planes que en vez de Hungría la habían llevado a la URSS.

—Mire, le queda bien —dijo Carmen—. Tal vez a mi hija le hubiera quedado un poco grande. La verdad es que Sole siempre es muy diferente a lo que yo espero de ella. A mí me hubiera encantado que fuera modelo o aeromoza, pero los hijos de hoy en día hacen su santa voluntad. Ahora está estudiando fotografía en Rusia... En mis tiempos —prosiguió Carmen que más bien hablaba para sí misma— si mamá Marina decía por el oeste sale el sol, pues por el oeste salía. Ni pensar que íbamos a contradecirla. Y viajar lejos y solas... ni pensarlo. Lo peor es que la tonta de mi Soledad no puso su dirección. Y ahora ni cómo escribirle. Su hermano, mi otro hijo, se casa el mes entrante y yo quisiera que ella viniera a la boda.

La mujer guardó silencio unos instantes y luego añadió:

—También me gustaría escribirle que la extraño. Si usted supiera las noches que estuve en vela llorando porque se iba. Claro que nunca se lo dije. Se lo digo a usted porque se le parece y porque siento que, de alguna forma, es como decírselo a ella.

Carmen terminó por alejarse. Soledad la dejó partir entre las sombras que ya habían caído sobre el parque. Entonces lloró presintiendo que tal vez pasaría mucho tiempo antes de que volviera a ver a su madre y ni siquiera había podido despedirse, ni mucho menos decirle que también ella la quería. Repentinamente recordó el anillo de la abuela Marina que aún refulgía en su anular. Había olvidado devolvérselo a su madre y ella tampoco se había sobre los precios era difícil patinar a vuelo libre y Sol niña prefirió contemplar las aves monótonas de un par de jaulas gigantescas que se hallaban en el interior del jardín.

Hacia allá dirigió sus pasos. Encontró las jaulas vacías, sin trazas de haber sido habitadas recientemente. Tras pensarlo unos instantes —la luz comenzaba a escasear entre las copas de colorines y álamos— se sentó en una banca de cemento. El cabello le cubría parte de la cara y probó a ver el parque a través de ese tamiz. Sólo entonces reparó en que lo tenía largo y en el tiempo que había transcurrido desde la partida de Péter. Escuchó su propia respiración sosegada y una sensación de alivio la hizo echarse el cabello hacia un lado con un movimiento leve de cabeza. Fue entonces cuando descubrió que no estaba sola en la banca. Una mujer mayor la miró con ojillos risueños. Hubiera querido correr cuando se percató de que era su madre.

—Disculpe si la asusté —la voz de Carmen era amigable y dulce—. Pero es que ¿sabe?... Se parece usted mucho a mi hija.

Soledad no supo qué decir. Sonrió y volvió a dejar que el pelo le cubriera parte del rostro.

—¿Sabe? Ella es como de su edad. Quizá un poco más alta y larguirucha. Mire, pruébese este anillo. Ella siempre quiso que yo se lo regalara pero como era de mi madre me daba miedo que lo perdiera —Carmen se había quitado la argolla de la abuela Marina que alguna vez le regalara su hermana Refugio y se la tendió a la muchacha.

Soledad no se atrevió a negarse. Tomó el anillo y se lo puso. Llevaba semanas sin usar los guantes. Recordó que aún los usaba cuando se decidió a enviarle a Carmen una postal de la Unión Soviética que había encontrado en unos puestos ambulantes de avenida

Al volverse reconoció a Maru.

—Hola, Cuerpo —bromeó Soledad aludiendo al nombre de Sombra con que Maru acostumbraba llamarla—. Ya me sentía muy perdida sin ti.

—¿Como sombra sin dueño ni perro que te ladre?

Soledad se rió.

—Y bueno, ¿estoy pintado, no me parezco, me parezco demasiado, o qué? —interrumpió Filemón.

—No, manito —dijo Maru y lo llenó de besos—. Tú bien sabes que eres mi cojito de oro pero... —y se paró en seco como recordando algo— tú ya tienes dueña y te anda buscando. Así que mejor ya váyase rengueando que luego me acusan de que me adelanto.

Filemón se despidió efusivamente de Maru y de Soledad. Tan pronto lo vio partir, la secretaria se dirigió a la muchacha.

—Vente, Sombra, a lo menos falta una hora para que empiece este numerito. ¿Trajiste tu cámara? Ven, te tengo una sorpresa.

Soledad creyó que la llevaría a presentar con Leonardo y su gente, pero no fue así. En vez de acercarse al vestíbulo, rodearon el Palacio por el área de balcones y subieron hasta arribar a galería. Soledad apenas si reparó en la gente que se acomodaba en los asientos, la mesa larga sobre la boca del proscenio, el rumor creciente como un detritus humano inevitable. La maravillaban, en cambio, la atmósfera tamizada de luces laterales, la redondez cálida de la bóveda, el terciopelo de las butacas, la estilizada línea de los ornamentos de latón. Desenfundó la cámara y apreció detalles ajustando el lente.

—¿Qué tal? —la interrumpió Maru—. Precioso, ¿verdad? Y a que ni sabes. Todas esas figuras —señalaba la bóveda del plafón y también el arco del proscenio—las hizo un artista húngaro. A propósito, ¿te contestó por fin ese fotógrafo hijo de la chingada con el que anduviste?

Soledad frunció el ceño: otra vez esa Lucía. ¿Es que ya no se podía confiar en ella? ¿Tendría que llegar al punto de desear no haberla conocido nunca? Se paró en seco: un movimiento del dragón, un temblor apenas, la obligó a sostener la respiración. Al percatarse de que la bestia proseguía su sueño, fue soltando suavemente el aire y agradeció no haber terminado de formular ningún deseo.

—Pero esto no es todo. La sorpresa está por comenzar. Vente, Sombra —le dijo Maru y regresaron a las escaleras pero en vez de bajar traspasaron una puerta metálica que conducía a la azotea. Salieron a una terraza que miraba a la Alameda y de ahí caminaron por encima de las bóvedas bajas que daban a la fachada principal. Sobre el mármol, entre las varillas de las escaleras que surcaban las bóvedas, había grandes mariposas nocturnas. Algunas muertas, otras palpitando con dificultad. Tomó algunas fotos al descubrir que el contraste entre la mariposa nocturna y el mármol creaba un claroscuro instantáneo.

Por fin llegaron al balcón que daba a la fachada principal. Mirando en derredor, Soledad agradeció haber traído el gran angular, así podría trabajar algunas panorámicas. Pasaron minutos antes de que alguna de las dos mujeres hablara. El tránsito de la gente y los autos, los gritos de los vendedores de avenida Juárez y los cláxones que los automovilistas hacían sonar desesperados ante la ineficacia de un policía que intentaba agilizar el tráfico, la prisa, la siempre renovada prisa, esa agitación porque la vida está a punto de dejarnos. Todas eran situaciones ajenas, incomprensibles desde la azotea del Palacio donde se podía mirar de cara al cielo —por más que ese cielo permitiera una nueva referencia en la gama de colores: color cielo pardo—, donde aún con dificultad en aquella mañana contaminada podían divisarse el cerro del Tepeyac y la torre triangular de Tlatelolco.

—Vengo aquí seguido —dijo Maru después de
haberse llenado los pulmones a plenitud—. Aquí contem-
plo la locura del mundo y me siento segura para ver mi
propia locura. Porque eso sí, todos estamos locos por más
que a unos se nos note más que a otros. Aquí pienso en mis
hijos, en el buey que me dejó viuda, en cómo entré a Bellas
Artes (el director de entonces me preguntó qué puesto
quería y yo le contesté: quiero empezar desde abajo).
Desde aquí veo los enjambres de gente que va y viene y me
descubro sola en el mundo. Entonces imagino que el
Palacio está en medio de un bosque y sólo yo lo habito.
Puedo gritar de dolor y nadie va a responder. Siento el aire
en mis mejillas y no sé por qué pero sonrío. ¿Sabes que hay
hormigas aquí en la azotea del Palacio? Esas mariposas que
anduviste fotografiando, se las cargan entre un chingo de
ellas. Entonces pienso, sí, estamos solos pero hay muchas
cosas que podemos hacer con la ayuda de los otros. Hay
muchas cosas injustas. Si te pones a pensar, a quién no le
gustaría subirse acá y mirar y sentirse dueño. Todo mundo
debiera tener derecho a estar bien, a sentirse pleno.

—Sí —repuso Soledad mirando las oleadas de
transeúntes que cruzaban el Eje Central—, todo mundo
tiene derecho a sentirse solo.

—Yo no dije eso. Dije: "sentirse pleno." En cambio,
tú ese derecho de la soledad lo cumples muy bien,
¿verdad? —rectificó Maru.

Soledad apenas si se movió; encogida sobre el
pretil parecía más pequeña de lo que realmente era. Maru
se dio cuenta de que atisbaba el panorama por partes,
como si no se atreviera a contemplarlo de golpe, abarcar-
lo en una mirada total. Debió de recordar algo que la
muchacha le había contado porque de pronto le preguntó: —¿Y de verdad tu mamá te encargó con una tía desde
que murió tu hermana gemela? ¿Pues qué culpa tuviste tú
de que se ahogara si estaban tan escuinclas?

169

—Ha de haber sido un accidente... —contestó Soledad de mal humor—. Pero ganas no debieron faltar- me: Lucía inventaba cada historia y me armaba cada lío...

—Yo no tuve hermanas, solo varones, y siempre quise tener una. ¿A poco no la querías?

—Sí, mucho... pero prefiero no hablar de ella.

Maru volvió a mirar en derredor y respiró a profun- didad. Sonrió como si se le hubiera ocurrido una idea.

—Oye, Sombra, ahora que casi estamos entre nu- bes cuéntame ese cuento que inventaste con tu amiga aquella, a la que le mataron un hermano en el 68. ¿Cómo dijiste que se llamaba aquel juego? ¿Lecciones para volar entre las nubes?

Soledad frunció el ceño y miró hacia Tlatelolco. Triangular, una punta de lanza, su torre se clavaba en la lejanía.

—¿También te habló de Rosa? Es decir, te conté lo de Rosa?

—Sí, desde que me lo dijiste, me quedé pensando qué hubiera pasado si aquí hubiéramos reaccionado como en Hungría en el 56. Decirle al pan, "pan", y a los asesinos por su nombre. Tal vez nos hubieran aplastado, pero no del todo.

Luego miró a Soledad de soslayo y se aventuró a decir:

—...Tal vez se te hubiera quitado el miedo.

—...Pero no del todo —bromeó Soledad repitien- do las propias palabras de su amiga—. Además, tú me estabas contando de cómo te imaginas el Palacio, de las hormigas, y no sé cuántas cosas más.

Pero Maru ya no la escuchaba. Asomada al balcón, extendió el brazo para señalar un punto en la avenida Juárez.

—Sombra, eso lo dejamos para después. Mira, ese viejito que trae un periódico en la mano es el maestro Gallegos. Vamos a verlo antes de que comience la asamblea.

pero lleno de coquetería con que entornaba los ojos y oponía una suave resistencia antes de decidirse a cantar o recitar un poema en las reuniones de la familia de Carmen. Entonces Soledad aprovechaba esas ocasiones para pararse frente a los espejos o los vidrios de las ventanas y comprobar que su reflejo se difuminaba por más que su dedo intentara seguir su sombra en la superficie de mercurio o la de vidrio. En aquellos momentos, mirando a Lucía hacer sus pliés antes de recibir el aplauso incluso de Carmen y de su tía Refugio, mientras permanecía al margen de todo, Sol se sentía poderosa, tan poderosa que podía atravesar sola el laberinto y visitar al dragón dormido.

XVIII

En mi pecho están despuntando dos temores. Camino encorvada para disimularlos y ocultar a todos que estoy enferma y que voy a morirme. Lo sé porque me duelen con el simple toque de una mirada que palpa en ellos el vencimiento de un plazo. Por eso huyo y me oculto entre la hierba. Quisiera ser la ciencia de la cochinilla y empelotonarme cada vez que alguien se acerca para mirarme desde la esquina de una suspicacia. Bajo la cabeza, doblego la espalda pero la desaprobación termina por dejar caer su espada. Entonces huyo hasta la recámara de soledad reconocida. Ahí, ejercito mi labor de miriápodo asustadizo que apenas si deja ver sus antenas y flexiona sus patitas. Persevero en el tiempo de la resistencia hasta que los calambres se empeñan en estirarme las piernas y cambiar de postura. Levanto la vista y descubro el silencio acechándome desde la superficie asombrada de un espejo. Encarcelado desde ese asombro, la imagen de Alguien arroja sobre mí su aliento mercurial. Ahora sólo espero, quietecita a que sus manos se extiendan para desabotonarme la blusa y destaparme los tumores. Cada dedo que los roza va probando mi condición de estatua de marfil. Un... dos... tres... un grano acaba de salir... O mejor aún, una bolita de cochinilla tiembla asustada en la punta de cada tumor. Inesperadamente expertos, sus dedos amasan, voluntad de migajón que termina por arrancarme el gemido. Ante el hilo de mi voz tijereteada el espejo tiembla y se estremece en ondas inusitadas. Alguien ya está por salir. Entonces sólo doblo el cuello. Sólo termino de dejar caer la ropa. Los menudos hombros al aire, la vergüenza también. Entonces imploro: Olaya bendita, no permitas el dolor ni el miedo. Ya Alguien se aproxima. Deposita el beso de su mirada en la punta de mis temores. Ahora soy yo la imagen del espejo que se remueve en ondas de placer acuoso. Su lengua de listón rojo los enreda en círculos febriles. Más... más... En bandeja de plata, cercenados, tiritan los recelos. Pero no puede besarme, lamerme, chuparme. No ha salido. Encarcelado, Alguien continúa detrás del cristal. Me apresuro a tocarlo. Sus palmas extendidas y mis manos, su boca y mis labios, su lengua y mi saliva, sus senos en mi pecho. Juro que su aliento de metal ardía.

XIX

Lucía siempre la ayudaba a sobrellevar situaciones difíciles: exposiciones de clase en secundaria, una actuación en una obra de teatro en prepa, las reuniones con los compañeros de la carrera, la primera vez que fumó mariguana y que volvieron a estar juntas en compañía del dragón... Fue en esa ocasión cuando Soledad le dijo que si a ella le gustaba tanto el mundo de fuera, por qué no cambiaban de lugares. En vez de contestarle, Lucía echó a correr por el laberinto y se perdió de vista. Inexplicablemente (o tal vez fueran los efectos de la mariguana), el oleaje de un mar comenzó a golpear las paredes del jarrón. Fuerte, cada vez más fuerte, mientras Soledad seguía los pasos de Lucía. Era como si alguien hubiera arrojado el jarrón chino a un mar bramante, como si la doncella que habitaba en él hubiera dicho: "Si no puedo salir, si mi alma ha de estar aquí encarcelada, por lo menos me sea concedido conocer los siete mares", pero ella no contaba con las tormentas ni los naufragios, y a cada acometida, lejos de poder asomarse para vislumbrar los horizontes y los cielos, la doncella tenía que refugiarse cada vez más adentro del jarrón. De pronto el oleaje cambió. En vez de olas furibundas se escuchaba ahora como si clavaran una columna o un madero en el centro del laberinto, y lo estuvieran fijando a mazazo limpio. Cuando Sol pensó que había perdido el rastro de Lucía, ella le tocó el hombro y la guió a donde el dragón. Le preguntó: "¿Qué es ese ruido?" Lucía hizo un gesto para que se callara: "Vas a despertar al dragón." "¿Pero esos golpes no lo despiertan?" "Ven, acurrúcate aquí en su vientre. Aquí su piel es tan suave que una vez que hundes las manos, te hundes toda." Lucía le tomó la mano y la llevó al cuerpo del animal. La caricia provocó que el dragón se moviera y exhalara un quejido. Pero ni aun así despertó. El golpeteo se fue haciendo más suave. Al principio, cuando jugaban con la piel del dragón, Soledad llegó a pensar que aquellos sonidos eran la respiración de la bestia. Pero poco a poco descubrió que los golpes los producía su propio corazón. Cuando dejó de escucharlo, Lucía le dijo: "Es mejor quedarse aquí. De todas formas, ya estás muerta."

Sin embargo, al despertar, Sol no vio paredes rojizas, ni al dragón, ni a Lucía a su lado. Había dejado de ser niña, recuperaba un cuerpo de... —dudó unos instantes— 19 años tendido sobre la alfombra de un departamento desconocido. En una de las paredes un cartel de Chagall relucía en flamantes rojos y amarillos su dominguez. Reconoció por fin el sitio: el departamento nuevo de Juan Carlos, y recordó entonces el pequeño naufragio de la noche anterior. Un compañero, Manuel, tenía recostada la cabeza sobre su vientre. Se alzó con cuidado para dejar a Manuel dormido, sortear otros cuerpos regados por la habitación y acercarse a la cocina donde Guadalupe, la novia de Juan Carlos, preparaba un café oloroso. Apenas vio a Soledad, le dijo: "Oye, Solitaria, no te conocía esas mañas." "¿Cuáles sañas?", contestó ella sin proponérselo porque no había escuchado bien. "No te hagas. ¿Me vas a decir que no sabías que Manuel anda con Lucía?"

"¿Lucía?" Soledad se quedó perpleja: ¿desde cuándo los otros conocían a Lucía por su nombre? "Sí", le respondió Guadalupe y prosiguió: "Lucía Cervantes, la de escultura, ¿qué no era tu amiga desde la prepa?"

Lucía no, sino Lucila; amigas no, sino conocidas... Pero Soledad desconocía por completo que anduviera con Manuel, con quien aparte de la aventura de esa noche, nunca había tenido nada que ver. Guadalupe se le quedó mirando descreída. "Sí, creo que se llama Lucila Cervantes", dijo. Manuel entró de pronto en la cocina. El olor del café lo había despertado, pero en vez de servirse una taza, abrazó a Soledad por la cintura. "¿Entonces qué, preguntó, vamos a la Cineteca en la tarde?"

Así comenzó su fama de "mosca muerta". Soledad no poseía un aura espectacular como el de la propia Lucila o la de otras muchachas que desde entonces eran asediadas en toda la carrera, sino un aire espantadizo y frágil que la hacía buscar el refugio de los rincones y la penumbra. Ignoraba que esa oscuridad en la que prefería esconder cada uno de sus actos, pudiera ser atrayente para algunos. El caso de Manuel se repitió un par de veces más antes de que apareciera Péter, pero para entonces ya se había corrido el rumor —por lo menos entre las mujeres del grupo— de que había que desconfiar de ella. Cuando Soledad se dio cuenta, procuró moverse menos y apartarse. Casi siempre funcionaba: la gente se aburría al poco tiempo y cifraba su atención en otros asuntos. Y Soledad volvía a respirar tranquila y podía entonces concentrarse en las clases de diseño y en los libros de poesía que por esos tiempos comenzó a leer. Lucía era buena dibujante y a ella recurrió para ilustrar un poema-cartel de un poeta de sueños fríos y desolados —Soledad nunca recordaba si se llamaba llamaba Gilberto o Xorge Villaurrutia—, y que presentó para la materia de tipografía. En cambio ella prefería la fotografía: su dualidad de luz y sombras le hablaba oscuramente de un tejido interno, la textura de un instante vivo detenido en un palpitar de muerte... algo que ya había percibido en el interior del vientre del jarrón.

XX

Cuando se volvieron a encontrar en aquel cuarto de hotel, Lucía pareció darse cuenta de hacia dónde habían corrido los recuerdos de Soledad. Por eso, cuando le preguntó por el dragón, se rió de que aún lo recordara. No, dijo, mejor cuéntame de tu húngaro.

"Mi" húngaro, repitió Soledad con voz apagada. ¿Acaso no lo sabes todo? No, respondió Lucía, tú ya no me cuentas todo. Es que tú y el dragón desaparecieron, repuso Soledad. No nos fuimos —contestó Lucía—. Tú nos olvidaste. Soledad permaneció callada unos instantes. Luego decidió contarle a su amiga sobre aquella doble vida que comenzó a llevar cuando conoció a Péter, de Genet y de Montero, y también de Lola... Al final, acordaron que Soledad se jugaría el todo por el todo, que seguiría con el plan de viajar a Hungría y buscar a Péter. ¿Y si él tiene familia, tú sabes, una esposa... hijos?, preguntó Lucía. Sol estaba tan encandilada con la idea de volver a verlo que no la quiso escuchar más. Se quedó dormida creyendo que al día siguiente, apenas unas horas después, emprendería el viaje.

Pero al despertar las fuerzas la habían abandonado. ¿Cómo pensar en imponerle su presencia cuando era claro que él no quería verla? ¿Cómo llegar de pronto a su departamento en Emör para decirle: "Ya estoy aquí... Vengo a quedarme contigo"? Soledad podía imaginar su cara de sorpresa y repulsión, ese gesto tan inequívoco con que alzaba las cejas mientras su vista brincaba de un lado a otro como animal que buscara la huida. "Mi abuelo decía: ni ropa apretada ni caballo que no puedas montar", solía aleccionarla Péter cuando ella le pedía que se quedara un poco más. No, lo mejor sería escribirle. Decirle que lo amaba y que entendía su partida pero que le permitiera una oportunidad. Lucía esbozó una sonrisa de desencanto: "O sea, que no sólo lo perdonas sino que le pides perdón...", dijo y continuó: "Ya sólo falta que le pidas permiso para visitarlo." Pero Soledad no la escuchaba, encandilada con la idea de restablecer otra vez contacto con Péter. De seguro que él le contestaría y le diría que también la extrañaba, seguro que todo había sido una confusión, tal vez el mismo Péter le había dicho que partiría antes para preparar el departamento de Emör pero ella no había entendido bien. Salió a la recepción a buscar papel y pluma para escribir mientras Lucía saltaba de regreso al jarrón. "Primero el viaje, ahora la carta. No me extrañaría que al final no la mandaras", dijo desde dentro. "Claro que voy a mandarla", dijo Soledad mientras tomaba las hojas de papel que el hombre de la recepción le ofreció. "Y si no me contesta..." Lucía creyó escuchar un tono de valentía en la voz de la muchacha y volvió a asomar la cabeza. Soledad la miró de frente y confirmó: "...le escribiré y le escribiré hasta que me conteste y me diga..." Pero Lucía no quiso escuchar más y la dejó soñar sola.

XXI

El día que Soledad conoció a Péter entró tarde a su clase. Carmen le había pedido que la acompañara al doctor y como se trataba del ginecólogo, tuvo que estar presente en la revisión. Carmen hacía tales caras de repulsión y se ponía tan tiesa que la sesión se prolongaba sin que el ginecólogo pudiera tomar la muestra de tejido. El pobre hombre atisbaba el panorama entre las piernas de la señora, se alejaba, le pedía que se relajara, se cambiaba el guante, la enfermera movía la lámpara de pie, Carmen le decía que la luz la quemaba, el doctor probaba otra vez a meter el "pato", que era como se llamaban aquellas pinzas de sostén que pretendían separar las apretadas paredes vaginales de la madre de Soledad. Al fin, después de dos intentos más y un anestésico local de por medio, el doctor salía del privado con el pedacito de tejido en una caja de cristal para esperar a su paciente en el consultorio con una cara de hartazgo que ya le había visto Soledad a otros ginecólogos que atendieron a su madre. Ella argüía que era bueno cambiarlos porque quedarse con uno solo podía resultar hasta pecaminoso. Y Sol pensaba que los doctores le agradecían tan samaritana buena voluntad. De todas formas, mientras Carmen se vestía tras un biombo, escuchó que la enfermera, por lo bajo, le decía a otra que había ido a recoger el instrumental usado:

—Más de media hora en un simple papanicolau... Imagínate si así le habrá dolido cuando le hicieron los hijos... la de gritos que habrá pegado.

Carmen fingió que su orgullo era tan grande que le podía dar vueltas en los hombros, enredársele en el cuello y taparle los oídos. Pero cuando salió con Soledad a la calle, la miró con compasión antes de añadir:

—Lo bueno es que hasta que te cases no tendrás que vértelas con estos pervertidos doctores y sus insolentes enfermeras.

Soledad guardó silencio. Inútil discutir con su madre que la ginecología era una profesión como muchas otras.

—Ajá. Ya adivino lo que piensas, pero a ver, dime... ¿No hay que tener algo podrido en la cabeza para, de todas las especialidades de la medicina, meterse a ver las intimidades que sólo un marido debiera conocer?

—Bueno —se animó a contestarle su hija—, entonces ¿por qué no buscas una ginecóloga mujer? Yo podría... —a punto estuvo de escapársele que a ella la había visto una cuando tuvo relaciones con Manuel y creyó estar embarazada—, yo podría pedirle a una amiga que te recomiende a su hermana.

—¿Y tú crees que yo iba a permitir que una mujer me tocara? No, mil veces no...

—Pero, mamá, si es una profesionista, o ¿me vas a decir que lo hace porque tiene tendencias homosexuales?

—A callar. Ya lo ves. No puede uno hablar decentemente contigo. Siempre con tus cochinadas. Yo lo decía pues porque es como una, a final de cuentas, es mujer. Qué va a saber la pobre. Mira, Soledad, ya viene tu hermano. Mejor, vámonos.

En efecto, el volkswagen rojo de Luis se había puesto en doble fila y las esperaba.

Como se sentía adolorida, Carmen le pidió a su hijo que manejara despacio. Luis la miró compadecido y bajó la velocidad. A las pocas calles, Soledad les pidió que la dejaran en la estación del metro más cercana.

Era una ventaja que la escuela estuviera en Tacuba, pero ni aun así consiguió llegar a tiempo. Al retraso que llevaba se sumó el tren que pasaba fuera de la escuela. Soledad se resignó a esperar recargada en un poste de luz mientras los treinta y tres furgones desfilaban uno tras otro.

Pero "resignarse" no era una expresión realmente certera. Soledad tenía una historia vieja con los trenes y había sido precisamente la presencia de este tren que pasaba frente a la Escuela de Diseño, la que la hizo decidirse por el edificio de Tacuba. Ella siempre había anhelado ir a la Academia de San Carlos porque, desde niña, había escuchado que ahí estudiaban los artistas, pero la sola mención de las vías del tren frente al viejo edificio que antes ocupaba la antigua Escuela de Ciencias Químicas y que ahora se destinaba a una carrera de nueva creación, Comunicación Gráfica, la hizo dudar. Una compañera de clases —Lucía Cervantes, recuerda Soledad—, harta de su indecisión ante la ventanilla de inscripciones, la convenció: "Anda, podrías tomar fotos de trenes." Soledad dijo que sí y se olvidó momentáneamente de la Academia de San Carlos, con toda su corte de nimbados pintores y escultores, y quedó inscrita en aquella carrera desconocida. Para cuando reaccionó, no pudo defender su viejo deseo pues ya nadie quiso permutarle su lugar. Pero al menos la consoló que el primer día de clases tuvo que esperar más de veinte minutos para poder salir, pues en aquella ocasión se había quedado, como otros que tampoco pudieron cruzar antes, del otro lado de las vías.

Así estaba Soledad, mirando pasar la vida frente a ella, sin que nadie la invitara a subir para llevarla a la tierra de los deseos cumplidos. Vagón tras vagón, los minutos transcurrieron. Soledad no se dio cuenta que lloraba hasta que una chica a la que también el tren mantenía a la espera, le tendió un pedazo de papel de baño.

—¿Te trae muchos recuerdos? —dijo buscándole los ojos.

—No —respondió Soledad sin mirarla—. Me trae muchos no-recuerdos.

Por supuesto que la muchacha no entendió, pero Soledad tampoco quiso explicarle más. La caravana de furgones terminaba ya de pasar. Se secó las lágrimas y cruzó las vías del tren, sin añadir palabra.

Casi corría rumbo al salón de clases cuando pasó frente a la sala de firmas y pudo ver la hora en el reloj de pared: demasiado tarde para arriesgarse a que el profesor Bonfil la hiciera el blanco de esa efervescencia mental que tan fácilmente lo hacía relacionar el compromiso de la puntualidad con el instante de la creación divina y de ahí, burbujeante, pasar al "momento decisivo" de la fotografía del *objet trouvé* como una oportunidad única para disparar el rifle o las ideas de tal forma que fueran sus alumnos los que, puntuales, entraran en la Revolución y no que la Utopía, ubicua como era, les llenara de humo la sesera.

De cualquier forma, Soledad se acercó al salón de clases. Por la ventanita de la puerta, atisbó a un hombre de barba sentado sobre el escritorio que antes ocupara Bonfil. No había escuchado aún su voz, pero bastó verlo para que el dragón que dormía en el fondo del laberinto se removiera en su sueño. Soledad sintió su despertar como si un temblor surgiera de una parte profunda y desconocida de ella y se le extendiera por todo el cuerpo y se derramara hasta su mano sin que pudiera oponer resistencia. Giró el picaporte, abrió la puerta y, de pronto, las luces se apagaron. Fue un brevísimo instante, la dimensión eterna de un parpadeo, en el que Soledad creyó haber regresado a las profundidades del laberinto. Repentinamente ciega, sintió al dragón dar pasos violentos y dirigirse hacia ella. Tuvo miedo y buscó a Lucía, pero Lucía parecía no estar en el jarrón. Al terror inicial de no encontrarla, se sobrepuso un nuevo desconcierto: fue como si vaciaran un chorro de luz, una cascada horizontal que golpeó una pared blanca, transformada repentinamente en pantalla. Ahí surgió la imagen de unas palmeras brillantes, cuajadas de una luz enceguecedora, contrastando con un cielo oscuro y envolvente al que, a manera de columnas, parecían sostener.

Fue entonces cuando Soledad escuchó su voz y descubrió que no se hallaba en el jarrón, sino afuera. El hombre barbado hablaba desde la otra orilla de la penumbra creada por la luz de un proyector de diapositivas y desde ahí comenzó a explicar:

—El efecto se crea con película infrarroja. Esta oscuridad fue captada por mi amigo Javier Hinojosa en día pleno, las palmeras brillan porque reflectan una luz que los ojos no pueden ver. Otros fotógrafos hablan de la luz, yo hablaré de la naturaleza de las tinieblas. No es la luz la que define los objetos, sino su ausencia. La luz ciega, las sombras crean matiz. Volúmenes, texturas, sentidos surgen del corte de la luz. Da Vinci decía que las sombras son más poderosas que la luz...

Soledad descubrió por fin el lugar donde se encontraba. Aquella penumbra había podido confundirla al grado de hacerla creer que estaba en el laberinto del dragón, pero a sus compañeros de clase debió de extrañarles que se quedara ahí parada, frente a ellos, sin más. Caminó hacia un mesabanco desocupado en la primera fila.

—Señorita, por favor, quédese en la sombra —la voz del sustituto de Bonfil interrumpió sus pasos. Soledad reparó que alargaba las vocales, como si tuviera que acomodar las sílabas en el sitio exacto—. Así... Ahora, hunda el brazo en la luz.

¿Hundir el brazo? Sí, aquello era un río de luz. Soledad obedeció. ¿Qué otra cosa podía hacer si se hallaba repentinamente enferma, como si la hubieran desangrado y no tuviera fuerzas que oponer? Atisbó las siluetas aureoladas de sus compañeros frente a ella, vigilantes, pero habían dejado de importarle.

—¿Lo ven ustedes? La luz directa sobre el brazo esconde volúmenes... En cambio la escala de grises crece los matices. No es la luz la que ilumina sino su apagamiento...

Cuando terminó la clase y se encendió la luz, Soledad aún seguía al frente del salón. Nagy Péter —así había dicho que se llamaba el nuevo profesor de fotografía— recogía unos papeles del escritorio. Uno de los alumnos desmontó el carrusel de diapositivas y se lo entregó. Dos chicas se le acercaron sonrientes y lo ayudaron, solícitas, a guardar las transparencias. Sol estaba por alejarse de ahí, pero la voz del hombre la detuvo.

—Discúlpeme... no le he dicho las gracias todavía —el nuevo profesor de fotografía caminó hacia ella y le tendió la mano.

No pudo evitar replegarse: la transparencia de sus ojos, esa intensidad y persistencia de la mirada, la hicieron sentir desnuda. Él debió de percibir su reacción de encubrimiento porque de inmediato su mirada se aguzó en un brillo que entonces Soledad no pudo interpretar sino hasta mucho después, cuando luego de caminatas nocturnas, horas de silencio interminables, coitos ininterrumpidos, la estridencia de sus amigos, sesiones fotográficas para el diseño de una sombra, era demasiado tarde y veía y sentía con los ojos y la piel de Péter. Pero también para entonces Soledad no entendería sino oscuramente su poética de las sombras y la experimentaría en carne propia.

Pero en aquel momento inicial del salón de clases la mirada de Péter se volvió insistente, como si a la necesidad de Soledad por replegarse y cubrirse, él respondiera con otro instinto: hurgar. Soledad lo miró de lado y aunque respondió a su saludo, hizo un movimiento circular de huida. Para entonces él le había prendido la mano y la apretó tan fuerte que su voz fue casi un chillido: "Soledad, me llamo Soledad", dijo. Aún retuvo su mano por unos instantes. Las chicas que se habían quedado cerca del escritorio comenzaron a cuchichear. Y no era para menos, aquel hombre desconocido la tenía apresada de una mano como si la conociera de tiempo atrás y por fin la hubiera reencontrado.

Al escuchar sus murmullos, el nuevo maestro de fotografía se volvió hacia ellas e intentó acallarlas. Sucedió entonces una escena curiosa: el hombre aquel se olvidó de que la mano de Soledad estaba entre las suyas y la jaloneó con brusquedad. Lucía, a quien le encantaban los movimientos repentinos, saltó del jarrón y ayudó a Soledad a recomponerse en el aire. Se desasió de la mano del hombre de un tirón y miró de soslayo a las chicas que ahora reían a carcajadas, sólo para terminar riéndose ella también. Salieron mientras el nuevo maestro recogía su estuche de diapositivas y su saco.

Soledad fue a sentarse en una banca del jardín. Desde ahí vio a Nagy Péter (después supo que los húngaros acostumbraban presentarse por el apellido) salir del edificio de talleres y mirar hacia uno y otro lado en busca de algo o alguien. Se asustó al pensar que la buscaba a ella. Pero más que su propio miedo, Sol sintió el regocijo de Lucía saltando camino abajo entre las paredes del laberinto.

—¡Que nos pierda, si es que quiere alcanzarnos! —gritó Lucía mientras brincaba en zigzag jarrón adentro.

Péter le reclamaría después que se escondió para hacerse la interesante. Pero lo cierto es que pasó junto a Soledad y que, por distracción o casualidad —al menos, eso pensó ella entonces—, Péter no pudo verla.

Tal vez no hubiera pasado nada más (Péter con su eterna corte de admiradoras y admiradores, ella en un rincón del salón de clases) si él mismo no hubiera organizado la visita a su exposición. Uno de sus amigos artistas le había conseguido un espacio para exponer en la Escuela de Diseño de la Ciudadela y la inauguración coincidía con el horario de clase. Suspendió la clase antes de tiempo e invitó a sus estudiantes a que lo siguieran a la Ciudadela.

XXII

¿Quién dice que una pasión amorosa no puede chuparte el alma, sorberte la voluntad y adelgazarte hasta desaparecer? Al menos, antes de conocer a Péter, Soledad así lo creía, o creía que ese estado era una apariencia, un disfraz que los apasionados se ponían para consagrarse más y más en el rito del amor. O sea que lo consideraba como una rosa de la voluntad a la que en cualquier momento se podría cortar. Debió haber recordado el momento en que conoció a Péter, aquel desasosiego, esa ceguera repentina que la hizo trastabillar hacia adentro y descubrir —tal vez con más gozo que terror— los movimientos pesados y abisales del dragón.

Debió recordar que después de aquella primera sesión de diapositivas en que conoció al nuevo maestro de fotografía, ya no volvió a ser la misma, que apenas avistada su presencia comenzó con una desmemoria que la llevó muchas veces a no saber adónde se dirigía, qué hacía e incluso (pero esto sólo ocurrió en dos ocasiones), quién era. No es que pensara todo el tiempo en aquel hombre barbado, extraño en su forma de mirar y de estar entre los otros, sino que algo como un sentido de orientación interno se había trastocado y ahora se encontraba habitando un espacio y un tiempo que no la reconocían.

Afuera se mostraba rara, para algunos hasta enferma o decaída. Carmen le sugirió que se inyectara vitaminas y uno de sus compañeros de clase, encontrándola perdida en una estación de transbordo del metro, se desvió de su ruta para acompañarla hasta su casa. Una vez en la calle, dieron varias vueltas antes de encontrar la casa de los portales, con sus macetones de hojas elegantes y sus cascadas de helechos, con su jardín circundante desaliñado que le daba a la construcción un aspecto de casa solariega abandonada.

La experiencia le sirvió de lección y prefirió apuntar sus datos en una libreta que siempre cargaba en el morral de los libros. Como de todas maneras nada podría garantizarle que recordara echar un vistazo en la libreta en caso de necesitarlo, le pidió a Lucía que mirara por ella. Lucía asomó la cabeza por la boca del jarrón y le contestó:

—Estaré lucida: viendo por ti y arrullando al mismo tiempo al dragón. Y todo por un hechicero húngaro que usa halogenuros de plata en sus pociones de amor.

¿De qué hablaba Lucía? ¿Por qué inventaba esos ridículos cuentos de hadas a sus costillas? ¿Qué tenía que ver la química del papel fotográfico con la alquimia del acto en que Péter, como cualquier otro fotógrafo profesional, trasmutaba un puñado de sales de plata sensibles a la luz en una pepita de alma humana? Soledad le pidió que se callara.

—¡De modo —comenzó a decirle Lucía mientras resoplaba y el pelillo de su frente se movía al ritmo de sus palabras—, de modo que no sólo te haces la tonta tú sino que quieres que yo también! Lo dije ya: estoy lucida y requetelucida. Pero dejo de ser Lucía si por más intentos que hagas por alejarte, él no se empecina en acercarse.

Y se metió al jarrón a jugar sombras chinescas aprovechando el fulgor rojizo que exhalaba la nariz del dragón. Soledad no lo supo en aquel momento, sino que su amiga se lo confesó la noche del hotel en que, tras la partida de Péter, volvieron a encontrarse. Pero entonces, en el vientre del jarrón, los dedos finos de Lucía proyectaron en las paredes del laberinto una historia de sombras y de eclipses que después Soledad conocería muy bien.

Lo que sí pudo corroborar al poco tiempo fue que su amiga tenía razón respecto a que Péter no tardaría en buscarla. Y lo hizo, abiertamente, en aquella exposición de la Ciudadela. Mientras el resto del grupo entraba a la galería, Soledad se quedó mirando la mampara que desde el exterior anunciaba la muestra fotográfica:

PÉTER NAGY
Fotógrafo de sombras

Debió huir, escapar antes de que Péter saliera a ver por qué no había entrado. En vez de eso, la halagó saber que había salido expresamente a buscarla. Apenas lo vio a su lado, no pudo evitar devolverle la sonrisa. Él la tomó de la mano y ya no la soltó durante toda la noche.

XXIII

Fue una suerte que pocas semanas antes Carmen tuviera problemas para dormir y comenzara a tomar somníferos. Las pastillas la hacían descansar de tal manera que apenas terminaba su última telenovela, rezaba una Magnífica por Luis, que era residente en el Hospital General, y una Sombra de San Pedro por Soledad, que estudiaba por las tardes en la Escuela de Diseño, y se acostaba a dormir. Y fue una verdadera suerte porque a partir de esa exposición, Soledad pudo compartir con Péter aquella vida de cocteles, inauguraciones, performances, caminatas, visitas lo mismo a bares y cantinas que a los estudios y casas de sus amigos artistas, sin preocuparse demasiado de que su madre pudiera darse cuenta de sus horas de llegada.

Aquella primera vez siguieron la fiesta en el departamento que Péter compartía con su amigo el pintor Montero. Era un edificio viejo de los que abundan en la colonia Juárez, con paredes sucias y escaleras gastadas, pero una vez adentro los visitantes no terminaban de sorprenderse: tan pronto cruzaban la puerta, parecía que entraban en una fotografía o un cuadro en blanco y negro. Sombras de hombres y mujeres aparecían congeladas en las paredes blancas y en el techo que estaba pintado de negro. En una de las ventanas, incluso, se podía apreciar la silueta de un pájaro inmóvil en el acto de aterrizar. Los mosaicos del piso, alternados también en blanco y negro, proyectaban las perspectivas del espacio y acentuaban esa sensación de vacío que recorre algunos sueños. Y en el centro de todo aquello, una cámara con tripié. A excepción de una mesita blanca donde esperaban los platos de botanas, los vasos desechables y las botellas de Egri Bikavér, whisky y tequila, y de unos cuantos bancos de restirador, no había más muebles. Después Soledad conocería el cuarto que servía de estudio a Montero y, por supuesto, la recámara de Péter.

Eran más de las tres de la mañana y la reunión aún seguía cuando Soledad le dijo a Péter que debía irse. Entonces, sin añadir palabra, Péter tomó su gabardina y la puso en los hombros de la chica; luego se colgó una Leica al hombro y se dirigieron a la calle. "Caballeros, *érezzétek magatokat otthon*", gritó Péter a la concurrencia de amigos, alumnos y uno que otro reportero. *"Auf Wiedersehen!",* le contestó Montero que en ese momento mantenía ambas manos aprisionando los bien nutridos senos de una rubia a la que, contaría después a su mujer embarazada, no se había podido quitar de encima desde la exposición.

La calle estaba a oscuras salvo por un único arbotante de luz mercurial. Al pasar cerca, Péter le pidió a su acompañante que se acercara a la fuente luminosa del poste y desenfundó la cámara. Soledad vería después la foto impresa y tuvo que reconocer que Péter era un experto en cuestiones de luz y tinieblas: era la foto de un cuerpo convertido en la sombra de sí mismo.

Como vivían en colonias cercanas, Péter propuso que caminaran. Lo hicieron en silencio. Tomaron Reforma con sus camellones sembrados de álamos y héroes de bronce. Soledad no supo si eran las intensas luces de la avenida y el ritmo vertiginoso de los pocos autos que circulaban a esa hora, o el nerviosismo propio de saber que los deseos te invaden, se te agolpan, te rebasan hasta convertirte en un cuerpo anhelante, tembloroso, frágil... El caso es que trastabilló. Péter, que se había mantenido a poca distancia pero sin tocarla desde que le hiciera la foto afuera de su departamento, la tomó de la cintura. Ha de haber creído que así la ayudaba pero la verdad es que apenas sintió su contacto, Soledad perdió otra vez el piso. Trastabilló de nuevo. Entonces Péter la detuvo para decirle:

—*Ha egy ló egyszer megbotlik, meggyógyítjuk, ha kétszer megbotlik, megöljük.*

Acompañó sus palabras con el gesto de su mano apuntando la sien de ella. Entonces tradujo:

—En mi país, si los caballos tropiezan una vez los curamos, y si lo vuelven a hacer...

Su índice seguía apuntando la sien izquierda de Soledad para terminar la frase. Rieron. Pero antes de que Sol pudiera formular deseo alguno, la mano-pistola de Péter le tocó la mejilla, bordeó sus labios y se deslizó por el cuello, senos, vientre y, encima de la ropa, su mano-pinza apretó el sexo de Soledad. Ella sintió que un camino de fuego arrasaba los lugares así marcados y extendió la mano para rozar la barba de Péter y convencerse de que no le haría ningún mal. Lucía y el dragón permanecieron en silencio. Soledad supo que de alguna manera la estaban dejando sola. Tembló ante la idea de que pudieran abandonarla a su suerte y habría caído al suelo de no ser porque los brazos de Péter la acogieron y porque él buscó su boca para devolverle el aliento perdido.

XXIV

Mira, ya murmura nuestra muerte en sus días. Todo esto ha de quedar a un lado. El vientre del dragón y el espejo de agua han terminado por quebrarse. Hay que cambiarse de casa cuanto antes. El jarrón de la escalera se ha hecho añicos. El espejo de la recámara ha caído en pedazos. En la punta de la rama aún estoy. Unos brazos me reciben.

XXIV bis

Soledad tiembla todavía al recordarlo. La ciudad sería el lecho idóneo para su llanto. Él le dijo: Princesa, Dueña, Niña, *Csillagom,* Nube de Attila, Corazón, *Szüz,* Flámula, Iris, Ángel, Pan de Azúcar, Gala, tierna Ilka, Capullo, Almendra, Cuenco, Aljamía, *Tündérkém,* Grano de Arroz, Cisne, Beatriz, Doncella, *Tisza,* Pluma de Quetzal, Luna... y ella cayó, qué remedio, con lo palabrera que era, enamorada.

XXV

Algunos fines de semana podía quedarse con Péter todo el tiempo. Luis desaparecía días enteros por los internados propios del último año de la carrera de medicina y Carmen se ausentaba para viajar a Pinotepa, ya fuera a cuidar a su hermana Refugio, que se había roto la cadera, o asistir a los cada vez más numerosos sepelios de familiares y conocidos.

La primera vez fue Péter quien le llevó a la cama un café humeante y un plato de cerezas frescas. Sol nunca las había probado (salvo en almíbar) y apenas saboreó una, comenzó a devorarlas. Pero Péter le detuvo la mano y le fue poniendo una a una en la boca. Mientras lo hacía, la observaba con esa mirada cristalina que parecía traspasarlo todo. La veía comer, observaba su respiración, reparaba en el movimiento reflejo de las pestañas. A Soledad le dio miedo sentirse observada de aquella manera y se ocultó en el jarrón vacío. Péter quiso seguirla pero por más intentos que hacía se quedó afuera. Terminó por desesperarse y salir del cuarto. Regresó con su Leica y volvió a enfrentar a la chica a través de la lente. Era más de mediodía pero la luz escaseaba debido a las cortinas de recubrimiento plástico que provocaban una penumbra permanente en el lugar. Péter se levantó a correrlas un poco y dejó que un chorro de luz traspasara, sagital, la habitación. Soledad tenía en las manos el plato de cerezas pero ya no comía. Péter se subió a la cama y comenzó a dispararle. De pie, en cuclillas sobre su propio cuerpo, a un lado, buscaba arrinconarla contra la pared pero ella corría y corría por el laberinto aunque ya no hubiera fulgor rojizo ni la mano de su amiga para guiarla. Tocaba las paredes de barro y seguía hacia abajo, hacia dentro, sin que esta oscuridad del jarrón pudiera espantarla tanto como la claridad azulada de los ojos de Péter, o ese ojo frío y gigante de su cámara. De pronto, escuchó que él se bajaba de la cama y acomodaba la Leica en su estuche. Se sirvió un poco de licor transparente de una botella que también había traído en la charola del café y lo apuró de un trago.

—La fotografía pone la mirada en la superficie —dijo Péter mientras se sentaba en el borde de la cama, los hombros caídos, la voz apagada—. Esconde la vida secreta que respira en las cosas...

Se volvió a ver a Soledad. Ella se asomó un poco desde la boca del jarrón. El plato de cerezas había rodado y las frutitas dibujaban una figura azarosa en el tapete.

—Son palabras de Kafka... ¿Lo conoces? ¿Has leído *Az átalakulás, A folyamat,* sus conversaciones con Janouch?

Tomó un sorbo del café que le había llevado a Soledad. Por su parte, ella descubrió una cereza escondida en un pliegue de la sábana y quiso alcanzarla.

—He ganado premios... Después de Moholy-Nagy, en el circuito internacional se habla de pocos fotógrafos de la Europa del Este. Mi trabajo comienza a interesar... Sin embargo, lo que busco está lejos. Me acerco de puntillas a las cosas pero nada... Eurídice se escapa de las manos. El mito de la eterna fugacidad.

—¿Eurídice? —preguntó ella notoriamente interesada. Perseguida por sus dedos, la cereza se había ido a esconder en esa ranura formada entre el colchón y las nalgas de Péter. Intentó sacarla sin interrumpirlo: hacía tanto tiempo que nadie le contaba historias que saltó del jarrón, tomó la cereza y se mantuvo en suspenso. Péter reparó en su transformación y la miró intrigado.

—¿Qué esperas? —preguntó.

Sol respondió sin titubear: —Una historia.

—Pues tengo muchas historias que contarte —dijo Péter súbitamente animado—, pero después...

Acercó sus labios a la boca de la muchacha.

—¿Cómo es eso de que me andas toqueteando el culo sin permiso? Las niñas que hacen eso, merecen un castigo. Voltéate... —ordenó mientras se aflojaba el cinturón y Soledad se escabullía bajo las sábanas.

Rapsodia húngara 2
Ilka y Mátyás
(o del humor y la inconstancia de un noble)

El rey Mátyás acostumbraba realizar viajes de incógnito por todo el país. Su estatua en el jardín del Palacio de Buda lo representa con atavíos de cazador, en compañía de un halconero y de una joven aldeana. Un día, durante una excursión de caza, el rey se extravió en los bosques reales de Gödöllö. Una lluvia intempestiva lo obligó a buscar refugio en la casa del guardabosques, cuya hermosa hija, Ilka, ofreció al joven cazador un jarro de agua y una sonrisa fresca. El soberano quedó prendado de la deliciosa campesina y prolongó su estadía, realizando largas caminatas en compañía de la joven. Cuando tuvo que regresar, antes de volver su rostro hacia el río Duna, recomendó a la muchacha que lo visitara en la ciudad.

—¿Por quién he de preguntar?

—Por Mátyás, el cazador real.

La hija del guardabosques viajó al poco tiempo a la ciudad. Frente a los portales del palacio contempló una multitud reverente que aclamaba el nombre de su cazador, quien ocupaba la carroza real: ¡Viva Mátyás, nuestro rey!

Ilka regresó a su hogar sin haber visitado a su "cazador". Cuando tiempo después moría de pena, pidió a su padre que le diera sepultura a la vera del sendero por donde había paseado en compañía de su amigo.

(—Pero, entonces, ¿cómo es que Mátyás pasó a la historia de tu país como un rey sabio y justo?

—Lo fue. Tomó lo que le pertenecía. No porque era rey... porque Ilka quiso dárselo.

—Pero... ¿y la broma?

—En otras historias es Ilka la burladora... Aquí no tenía sentido de la gracia...

—¿O sea que debió soltar una carcajada cuando descubrió a Mátyás y regresarse a su aldea y casarse y terminar contándole a sus nietos *Caperucita y el lobo falaz*...?

—Bueno, morir de amor agranda la historia... Pero esta rapsodia debe terminar, princesa. La habitación de un siervo no es digna de altezas... Regrese a su palacio. Este siervo tiene mucho que arar.

—¿Te ayudo? ¿Vas a revelar en el cuarto oscuro?

—No... quiero estar solo. Escribo notas para bocetar una sombra.

—¿Escribes... en español?

—Un artículo para una revista de aquí.

—Yo puedo ayudarte con las palabras que no puedas traducir.

—Gracias, tengo mi diccionario magyar-spanyol. Aunque, pensándolo... sí, será mejor si me ayudas.)

XXVI

Soledad no supo en qué momento los papeles se cambiaron pero después era ella la que le llevaba a Péter su pálinka —así se llamaba el licor cristalino que tomaba por las mañanas— y un express hasta la cama. No era que se hubiera transformado de un día para otro en un ama de casa (no lavaba su ropa, ni le hacía de comer que para eso y el arreglo de la casa iba Dorita dos días a la semana), pero sí se había convertido en su ayudante. Lo ayudaba a revelar y a imprimir, preparaba con él los audiovisuales, diapositivas, materiales de lectura para sus clases en Tacuba y la Academia de San Carlos, calificaba sus exámenes, le servía de modelo, lo acompañaba a las exposiciones y fiestas de su cada vez más amplio círculo de amigos artistas en México. A Soledad no le pesaba dejar a un lado las clases de la escuela, ni someterse a un ritmo de pocas horas de sueño, ni la zozobra constante de las mentiras y precauciones para que Carmen o Luis no se dieran cuenta de a qué horas llegaba por la noche, y para que, al mismo tiempo, Péter la hallara siempre disponible. Desde un principio, previniendo que su madre pudiera sospechar de sus andanzas, le dijo a Péter que no tenía teléfono y que lo mejor era que ella lo buscara. Péter pareció estar de acuerdo, lo mismo que cuando le contó que Carmen era una mujer de ideas modernas que no juzgaba los actos de su hija, pero hacía poco habían matado al único hombre con quien hubiera podido reconstruir su vida y que, deprimida como era natural que estuviera, no quería ver gente.

Esta historia no era del todo falsa pues Elías González apareció en la vida de Carmen García dos años antes y había sido prácticamente el responsable de que ella dejara estudiar a Soledad una carrera después de la preparatoria (entre otros cambios que, subrepticios, comenzaron a darse entre los habitantes de la casa de los portales). Se conocieron en un supermercado adonde Carmen había ido a comprar un sostén para su generoso busto. Apenas se había formado en la fila para pagar cuando sintió la presencia de un hombre a sus espaldas. Discreta, no fuera a pensar que le estaba coqueteando, fingió que tomaba una revista y alcanzó a verle las manos fuertes y grandes en las que llevaba un bote de crema para rasurar, una cajita de navajas para rastrillo, un shampoo anticaspa y un par de jabones Heno de Pravia. A Carmen debieron de haberle llamado la atención los jabones porque eran los mismos que usaba el padre de Soledad y no se dio cuenta de que la cajera había tomado el empaque de cartón, lo había abierto y ahora exhibía a los cuatro vientos el brasier de peto largo y frondosas copas que ella había elegido. Cuando miró por fin a la cajera se topó no sólo con su intimidad —esas escandalosas copas 38-C— al descubierto en encajes y licra blanquísimos, sino que su confiabilidad como cliente había sido puesta en entredicho pues la muchacha llamaba ahora a un checador de precios y la hacía esperar el largo y embarazoso tiempo de los malentendidos. Carmen se sentía abochornada, tamborileaba los dedos y los tacones, le clavaba los ojos furibundos a la cajera, pero esperaba estoica a que el peso de la verdad, como en una ordalía del Medievo, le restituyera la dignidad perdida. Mientras tanto el brasier había pasado de las manos de la cajera, al muchacho de los precios, a la mujer responsable de la sección de corsetería que verificó que la etiqueta estaba en orden, al jefe de piso que se lo tendió de nueva cuenta a la cajera para que, ahora sí, tecleara el precio en la caja registradora. Carmen estuvo a punto de pagar su honor restituido, pero un dejo de altanería en la actitud de la muchacha la hizo detenerse.

—Yo que usted —dijo el hombre de los jabones Heno de Pravia— no les pagaba el mal rato... Y menos por una prenda íntima tan —hizo una pausa— inútilmente manoseada.

Carmen no entendió en el momento (pero sí luego cuando cavilaba la historia de su encuentro y, sonrojada, la compartió con Soledad) el sentido de ese adverbio tan delatoramente pronunciado por Elías González, pero el caso es que le agradeció la intervención con una sonrisa y cobró fuerzas para negarse a pagar, acto que Elías secundó dejando todo lo que traía entre las manos (excepto las nuevas intenciones, claro), y le ofreció a la señora García un brazo para salir juntos y airosos del lugar, mientras la cajera y el jefe de piso los miraban desconcertados. Después del helado que se tomaron en una cafetería para reírse de la travesura que acababan de hacer, Elías llevó a Carmen a la casa de los portales y a partir de ahí comenzaron a salir al cine, al teatro, a cenar, siempre en un "plan amistoso" como le gustaba puntualizar a ella. También pasaban algunas tardes jugando viuda y dominó y era curioso ver a aquel hombre con sus manos enormes manejar las cartas y las fichas con una delicadeza inusual.

Por supuesto, Luis —que estaba acostumbrado a monopolizar la atención de Carmen—, se mostraba hosco frente a Elías pero bastó que al poco tiempo comenzara a salir con una enfermera para que se olvidara suficientemente de su madre y su nuevo amigo. A Soledad, en cambio, Elías le cayó bien desde el principio. Apenas vio uno de los dibujos de Lucía colgado en la sala junto a los retratos de Carmen —uno de un laberinto lunar—, cuando se dirigió a él y comentó:

—Qué maravilloso sentido del espacio. Hasta pareciera que conoces de verdad la luna...

Lucía sonrió adentro del jarrón. Era tan frecuente que las confundieran. Soledad también se rió: si Elías supiera que ella no podía dibujar ni una "o" por lo redondo...

—Pero si no lo hizo ella. Ha de ser de una de sus amigas de la escuela —dijo Carmen colocándose al lado de su retrato de tehuana—. Una vez le pedí que me hiciera una copia a lápiz de este retrato y bueno... tomó el lápiz y lo mejor que pudo pasarle fue que se picó un ojo y tuve que llevarla al hospital.

Elías se metió las manos en los bolsillos y le guiñó un ojo a Sol antes de añadir:

—Pues sería porque la belleza de la modelo es muy difícil de imitar.

Carmen lo miró complacida pero prefirió cambiar de tema y le preguntó si por fin había liquidado a esos obreros de su fábrica que amenazaban con hacerle una huelga.

Elías tenía una fábrica de pinturas y tintas para artes gráficas que había prosperado en los tiempos en que su esposa vivía y se encargaba de administrarla. Pero ahora las pérdidas eran tantas que llevaba ya dos años sin darles reparto de utilidades a sus empleados. No le preocupaba cerrar la fábrica pues la última de sus hijas ya se había casado y bien podía él establecerse en provincia con uno de sus hermanos, pero había aparecido Carmen en un supermercado, abochornada por la historia del sostén y toda la complicidad posterior, y ya no estaba tan seguro de deshacerse de la fábrica. De este y otros detalles de la vida de Elías se habían ido enterando con el paso de los meses. A su vez, él fue entrando en la casa de los portales cada vez con mayor familiaridad. Cuando Soledad salió de la prepa, Carmen le propuso que entrara a trabajar en un banco. Soledad ya había visto a su madre contemplar todo el tiempo que duraba una fila, a las cajeras con sus trajes impecables, uñas bien cuidadas y peinados en su lugar. La madre de Sol las miraba largamente: sentadas en sus sillas altas frente a la caja registradora, con esa habilidad portentosa para contar los fajos de billetes mientras la sonrisa les flotaba por la cara y contestar un "sí, señor...", "no, señora..." Les contemplaba el torso esbelto que sobresalía del mostrador, la afición por las pulseras y collares vistosos, ese aire de azafatas internacionales con mascada al cuello... Carmen podía llegar al éxtasis si al acercarse al mostrador percibía la esencia de un perfume de marca conocida como una nube que rodeara a estas criaturas.

—¿Y por qué quieres un destino tan pedestre para tu hija? —preguntó Elías mientras la ayudaba a descargar las bolsas del súper que habían hecho esa tarde—. Déjala que estudie una carrera. Lo mejor que puede uno darles a los hijos es la educación. Ve a las mías, una es físico-matemática, otra bacterióloga y Eva María que está terminando su especialidad en gastroenterología. Si sus maridos les fallan, tienen una profesión para enfrentarse en la vida.

Carmen se enfurruñó: —Hablas como mi difunto marido —dijo después de un largo silencio—... Pero eres hombre y algo de razón debes tener.

Sólo que ese viento fresco que circuló por la casa de los portales, desempolvando rincones y sacudiendo sombras, cesó de pronto. Luego de una semana en que

Elías no se apareció ni habló a la casa, Carmen recibió la llamada de Eva María, la hija menor. Un relámpago dejó a oscuras la casa: Elías había entrado por la noche a su fábrica y el velador no lo reconoció. Así de simple. Un disparo equivocado que entró en el lugar preciso. Meses después Carmen le pediría a Soledad que la acompañara a visitar su tumba. Rezó, lloró y al final, antes de alejarse en compañía de su hija, tomó un puño de tierra y lo arrojó sobre el sepulcro.

—Todos son iguales... —dijo en un suspiro—. Pero por lo menos tu padre tuvo la decencia de despedirse en el hospital.

XXVII

A Péter casi no le hablaba de su madre. Cuando estaba junto a él sus sentidos se adormecían y se hallaba tan perdida de sí misma como adentro del laberinto. Al principio, al recorrer el jarrón vacío, echaba de menos los arranques de Lucía y la respiración profunda del dragón. A Péter llegaba con las manos cansadas de tantear tinieblas, sedienta de palpar esa piel mágica donde hundirse toda. Soledad nunca había viajado en barco pero, a veces, cuando reflexionaba sobre lo que estaba pasando, creía que era como naufragar, como descubrir el mar por horizonte y cielo y sustento y toda esa seducción del agua profunda y oscura que llama a la sangre de uno en un eco abisal. Y cuando llegaba a sentir que se ahogaba, que la felicidad o la angustia la atragantaban, era capaz de hacer cosas que nunca antes hubiera imaginado. ¿Pero es que de verdad era ella? Soledad duda al pensar que ahora mismo no sabe con certeza si es la misma que se columpia en los hombros de un caballero-astronómico, erguido sobre la punta de un cerro en cuya base duerme un chapulín de piedra. Aquella que fue y ésta a quien nadie puede ver, ¿no son acaso sombras de un sueño del que un dios burlón ha despertado? ¿Y ahora qué resta? ¿Desvanecerse como una fotografía demasiado expuesta, como los deseos fallidos o traicionados, o como la vida que postergamos creyendo que siempre estará esperando a nuestro antojo?

Sin embargo, los recuerdos existen. Soledad puede dudar de sí misma pero ellos se pasean en el interior del laberinto, la habitan como el eco que ya no es voz pero sí el reflejo de una presencia: la suya, huidiza, volátil. El ruido de la ciudad asciende entre cláxones y rumores; es un hormigueo trepidatorio que violenta la arquitectura de las nubes. Péter sostenía que las nubes no existían por sí mismas. Una mañana despejada subieron juntos al cerro del Tepeyac pero en vez de visitar la imagen reverenciada de la Virgen de Guadalupe o ver la ciudad recostada en el valle, se dedicaron a mirar nubes.

Para él, su arquitectura volátil era como la de los sueños.

—Hace años, en Arlés, conocí a Philippe Dubois, teórico de fotografía. No nos encontramos en el salón internacional. Philippe andaba de cacería de nubes. Nos reconocimos de inmediato. No asistíamos a las sesiones de prensa. Subíamos a los edificios más altos a ver nubes. Nubes, nubes y nubes. Hablamos de Stieglitz y sus *Equivalents*: casi una década registrando en fotos de nubes lo que le habían enseñado cuarenta años de fotografía. Sin forma definida, sin cuerpo propio, las nubes están ahí para todos, son libres... Intocables como recuerdos o sueños. Arquitectas de lo imposible. Para Philippe eran la esencia de la fotografía... la huella de la luz. Lo evanes... ¿cómo lo dices?

—¿Evanescencias? —Soledad miró aquellas construcciones voluminosas suspendidas en el aire. Palacios,
dragones, senderos pedregosos... No podía imaginarlas,
como decía Péter, incoloras, haciéndose visibles por el
efecto de la luz que llovía, inusualmente cristalina, sobre
esta ciudad cada vez más acostumbrada a los cielos
parduscos del smog.

—Pero para mí —continuaba Péter que le gustaba
escucharse y por eso disfrutaba tanto de dar clases— esa
teoría insiste en la naturaleza de la luz. No en el cuerpo
que se opone a sus rayos. Pero si sólo se tratara de la luz,
las fotografías serían cuadros blancos, ventanas luminosas y ciegas. La fotografía es resultado del corte de la luz
por un objeto. Un cuerpo que se interpone... y la fotografía es huella de ese cuerpo. Registro luminoso de una
sombra... siempre.

Sol no pudo evitar pensar en su padre, en la única
foto suya que se salvó de las manos de Carmen. En ella,
Javier García tiene cinco años, lleva puesto un quepis y
trae un tambor de hojalata entre las manos. No es más que
una foto sepia descolorida pero Soledad siempre la ha
guardado como un tesoro: un "mi padre fue niño y estuvo
ahí" por más que desde su muerte, Carmen se hubiera
obstinado en la postura del olvido. El tambor que refulge
en sus manos, su sonrisa y su piel, son lejanos como una estrella extinta y no por eso han dejado de alumbrar a Soledad.
Pensó que Péter tenía razón en definir a la fotografía como
una sombra luminosa.

De pronto, reparó en que Péter la observaba.
¿Cuánto tiempo llevaba atisbando por su rostro? Intuyó
que le había hecho una pregunta pues se frotaba la barba
en un gesto de impaciencia.

—Repito todo: Montero tiene hepatitis. Mayra,
embarazada, no puede cuidarlo. Necesita una enfermera. Te pagará bien. ¿Vamos?

¿En qué momento Péter había dejado de hablar de las nubes y las sombras y la fotografía? Soledad lo miró confundida pero él ya se había echado a andar y no tuvo más remedio que correr para darle alcance.

—Pero... ¿y a qué horas voy a verte?

—Montero estará todo el tiempo en el estudio. Además, primero son los amigos. Yo tuve la hepatitis siendo niño ¿y tú?

—No entiendo... —respondió ella, confundida.

—¿Que si te pegó la hepatitis cuando eras niña?

—Sí, me dio hepatitis a los nueve.

—Vaya, qué bien —respondió Péter antes de plantarle un beso y levantarla por los aires. Luego le dio un par de vueltas y la depositó en el suelo. Le tomó la mano para que iniciaran el descenso del cerro. Entonces Soledad conoció la alegría que deben de sentir los ciegos cuando alguien les asegura: "...la segunda a la derecha y todo recto hasta el abismo."

XXVIII

A Péter se le ocurrió hacer una pequeña fiesta sorpresa para su amigo. Como Montero debía comer cosas dulces, Péter iba felicitándose de su idea porque, además, hacía tiempo que no celebraba ninguna. Se separaron para dividirse las tareas: Soledad se encargaría de conseguir el pastel, el confetti y las serpentinas, y él compraría el regalo. Más tarde se encontraron afuera del estudio. Péter la esperaba recargado en el zaguán del edificio.

—Qué bueno que ya estás aquí —dijo Péter emocionado como si la fiesta fuera para él.

Subieron. Montero se hallaba acostado en la cama de Péter y hablaba por teléfono con Mayra.

—Desde luego, corazón. Cuarentena rigurosa con gente que no haya tenido hepatitis y especialmente con embarazadas. No puedes acercarte ni a diez cuadras a la redonda. Sí... sí... estaremos en contacto. Péter y Soledad se harán cargo... Tú despreocúpate. Claro que podrías... Ajá, me avisas y yo salgo a la ventana pero que no sea muy seguido porque el aire y la luz directa me sientan mal...

Montero estaba amarillo y delgado. Apenas vio a los recién llegados se le reavivaron los ojos. Péter le arrojó serpentinas y confeti a la cama, y le gritó: *"Sok boldog születésnapot kívánok. Ezt a Télapó küldi neked."* Soledad entró después con el pastel lleno de velitas encendidas. Montero las apagó en el acto y aceptó fascinado el regalo que le tendía Péter. Lo abrió y su sonrisa se transformó en un gesto de asombro: se trataba de un uniforme blanco de enfermera. Péter lo tomó y se lo probó a Soledad por encima de la ropa. Entonces Montero pareció entender. Los tres sonrieron.

Montero descansaba todo el tiempo. Soledad atendía sus llamadas, le tomaba la temperatura, le preparaba sus platillos con buena dotación de azúcares, salía a comprarle los más variados dulces y las margaritas africanas más perfectas para su buró, jugaba con él backgammon y turista, le leía las *Memorias de Casanova* que era el libro que le había pedido a su mujer que le comprara para no aburrirse. Y en todos los casos, tanto adentro como afuera del estudio, andaba Sol vestida de enfermera, con cofia e incluso medias blancas. La primera vez que la vio Dorita (la señora que hacía la limpieza del estudio dos veces por semana) soltó una carcajada.

—Estos muchachos artistas... Qué de cosas se les ocurren.

Soledad también rió. La verdad es que disfrutaba salir a la calle con aquel atuendo. Era como si el juego que compartía con Péter y Montero en el estudio, se extendiera al mundo de afuera en una complicidad que la hacía sentir privilegiada.

Cuando Péter descubrió la dulcería Celaya con toda su variedad de exquisiteces mexicanas, le pidió que fuera a surtirse allí a diario. Soledad compraba "bocados reales", "glorias del cielo", "yemitas de ángel", para contentar a Montero. Algunas veces se iba a pie, tomaba avenida Juárez por el rumbo del Hotel del Prado, y paseaba por la Alameda haciendo gala de esta identidad en préstamo con la misma fruición que las parejas columpiaban las manos o se besaban entre los fresnos. Al paso de unos días, la dependienta de la Celaya ya la reconocía y sin que Sol le dijera nada, probaba a darle nuevos y más suculentos dulces cuyo sabor empezaba por el nombre.

—Debe usted estar requetenamorada —le dijo una vez con sonrisa pícara mientras le ponía una dotación doble de "pajaritos almendrados del amor"—. Lo bueno es que a su hombre le gustan mucho los dulces... aunque lo malo es que no hay hombre que no termine empalagándose.

Y lanzó un suspiro. Pero más que mirar a la lejanía como dicen que hacen los que nomás se acuerdan (aunque en este caso, la lontananza fuera uno de los edificios de la calle 5 de Mayo que se transparentaban por las vitrinas), la mujer miró hacia abajo y se acordó de sus piernas.

—A propósito —dijo en un susurro—, quisiera abusar de su confianza...

Soledad la miró intrigada. ¿Qué podía pedirle a ella esa señora?

—Es que sabe usted, tanto tiempo de estar parada... se me hinchan las várices. Y pensé: "Tal vez la señorita enfermera pueda mandarme algo..."

—Glybenol —contestó Sol sin dudar pues era el medicamento que tomaba su madre para el mismo problema— ...Aunque es un poco caro. Yo le recomendaría unas píldoras de víbora de cascabel que venden aquí cerca, en el pasaje de Guatemala. Estudios recientes han demostrado que la poiquilotermia es favorable a las enfermedades vasculares —concluyó con un aire doctoral ganado a fuerza de insomnios cuando ayudaba a Luis y a sus amigos de la carrera de medicina a pasar a máquina trabajos y reportes.

Apenas salió de la dulcería, se comió un aleluya de piñón. A hurtadillas, veía su reflejo en las vitrinas y aparadores de avenida Juárez. Por si fuera poco, un niño pequeño detuvo a su madre para señalarla: "Mira, mami, una enfermera." La textura delicada del aleluya, que se pegaba al paladar para deshacerse poco a poco, le duró toda la tarde.

XXIX

Fue Montero quien siguió el juego. Le pidió que no trajera nada debajo del uniforme. Péter estuvo de acuerdo, le quitó a Soledad lo que le estorbaba enfrente de su amigo y le pidió que, para acostumbrarse, se dejara la bata abierta apenas entrara al estudio. En ocasiones, mientras lo atendía, Montero le alzaba la falda, acurrucaba su mano entre las nalgas de ella, y le suplicaba: "Anda, dame mi medicina." Otras veces, recién llegada de la dulcería, le embarraba el sexo de "panochitas de tamarindo" o "probaditas de monje" y las saboreaba entre las piernas de Soledad. Pero antes de seguir, Montero se detenía. Apretaba la voluntad y le pedía a la muchacha que se fuera. Soledad salía, tambaleante y apabullada por esos arranques de fidelidad hacia Péter de los que ella no se sentía tan capaz.

Al llegar Péter reanudaban juntos el asedio. Soledad se dejaba hacer. En una ocasión, mientras abrazaba a Péter, Montero la tomó por detrás. Era de noche y la luz eléctrica se había ido a mitad de una tormenta. Habían encendido una vela y la flama chisporroteaba en la boca de una botella vacía de pálinka. Mientras ambos hombres la poseían, descubrió que Péter se volvía a ver una pared. Ahí, la sombra de los tres se había fundido en una sola. Y Péter la miraba como si estuviera haciendo el amor con aquella sombra.

XXX

Asomarse al fondo del agua con el corazón fuera de sitio. Las manos atadas a la espalda para jugar una culpa. No tengo miedo. He aprendido que el horror es tan deleitable como la belleza. Recuerdo otros recuerdos: filos reptantes de piel áspera me rozan los sueños; una podadora me atraviesa sin ruido y sin dolor; manecitas transparentes me hurgan la boca hasta convertirla en espuma. Ignoro por qué pero siempre me mantengo firme: la piel estirada en un solo atrevimiento. Solamente ojos me inclino sobre el borde para tocar la punta de un deseo.

Frente a mí una mascada luminosa se hunde en el agua con la indiferencia de una puesta de sol. Toda labios me acerco y atrapo la tela húmeda que me refresca una sed no sospechada. Comienzo a jalar y una línea de tensión dibuja una mascada en abandono a su nuevo destino. A punto de salir algo la detiene. Jalo más fuerte sólo para reconocer las patas de un insecto prendidas a su luminosidad engañosa. El insecto se resuelve en mariposa. Ahora son sus alas doradas las que agitan una agonía en el filo del agua, rebelándose contra la muerte que es toda entrega. También en mí un impulso que no es voluntad sino abandono y obediencia me lleva a jalar nuevamente con los labios. Lenguas dicen que el polvo de las alas de una mariposa ciega. Esas maldiciones no me alcanzan: mis ojos han desaparecido y no soy sino un pliegue de mis propios labios, esforzándome por preservar intacto el oro de sus alas para que luego encandile y ciegue a otros. Jalo, entonces, la mascada-mariposa y cuando estoy a punto de sacarla del agua, algo vuelve a retenerla. Sigo tirando sólo para descubrir la boca de un pez que aprisiona un ala de la mariposa. Desde una profundidad abisal, los ojos membranosos del pez me provocan una repulsión que hipnotiza. Descubro entonces, fascinada, que se trata de mi propio rostro.

XXXI

Nunca como entonces se sintió Soledad resplandeciente y plena. Por aquellos días se le ocurrió una foto. Péter no estaba y Montero se había quedado dormido. Hizo a un lado los maniquíes de sombras que decoraban la instalación de Péter, desplegó pantallas y sombrillas blancas, descorrió en el suelo el recubrimiento metálico y encendió todas las lámparas. El exposímetro marcaba una intensidad *high key*. Programó el disparador y se situó al centro. Tiempo después, Lola Álvarez revisaría esa serie y le diría: "Qué fascinación más lograda por la luz. ¿Cómo sacaste este ángel evanescente y estas alas?" Soledad contempló entonces la silueta iluminada de la foto cuyos rayos emanaban fulgurantes como una fuente de luz propia. La casi ausencia de contornos la transformaban en una verdadera sombra luminosa. En algunas tomas, la silueta desplegaba unas alas difusas. Era la bata enredada entre sus brazos, pero sólo se limitó a sonreírle a Lola.

—Si quieres no me lo digas —dijo la fotógrafa—. Hay que tener el alma radiante para hacer algo así. Lo que también veo es que brincas del cielo a los infiernos —añadió señalando otras series de Soledad que ella misma le había pedido que le mostrara—, como quien dice... de la claridad a las tinieblas.

La sonrisa se le atoró a Soledad en los labios. Había pasado todo el tiempo del mundo desde aquellos días en que estuvo en cuarentena con Montero y con Péter, y en que había sido, sin sombra de dudas, radiante y feliz. Ahora en cambio... Sintió escalofríos y apenas si alcanzó a darle un beso de despedida a Lola. Necesitaba escapar, correr, aturdirse. No enfrentar que el fin había llegado. Por suerte Péter estaba en el estudio. Bastaron unas caricias de él para sanarle el alma, una cucharadita de miel en la boca antes de hacerle el desamor.

Salir corriendo de los lugares se le hizo una costumbre tan asidua como antes, de niña, correr a refugiarse en el jarrón. La diferencia era que entonces buscaba escapar y ahora sólo deseaba que aquel hombre barbado la siguiera y, de alguna forma que no alcanzaba a comprender, la rescatara. Al principio Péter se esforzaba en persecuciones aparatosas donde tenían que intervenir los amigos, gente de la calle y, en una ocasión, hasta la policía. Pero conforme se repetía la situación Péter se desesperaba y cada vez se retrasaba más en darle alcance.

Así, llegó el día en que no sólo se tardó sino que fue Soledad quien tuvo que regresar sobre sus pasos, desandar el laberinto de calles del Centro de la ciudad (pues en aquella ocasión se encontraban en un cabaretucho cer-

cano a la Plaza Garibaldi), correr afiebrada entre teporochos, mariachis, prostitutas y padrotes, para, finalmente,
regresar a su lado.

Eran cerca de las seis de la mañana pero el lugar
seguía con aquella luz fluorescente que anulaba el correr
de las horas. En el grupo de Péter y Montero se hallaban
otros dos amigos artistas y una joven asistente de dirección de cine a la que habían conocido unas horas antes
en una inauguración. Deborah, que así se llamaba la
mujer, estaba sentada al lado de Péter y ambos se reían a
carcajadas de las ocurrencias de otro personaje que
acababan de conocer: un travesti cincuentón y entrado
en carnes que dijo llamarse Janet, pero al que Montero
bautizó como Genet. Cerca de Genet se hallaba sentada
una chica adolescente, cuyo nombre provocó una sonrisa benevolente de Péter: Razzia. Comenzaba a contarle a
Deborah que también en húngaro existía la palabra
"razzia", cuando Soledad se le acercó para pedirle que se
fueran. Péter siguió hablando como si no la hubiera
escuchado y Soledad creyó que el bullicio del lugar le
había impedido entender sus palabras. Pero entonces
Genet señaló a Soledad con la punta de su abanico.

—Húngaro, qué modales son ésos. A las damas se
nos trata con respeto —dijo y luego haciéndole un lugar
a su lado, se dirigió a la muchacha—. Anda, primor,
siéntate acá conmigo.

—No se lo merece, Genet —dijo Montero desde el
otro extremo de la mesa—. Usted no la conoce pero aquí
la señorita se toma unos tequilas y se sube a bailar a las
mesas...

Deborah se apartó un poco el cabello que le caía
sobre el rostro y le sonrió a Péter, luego miró a Soledad
midiéndola de pies a cabeza. Montero volvió a intervenir:

—Y bueno, resulta divertido la primera vez, pero...
no toda la noche.

—Vamos, húngaro —dijo Genet dirigiéndose de nuevo a Péter—, un poco de amabilidad no le hace mal a nadie —y sonrió coqueta mientras paseaba la mirada por la pista de baile. Algo debió de haber recordado pues de pronto se dirigió a la chica adolescente con quien había llegado—. A propósito de amabilidad, ándale, Razzia, vete a las mesas a ver quién te invita un baile, que para eso me pediste que te trajera.

Montero se levantó en el acto.

—Genet, si me permite... —dijo y le tendió la mano a la chica.

Ella se alzó todo lo larga que era y apenas entonces, cuando se acomodó el *strapless* de lentejuelas verdes sobre el torso plano y se contoneó exageradamente rumbo a la pista, descubrió Soledad que era un muchacho. Montero lo siguió y luego escogieron juntos una pieza en la rockola.

Genet lanzó un suspiro cuando Razzia se puso las manos en las caderas de potrillo y empezó a bailar al estilo de Ninón Sevilla un guaguancó de época. Deborah y Péter rieron y se levantaron a bailar. Uno de los artistas que había llegado con el grupo invitó a Soledad a la pista pero ella prefirió quedarse con Genet. Se sonrieron. Genet desplegó el abanico y lo hizo aletear para refrescar a Soledad. Un paisaje de montañas y nubes se agitó frente a ella. Entonces Genet acercó su rostro al de Soledad y le dio un beso ligero en los labios.

—No, Genet... —dijo Sol mientras observaba que Montero abrazaba ahora al chico y le acariciaba las nalgas por encima de la ropa. Deborah y Péter apenas si se tocaban los cuerpos, pero él comenzó a jugar con su cabello y ella a fingir que se apartaba para terminar acercándose más.

—Y bueno, es obvio que tú no lo llenas —dijo Genet en un susurro. Su boca había quedado detrás del abanico desplegado y era imposible adivinar sus intenciones con sólo mirar sus ojos dulces más allá del paisaje oriental que cubría parte de su rostro.

Soledad miró a Péter. Era un extranjero pero se concedía el derecho de plantarse donde fuera y eso le daba una presencia irreductible. Ahora, en aquel cabaretucho, podía platicar lo mismo con un taxista, un obrero o una prostituta, y al día siguiente desayunar con la hija del presidente de Brasil o recibir a Genet y a Razzia en el estudio para que le hicieran un *striptease* privado. También estaban el arte y la fotografía, las exposiciones, Arlés, su poética de las sombras y de la vida... ¿Cómo se le ocurría a Genet que Sol o alguien podría llenarlo? Pero las palabras de Genet habían caído en un pozo fértil y enraizaron y germinaron como frijoles mágicos porque de alguna forma las aguas de ese pozo se habían acumulado con sentimientos oscuros, predicciones que de antemano cancelaban cualquier posibilidad y a los que sólo les faltaba un nombre, una palabra donde concentrar su savia putrefacta para florecer en un perfecto nenúfar del mal. Era cierto. Soledad reconoció que no se sentía capaz de llenar a Péter. Apenas pudo admitirlo, el pozo subió de nivel y la rebasó. Inundaba el cabaretucho, ahogaba a Genet con todo y su abanico de montañas y nubes escarpadas, se tragaba a Péter, Deborah y Montero ahora que los tres se tomaban de las manos para girar en torno a Razzia. Genet gritó antes de sumirse en las aguas:

—Muchacha, ¿adónde te metiste?

Sólo por divertirse, Soledad le contestó:

—Aquí, Genet, sigo a tu lado.

Genet movió los ojos de un lado a otro, buscándola.

—Déjate de bromas estúpidas y sal de donde estés —Genet mordía las palabras y se asomaba debajo de la mesa.

Entonces Soledad le dio un pellizco en el brazo regordete. Genet se sobó el brazo sin entender y Sol estuvo a punto de molestarla otra vez. Hubiera podido hacerla que se tragara las palabras que había dicho sobre ella y Péter, pero una alegría súbita —como esa que irrumpe inexplicable en los sueños— la llevó a la pista de baile.

Unos segundos más tarde, Deborah se tropezaba, ponía cara de que un mosco le había picado las nalgas o que un espíritu chocarrero le tiraba de los pelos. Terminó por pedirle a Péter que la llevara a su casa. Él se mostró indeciso pero al no ver a Soledad junto a Genet, accedió. Salieron a la calle para pedir un taxi y Soledad se apresuró a subirse con ellos.

—Me siento observada —dijo Deborah que se había sentado muy tiesa a un lado de Péter.

Él intentó acariciarle el cuello, pero Deborah saltó a la orilla del asiento como si alguien la hubiera golpeado.

—Estas mexicanas —dijo Péter molesto, sin importarle que Deborah lo escuchara— son tan... son tan... ¿Cómo *a francha* se dice?

Soledad tuvo que morderse la lengua para no sugerirle opciones. Era un sueño pero ella no quería despertar. Deborah vivía en Tlatelolco y hacia allá se dirigieron. Apenas se bajó del taxi, Péter le dijo al chofer que lo llevara al estudio. Soledad lo miró recargarse en el respaldo y cerrar los ojos. Debió de haberse quedado dormido porque cuando Soledad le acarició los labios y la barba apenas si se movió.

Al llegar al estudio Péter se desperezó y bajó con rapidez. Sol tuvo que empujar la portezuela del taxi para que no la dejara dentro. Él creyó que la puerta había rebotado porque no la había empujado con suficiente fuerza y se regresó a cerrarla. Luego enfiló hacia el edificio y Soledad subió tras él. Mientras lo veía desnudarse y meterse a la cama se preguntó qué otra cosa podría hacer ella antes de que el sueño terminara.

Se le ocurrió verse en un espejo. Montero tenía uno de cuerpo entero en su cuarto. Estaba por pararse frente a él cuando sintió miedo. ¿Y si el espejo era en realidad una puerta y la conducía a un lugar no deseado? Cerró los ojos. Cuando volvió a abrirlos pudo respirar tranquila: ahí estaba su imagen, como todos los días, tal vez un poco más ojerosa que de costumbre.

Regresó al cuarto de Péter. Dormía profundamente pero apenas se metió Soledad bajo las sábanas, la abrazó y la besó.

—¿Por qué desapareciste? —le preguntó antes de quedarse nuevamente dormido.

Soledad no contestó. Pensó que si todo aquello era en verdad un sueño, durmiéndose podría terminar de despertar. Se deslizó a esa otra orilla del sueño o de la vigilia, feliz y confiada porque los brazos de Péter aún la contenían.

XXXII

Pero el sueño se repetía: Péter, repentinamente ciego, tanteaba el aire sin conseguir tocarla. Soledad rompía en sollozos: Estoy aquí, aquí, voltea a verme. Péter hacía un par de esfuerzos más y al final seguía su camino. Ella se miraba las manos, pero en vez de manos, encontraba un hueco, una lepra blanca que se iba comiendo sus brazos y seguía y seguía por su cuerpo...

Lanzó un grito. Péter se despertó y comenzó a calmarla.

—Por favor, por favor, no te vayas —le suplicó ella.

Péter la arrulló en sus brazos hasta que se quedó otra vez dormida. Pero cuando Péter intentó moverse, ella se apretó contra su cuerpo.

—Cuéntame otra vez la historia de tu abuelo Gyula. Ésa del ciervo de ámbar... —le suplicó.

Peter le besó el cabello. Le conmovía la fascinación de Soledad por las historias.

Desde entonces procuraba mantenerse al lado de Péter. Tenía la creencia de que si lo tocaba todo el tiempo, ningún mal podría sobrevenirle. Al principio, después de aquel sueño en que se había despertado gritando, Péter se mostró comprensivo ante esa necesidad casi animal que descubría en su amante de permanecer cerca de él y de su cuerpo, pero después comenzó a exasperarse.

Soledad percibía su reticencia pero lejos de soltarlo se aferraba más a él. Tal vez creía que si lo apretaba evitaría la catástrofe. Como era natural, interpretaba la menor señal de Péter con desconfianza. Adivinaba las argucias que inventaba con Montero para evitarla, pero sus reacciones llenas de rabia sólo convencían a Péter de alejarla. Cuando le propuso que formara su propia carpeta de fotografías Soledad no podía creer que le estuviera diciendo que trabajara por su cuenta... Ella que cada vez necesitaba verlo más tiempo a solas, y él que, por el contrario, cada vez necesitaba estar rodeado de más y más gente.

Era el último curso que daba en la escuela de Tacuba y debía regresar a Hungría hacia finales de año. Soledad desempolvó la proposición que él le había hecho al principio para que lo siguiera a Budapest y terminara allá su carrera, y comenzó a fabular el viaje que emprenderían juntos sin ver en los silencios de Péter otra cosa que su obsesión por imaginar aquella vida secreta, ese juego de penumbras que atisbaba en los objetos y en las personas.

Una mañana se encontraban en el cuarto de reve-
lado. Las fotos de aquella serie "Sombras de luz" que
Péter quería mostrarle a Lola Álvarez, comenzaron a
emerger en las tinas de plástico. Entre ellas estaban unas
que le había tomado a Soledad en el baño del estudio con
la regadera abierta y toda esa luz vertical que se derramaba a chorros desdibujando los contornos de su cuerpo.
En algunas partes el grano de la película se había abierto
como si goterones de líquido siguieran derramándose
por el papel.

—Mira... —dijo Péter examinando la impresión a la
luz de las lámparas rojas—. El poro está abierto. Casi
transpira.

—El poro... —repitió ella fascinada por la magia de
la imagen—, ¿o más bien su granulosidad?

—No —cortó Péter molesto—, yo hablo del poro.
Aquí —se refería al papel fotográfico— hay una piel:
siéntela.

Como le sucedía últimamente al verlo exasperarse,
Soledad quiso tocar a Péter, tender una mano hacia él.
Pero Péter creyó que la muchacha quería tocar la foto con
sus dedos y agregó furioso:

—¡Coño...! Es una piel para los ojos. Aprende a
tocarla con los ojos, o mejor olvídate de la fotografía.

Y le dio la espalda para dirigirse a la ampliadora. En
las manos de Soledad quedaban aún tiras de papel
fotográfico en las que la solución de revelador seguía
trabajando. Sintió la necesidad de congraciarse con Péter. En medio de aquella oscuridad apenas iluminada por
las luces rojas, recordó la historia del hombre que había
bajado al reino de los muertos para recuperar a su amada.
Los dioses habían terminado por concederle su deseo:
podría llevarse a su amada de regreso a la vida siempre
y cuando resistiera la tentación de mirarla caminar tras él.
Imaginó aquellas cavernas por las que Orfeo había deam-

bulado seguido de la sombra amada. No debía volverse a mirarla por más que sus pasos no se escucharan: claro, se trataba de una sombra. Conforme caminaba, el hombre comenzó a dudar: ¿La sombra de Eurídice en verdad lo seguía o los dioses se habían burlado de él? ¿Caminaba solo y nunca más volvería a poseer la felicidad perdida? Sólo el silencio contestaba sus preguntas. Hubo un momento en que el hombre no pudo soportar más y su mirada impaciente se dirigió en busca de la amada. Fue como un chorro de luz directa sobre una imagen que se estaba formando. Tal vez por eso el fantasma de Eurídice se había velado como una fotografía expuesta a la luz antes de tiempo.

Soledad pensó que aquella ocurrencia entre el cuarto oscuro y la historia de Orfeo podría agradarle a Péter. Tomó aire y estuvo a punto de decírsela cuando se recargó en el apagador y sin querer encendió la luz.

Péter tardó unos segundos en reponerse y entender qué había pasado. Luego miró los papeles fotográficos expuestos, ya inservibles, y se arrojó sobre Soledad. La sacó a empellones del cuarto y se encerró toda la mañana.

Ella permaneció ese tiempo esperando a un lado de la puerta. Si Péter no terminaba a tiempo habría que cambiar la cita con Lola. Sol se sentía tan culpable que cuando Péter salió y le mostró las impresiones que había elegido, no podía creer que no le guardara resentimiento. Por eso, cuando le pidió que se quedara en el estudio para imprimir otras series que se había comprometido a llevarle a un *dealer* al día siguiente, Soledad creyó que lo hacía para castigarla. Bien sabía Péter que Lola había insistido en ver también los trabajos de ella.

—¿Tus fotos? Ah... claro —dijo Péter distraído mientras se cambiaba de ropa—. Pero tú puedes verla otro día.

Soledad sintió que nada de lo suyo le importaba a Péter. Se acababa de poner el traje de lino blanco que usaba para las inauguraciones y se anudaba ahora las agujetas de los zapatos. Al final, se echó un vistazo en el espejo que estaba en el cuarto de Montero. Hasta allá lo fue siguiendo Soledad. Lo miró alisarse las cejas y la barba, perdido por completo en la contemplación de sí mismo. Descubrió entonces que aquel hombre —sin el cual ella no concebía ninguna clase de sobrevivencia— no necesitaba de nadie para ser en el mundo. Más aún, su presencia plena que llenaba el espejo se le volvió insoportable.

No supo en qué momento se avalanzó sobre él. Lo derribó sin que Péter pudiera evitar la caída. Se entramparon en una lucha de mordidas y rasguños (de rasguños y mordidas de Soledad y de manotazos en defensa propia de Péter). Montero llegó en aquel momento y logró separarlos. Péter reaccionó por fin de su asombro y entonces sí quiso golpearla, pero su amigo lo convenció de que se tomara un pálinka y saliera con él a la calle. Mientras se alejaban Soledad reparó que el saco de Péter se había abierto por la espalda. Él no se dignó verla ni siquiera con rencor.

Apenas salieron, la chica se levantó del piso y corrió a buscar las fotos de Péter. Estaban en una mesita en el cuarto de la instalación de sombras. Salió del estudio y bajó las escaleras corriendo: tenía que hacerse perdonar de cualquier forma.

Lola —que para Dolores ya había pasado todos los necesarios y por ello insistía en que Sol la tuteara y le abreviara el nombre— la recibió en su departamento de la Tabacalera. No pareció extrañarse cuando la vio llegar sin Péter. Soledad se esforzaba por mostrarse jovial y apenas pudo le tendió los trabajos de Péter. Lola se enfrascó en las fotos pues para ella no había otro placer en el mundo comparable a tomar fotografías que mirar buenas fotografías. Al final le preguntó por sus propias series. La muchacha se hallaba al otro lado de la mesa de centro, donde un jarrón lucía unas gladiolas blancas de tallos larguísimos. Soledad no pudó contestarle. Lola se le quedó mirando largo rato y de pronto, hizo ese gesto frontal que antecedía a que se levantara por la cámara o a que desnudara a su interlocutor con una pregunta. No hizo ni una ni otra cosa. En cambio le dijo:

—No puedes seguir así. Decídete, haz algo.

En eso se oyó que tocaban a la puerta. Permanecieron en silencio mientras Jacinta, la cocinera, regresaba para decirle a Lola que el fotógrafo húngaro y el pintor loco —así llamaba Jacinta a Montero— querían verla. Lola miró interrogante a Soledad pero la muchacha bajó la cabeza. Dio orden de que entraran.

Apenas vieron a Lola la llenaron de besos y ella los amenazó con el bastón por "bribones y groseros". Péter y Montero la miraron sorprendidos y se deshicieron en disculpas por el retraso, pero Lola les dijo que bien sabían ellos de qué les estaba hablando. Péter y Montero no salían de su asombro y cuando Lola le guiñó un ojo a Soledad, se miraron uno al otro y sonrieron cómplices. Péter detuvo la mirada sobre sus fotos que habían quedado en la mesa de centro y entonces le dijo a Lola:

—Ah... ya sé de que hablas. ¿Hace tiempo que vino?

Lola lo miró con esa mirada de ternura con que a veces veía a su hijo Manuel y le contestó:

—Péter, eso no se hace... No puedes ignorar así a la gente.

—Querida Lola —terció Montero que por fin entendía que hablaban de Soledad—, no irás a defenderla. Mira nada más lo que le hizo a Péter... hasta le rompió el saco —y echando un vistazo hacia donde se hallaba la chica sentada, agregó con picardía—. Por eso, hemos decidido castigarla, ¿verdad, Péter?

Péter hizo un gesto vago, prefiriendo no hablar del tema.

—Pero qué par de demonios —rió Lola mientras se sentaba al lado de la muchacha—. Tendrían que ser actores. Qué manera de desvanecer a la gente. Largo, fuera de mi casa. Hacer chapucerías con otros —añadió mientras le ponía una mano en la pierna a Soledad—. Y no vuelvan hasta que no quieran hacer las paces. Jacinta, el húngaro y el pintor se van.

Toda aquella escena resultaba divertida. Soledad también la habría disfrutado de no ser porque Péter se había marchado sin preguntar nada más de ella. Algo en su actitud la hacía recelar. Cuando él y Montero salieron, no pudo evitar que la mirada se le fuese tras ellos. O mejor dicho, tras Péter que se dirigía al pasillo rumbo a la salida. Hasta el último instante esperó a que Péter le gritara que el juego había terminado. Pero sólo escuchó que la puerta de salida se cerraba y luego a Jacinta que arrastraba los pies por el corredor. Bajó la vista y se topó con sus propias manos deteniéndole las piernas: sólo así pudo entender que no hubiera salido corriendo tras Péter.

—Él se lleva el cuerpo y tú te quedas en sombra, ¿no es cierto? —Lola le acariciaba el cabello—. Sé muy bien lo que es eso. Yo era como un brazo de Manuel, una extensión de su voluntad. Tuve que separarme. ¿Y sabes, hijita? Dolió más que una amputación. Bueno, a mí nunca me han amputado nada, ¿verdad? Pero aquello del alma dolía en el cuerpo con un dolor físico. Tú sabes de qué estoy hablando...

Lección de tinieblas 2
Notas para el diseño de una sombra

Toma un cuerpo cualquiera y somételo a diferentes climas, temperaturas, intensidades, emociones (toda gradación es proporcional a estricto grado de supervivencia)... El resultado será una sombra iluminada, perfecta en obediencia y condición.

Luego hablaré de la transparencia y las sombras. Lo visible y lo no-visible, lo que tiene sentido y lo que no.

.....

Al pensar con luz has de considerar las sombras y la penumbra: el contorno de un cuerpo se distingue de su fondo en la medida en que una voluntad íntima y secreta palpita en el objeto negándose a morir del todo, a ser visto —tocado— del todo. Pero sólo sumergiéndolo en la niebla, la ceguera, provocándole esos estados del ser resultados del extravío... Cuando la inquietud cierra su diafragma para disminuir la intensidad respiratoria y se concentra en la desesperación (lo mismo por un exceso de fuentes especulares *high love* que de una ausencia *cold key*) rayana en las tinieblas. Así conseguirás el párpado de la noche. El filo instantáneo y mortal como la mirada amante de Medusa que te preña de una inmortalidad al fin rencontrada.

De esto descubrirás que toda mirada es amorosa y contiene la muerte. Sólo las sombras hacen luz en el alma.

.....

Escrita con luz y sombras, el origen de la fotografía es el de la memoria: perpetuar la imagen amada, invocar la anulación del tiempo y el olvido. Camino al mundo de lo visible descubrió Orfeo que Eurídice no era más que una encarnación de su deseo. Por eso la miró antes de tiempo: para recuperarla en el recuerdo y su invención permanente.

.....

El aprendiz de sombras debe, por tanto, perseverar en los procesos de ensombrecimiento de los ob-

jetos deseados. Someter la voluntad más secreta. Capturar las líneas de fuerza que establecen la organización del conjunto. Determinar los recorridos de la visión y conseguir así, en la superficie argentada del papel, cercenada pero aún palpitante, el alba oscura de las cosas. (Sólo así podrá atenuar la tiranía que su deseo —hambre oscura y profunda— le impone.)
.....

Existen técnicas para la manipulación física del modelo: deformaciones por gran angular, solarizaciones, película infrarroja, descomposición del movimiento continuo, efecto *flou,* destrucción del grado visible, todas ellas aumentan posibilidades experimentales creativas. Pero es a partir de la sumisión del objeto como se logra la subversión perfecta: la cristalización de la conciencia y la voluntad de convertirse en imagen y no cuerpo real, de ser sombra, aura, nube, huella, sueño...
.....

(La fotografía es el espejo donde se reflejan nuestros deseos: eternidad. Hay fotos fulgurantes que nos señalan como el dedo de Dios. ¿Y la fotografía experimental y abstracta? Lo mismo. Es resultado de nuestros recuerdos futuros. Los sueños y otra vez los deseos que aún no apetecemos pero que nos eligen como propios.)

XXXIII

Fue como si la mano de Péter apagara la luz y la oscuridad le hiciera perder toda referencia: dónde estaba el cielo, qué suelo pisaba, cuál había sido su vida hasta entonces. Lo incierto la rodeaba. Cerró los ojos y no hubo diferencia. Trastabilló y nadie impidió su caída.

Esperaba escuchar el pistoletazo que Péter había insinuado alguna vez en su sien, pero sólo el eco de los recuerdos le embotó el alma. Hubo un momento en que alguien se acercó y le tocó el hombro. Creyó que era Lucía con la carta de Péter que había estado esperando, pero se topó con la señora que hacía la limpieza en el cuarto del hotel. Como no podía contestarle —llevaba días sin probar alimento— la reportó al administrador. La hicieron tomar un té caliente. Tan pronto reaccionó, el hombre aquel ordenó que la pusieran con todo y maleta en la calle. La mujer de la limpieza la miró con ojos culpables; apenas vio que se alejaba el administrador, le dio un papelito.

—Perdóneme... yo no sabía... Si necesita un cuarto, aquí está apuntada una dirección. Mi prima Mode es portera en un edificio de la Cuauhtémoc. Tal vez allá...

La ayudó a parar un taxi. Soledad le tendió al chofer la dirección que le había dado la mujer. Aún tenía parte del dinero que había ahorrado para Hungría. De todos modos, tendría que buscar un trabajo. El mundo se le hizo demasiado pesado y ancho para saber por dónde empezar. De pronto, por la ventanilla abierta del taxi, se coló una mariposa amarillo pálido y revoloteó atontada a su alrededor. Soledad tomó aquello como una buena señal.

TERCERA PARTE

De sueños subterráneos y otras voluntades

XXXIV

Aún era de día cuando se decidió a bajar del Castillo. Pegada a los muros, rehuyendo el paso de la gente, descendió las escalinatas de mármol y luego la rampa que se extendía hasta el pie del cerro. Casi para llegar a la antigua garita, se topó con una construcción pequeña y singular, a medias entre la fortificación almenada y una iglesia de arcos ojivales. Tenía las puertas abiertas y de su interior brotaban risas. Sintió curiosidad y se asomó. En el interior, la casa no tenía muebles. Grupos aislados de estudiantes se detenían frente a las paredes, caminaban de un lugar a otro, hacían muecas, reían nerviosos o se burlaban divertidos. De las paredes surgían reflejos deformes de los visitantes mismos: súbitas acromegalias de piernas alargadas y manos huesudas y agigantadas, cuellos jiráficos, enanismo extremo, hidrocefalias perentorias... Era la Casa de los Espejos con su dosis de magia angustiante.

Soledad quiso saber qué le pasaría si se asomaba a uno de los espejos. Frente a ella apareció un cuerpo de cabeza y tronco reducidos y de extremidades alargadas: era su propio cuerpo en una deformidad arácnida y momentánea. Probó en otros espejos y en cada uno la constatación de su reflejo monstruoso provocó que la luz de una sonrisa le brillara en el rostro: tal vez el encantamiento estaba roto, tal vez todos aquellos espejos deformantes habían terminado por formar de nuevo su figura.

Un ruidoso grupo de adolescentes con uniforme de secundaria la sacó de sus cavilaciones. Uno de ellos, un muchacho gordo y desparpajado al que después llamarían Manteca, intentó plantarse frente al espejo donde estaba Soledad. Pero no pudo lograrlo. Fue como si el aire lo hubiera hecho rebotar, o como si a medio movimiento se hubiera arrepentido. Al contemplarlo en el suelo, sus compañeros le jugaron bromas que el otro se despejó como moscas, acostumbrado como estaba a ser el escarnio de los otros.

—Miren al Manteca. Se vio en uno de estos espejos y ya se creyó gacela.

—¿Por fin se te cumplió tu sueño dorado, eh, gordo mantecoso? ¿Por fin te hiciste flaco?

—Ahora nomás te falta que te blanqueen la cara, te cambien el pelo de púas, te enderecen las patas y quedas como nuevo...

Tres muchachas con los suéteres del uniforme anudados a la cintura entraron a la casa. Eran delgadas y los tenis les acentuaban el paso suave y flexible.

—Órale, Manteca, las princesas buscan galán.

El muchacho aludido se puso de rodillas mientras las chicas pasaban de largo. Manteca comenzó a seguirlas en cuatro patas y con la lengua de fuera. El grupo de adolescentes aprobó la nueva actuación. Le gritaron: "¡Duro, duro...!"

Mientras esto sucedía, Soledad, adolorida, se había recogido junto al muro de espejos. Miró a Manteca y a sus compinches en aquel juego de tiranía y recordó a las hermanas Ángeles con quienes ella y Rosa jugaran en alguna ocasión. Recordó que bastaba una palabra de aprobación, un gesto de condena, para que su amiga y ella subieran o bajaran de las nubes.

Los muchachos terminaron por salir. La Casa de los Espejos quedó por un momento sola. Soledad se vio los ojos como dos esferas de pez y probó a estirarlos. Entonces recordó a Lucía con sus rasgos orientales y que no la había visto desde que entraran juntas al jarrón, luego del cuento de hadas que habían vivido en el Palacio de Bellas Artes. Ya había pasado otras veces pero ¿por qué sentía que en esta ocasión la moneda arrojada a la fuente de los deseos tardaba tanto en caer? ¿O era que aquel hechizo no iba a terminar nunca? Pensó que más le hubiera valido no salir nunca del Archivo Muerto, adonde entró a trabajar luego de la partida de Péter. O mejor aún: más le hubiera valido no salir del jarrón chino.

Pero siempre, terca, esa vocación de andar deseando aun sin darse cuenta como el que, sonámbulo, no se percata de que camina por la vida.

XXXV

Lo nombraban el Archivo Muerto de Bellas Artes. Allí, en las entrañas del Palacio, junto a los talleres de electricidad, de herrería, del taller mecánico, cercano a las plataformas móviles del foro y sus tremendos mecanismos para desplegar telones y escenarios giratorios, compartía las pesadas estructuras de acero que sustentaban el Palacio. El Palacio de Bellas Artes, blanco nenúfar a punto siempre de abrir sus pétalos de mármol.

Pero abajo, en el subsuelo, los partidos de futbol y las borracheras de los trabajadores en el túnel que servía de estacionamiento para los funcionarios, los altares de San Judas Tadeo y la Virgen de Guadalupe rodeados de foquitos de Navidad y carteles de mujeres desnudas y hermosas, el concentrado olor de la humedad y los orines... También, conforme uno se arriesgaba en los corredores interminables, escaseaban las luces fluorescentes que servían de guía para, tres niveles más abajo, no perderse en la ribera subterránea de ese río oculto que, decían, llegaba a Chapultepec y al Cerro de la Estrella.

El Archivo mismo era un mundo aparte, una especie de gruta donde estalactitas de documentos y cajas simulaban un equilibrio de columnas irregulares que sostuvieran techo y suelo por igual. Había sinuosos corredores, pasadizos que surgían repentinamente y se cancelaban por esa intempestiva voluntad de papel. La primera vez que Soledad traspasó el umbral tropezó varias veces pues la luz, adormecida, volvía difusos los bordes de cajas y paquetes. Tras varios intentos llegó finalmente a un corredor un poco más amplio que los demás, donde un hombre mayor sentado frente a un escritorio metálico hacía anotaciones en un libro de contabilidad. Tenía marcados rasgos indígenas y por un momento Soledad recordó a esos tlacuilos de los códices con el rollo de papel amate sobre las piernas. Al acercarse descubrió también a un joven sentado en un improvisado banco de papeles que leía nombres y cifras de una gruesa carpeta. Los dos hombres traían batas azules y el distintivo de Bellas Artes. Entonces Soledad recordó a qué había ido a ese lugar.

—¿Señor Agapito? —preguntó al hombre mayor.

El hombre la miró un instante para después volver a su libreta. Soledad creyó que no la había escuchado. Iba a repetir la pregunta pero entonces el joven se adelantó y le dijo:

—¿Viene de parte del licenciado Rueda?

Ella asintió.

—Entonces venga.

Soledad no supo si debía despedirse. De todas formas musitó un "con permiso" y siguió al muchacho. Observó que cojeaba. La condujo por el mismo corredor por donde había llegado pero antes de dar con la salida dobló sobre un pasillo disimulado por tres archivos colgantes. El joven los hizo a un lado para internarse en un pequeño cuadrado de luz difusa donde se apilaban cajas rebosantes de papeles y fotografías.

—Ahí puede empezar —le dijo y se alejó con aquella inclinación lateral involuntaria que lo hacía casi rozar los muros de papel.

A Soledad le asombró estar de pronto en las entrañas de aquel lugar que tantos turistas visitaban todo el año y recordó su fachada de mármol blanquísimo que relucía y deslumbraba los ojos con el sol de mediodía. Qué contraste con el aire enrarecido de los subterráneos y la penumbra permanente que uno podía tocar con las manos. Se inclinó sobre una de las cajas donde una foto en blanco y negro, al parecer reciente, mostraba al director de Bellas Artes entregando un ramo de flores a una afamada bailarina. Estaban en el escenario del Palacio, rodeados de otras autoridades y personalidades de la danza que aplaudían. De pronto, una ausencia de luz en un extremo de la foto atrajo su mirada: ahí, en esa área de penumbra marginalmente creada, descubrió una sombra de la que apenas se destacaban el brillo de los ojos y un reflejo de luz sobre las manos. Dudó un instante, percibió entonces la nariz aguda, ese aire predatorio del cazador que acecha en la sombra y no le cupo ya la menor duda. Se trataba de Martín Rueda.

XXXVI

Había llegado al Archivo Muerto por recomendación de Rafa, el chofer del licenciado Rueda y esposo de la portera del edificio donde rentaba un cuarto de azotea desde hacía unas semanas.

Rafa tenía por costumbre ayudar a su esposa los fines de semana con las labores de limpieza del edificio que estaba en la calle de Villalongín, a un par de cuadras del Jardín del Arte. Fue en uno de esos días que lavaba el corredor de la entrada cuando observó a una muchacha bajar una maleta de un taxi y luego arrastrarla a trompicones hasta el portón. Por un momento Rafa hizo a un lado la escoba, a punto de acudir en su auxilio, pero se detuvo: aunque la muchacha era delgada en extremo, sus manos se aferraban con firmeza a la petaca. Pensó en lo cómico que sería si uno de esos vientos de febrero la arrastrara por los aires, verla a ella y a la maleta flotar como un papalote doble, porque de eso estaba seguro Rafa, que ella no soltaría su equipaje aunque llegaran los vientos de todos los febreros juntos o tuviera que orinarse en los pantalones. No pudo evitar una sonrisa que Soledad descubrió en el momento de tenderle el papelito que le había dado la camarera del hotel.

Mode, la portera, y la mujer del hotel, eran buenas primas, así que tan pronto como Rafa le presentó a Soledad, Mode le dijo que el cuarto era suyo. La muchacha dejó por un momento la valija y comenzó a hurgarse las bolsas del pantalón.

—Aquí está el dinero... —dijo apresuradamente.

—Pero, niña... si todavía no ha visto el cuarto —repuso Rafa mirando a su mujer.

—Ni le hemos dicho en cuánto quiere rentarlo la dueña... —intervino sonriente Modesta—. Primero necesita verlo, aunque yo creo que sí va a gustarle.

—Antes estuvo ahí un pintor —dijo Rafael como si estuviera revelando un secreto. Después se inclinó a tomar la maleta para dirigirse a la azotea, pero Soledad se adelantó a cargarla. Estaban a punto de salir al pasillo cuando la voz de Modesta los detuvo a los dos.

—Espera, Rafa. Antes voy a darle a esta niña un atolito. Mira nomás qué cara trae...

—Pero si no es necesario... No se preocupe, señora...

—Modesta para servirle. Pero me dicen Mode y no me diga que me va a rechazar un pocillo de atole porque eso sí que no se lo puedo aceptar.

Cuando por fin subieron los tres a la azotea, Soledad quedó sorprendida al ver el cuarto: un romboide de luz situado en una esquina, con cortinas naturales gracias a los follajes de un ahuehuete y un pirul. El espacio era amplio y entre los cachivaches que había dejado el anterior inquilino, se hallaba un sofá destartalado que haría las veces de cama para Soledad. Se aproximó a uno de los ventanales mareada por la asimetría y la claridad del espacio. Pensó que no podría montar allí un cuarto oscuro, pero en cambio podría fotografiar la luz. Sacó de la maleta la Leica que le había regalado Péter poco antes de partir rumbo a Hungría cuando aún ella creía que viajarían juntos. Rafael la miró poner una mano sobre el vidrio del ventanal, a contraluz de esa claridad que se volcaba en la habitación, y luego tomarse una foto de esa mano repentinamente fantasmal. Pero apenas accionó el disparador, Soledad lanzó un quejido y estuvo a punto de dejar caer la cámara. Modesta y Rafa se sorprendieron. Soledad miró las palmas de sus manos y las encontró rojas e inflamadas. ¿Qué demonios tenía en las manos?

—Ha de ser de tanto cargar esa maleta. Ya le sacó ampollas —dijo Rafael asomado por encima del hombro de Soledad.

—¡Qué pollas van a ser! —objetó Mode mientras inspeccionaba las manos de la joven—. Usted me ha de perdonar, niña, pero eso le pasa a uno cuando juega con fuego...

—Pero si éstas no son quemaduras —repuso Rafa que ya se había hecho a la idea de que Soledad debía de haber cargado la maleta toda su vida.

—Estos hombres —dijo Mode guiñándole un ojo a Soledad—. Nunca entienden nada...

Pero Soledad tampoco entendía, sonrió a la portera con un gesto que más que cómplice delataba sus dudas.

XXXVII

La cita fue un viernes por la tarde. Le pidieron que esperara: el licenciado Rueda no tardaría en llegar. Para el caso de la contratación de Soledad hubiera bastado una entrevista con el jefe del departamento de almacén e inventarios, pero Rafael le había pedido a su patrón que la recibiera. Martín Rueda frunció el ceño:

—¿Qué... está muy buena o para qué quieres que la vea?

Rafa lo miró sonriente por el espejo retrovisor.

—No, pues en su escala, reprobada... pero usted mismo me contó que le urgía contratar a alguien para las fotografías esas que andan perdidas... Y ella es una fotógrafa de todas todas.

—¿Y quién te dijo que yo ando buscando a una fotógrafa de bodas y quinceaños?... Lo que yo necesito es alguien que me ayude con una información particular... No a una pendeja que de seguro te movió el culito y ya la andas cambiando por Modesta. A propósito, ¿cómo está de su vejiga?

—¿Mode? Bien. Las píldoras que le mandó su esposa le cayeron de maravilla. Ahora está terca en que quiere hacerles un conejo en adobo. Avísele a su esposa y usted me dice cuándo.

—¿Y de lo otro?

—¿La otra?... Se llama Soledad. Necesita el trabajo. La misma Mode me dijo para que le dijera yo a usted. A ver si podía ayudarla.

Hubo un silencio mientras el coche se detenía en un alto. Por fin, al arrancar, Martín Rueda frunció nuevamente el ceño.

—Así que completamente reprobada, ¿no?

—Bueno, no tanto. Si viera que hasta le da un aire a esa que primero fue su asesora y que ahora es...

—¿Patricia Ledesma?

—Pero mucho menos vieja, quiero decir, diez años más joven y sin tanta marrullería. Es un poco tímida, eso sí, pero viera qué bonitas fotos saca. A veces no hay más que luz y algunas sombras pero cuando me pongo a verlas hasta se me ocurren recuerdos y cosas raras... ¿Entonces qué, patrón, le digo que vaya a verlo al Palacio?

—¿Cosas raras, cómo qué? —el interés de Martín Rueda se avivó repentinamente.

—No sé... Sueños, cuevas, unas como grutas...

—Ahora sí, Rafa, se me hace que ya estás chocheando, cabrón. ¿Cómo que sueños y luego grutas...? —el licenciado tomó el periódico y comenzó a hojearlo.

—Mejor véalas para que no crea que lo estoy engañando. Las fotos de esa muchacha tienen algo. Empieza uno viendo nubes y al rato parecen las entrañas de la tierra. Y eso no es todo. A Mode también le pasa que se queda viendo una foto y de pronto todo se le desaparece. Como si le voltearan a uno los ojos por dentro.

—¿No te digo, cabrón? Hasta poeta me vas a resultar ahora.

—Entonces qué, patrón, ¿el viernes por la tarde?

XXXVIII

Primero la hicieron esperar en una sala general desde donde podía divisarse una panorámica de escritorios vacíos, el ir y venir de un par de secretarias cansadas ya del trajín de la semana, el repiquetear en descenso de los teléfonos, y más allá, cercano al elevador, unos pocos empleados haciendo fila en la caja del Palacio.

—Lo que tienes que exigir es que te basifiquen. ¿Cuántos años llevas en lista de raya? —una mujer joven y morena, fornida, con el pecho por delante listo para detener a quien se le viniera encima, llamó la atención de Soledad. Al parecer acababa de cobrar y aleccionaba a una muchacha de limpieza mientras se acercaba a un escritorio repleto de documentos que esperaban su turno para ser clasificados—. Ese Leonardo Ramírez es un mago. Yo limpiaba los palcos del Palacio y ahora veme... Soy secretaria.

—¿A poco se puede? —preguntó la chica de la limpieza recargándose en el escritorio de la otra.

De una oficina del fondo, recubierta toda de madera, salió una mujer delgada. Se acercó con aire apurado a las muchachas. Sus movimientos eran ansiosos, como si temiera algo. Aunque entrada en años, la mujer resultaba atractiva.

—Niñas, que va a llegar el licenciado en cualquier momento —les dijo con voz educada.

—¿Y qué, Florecita? ¿El licenciado nos va a comer o qué? —dijo bromeando la joven del escritorio repleto de papeles mientras sus ojillos se curveaban risueños.

—Eso quisieras, Maru —respondió atrás una secretaria de ojos claros que se había mantenido al margen y que ahora reía con suspicacia.

—¿Yo...? —contestó la aludida—. Paso. Todavía no ando tan necesitada como otras.

—Niñas... —volvió a insistir la mujer que había salido del despacho de madera—. Por favor... tranquilitas. Lo bueno es que ya no están los contadores.

—No —respondió la joven a la que habían llamado Maru—. Los cobrones ya se fueron a La Ópera. Como es día de quincena. Lo malo es que ni invitaron.

—¿A la ópera? ¿Pues que no es más tarde la función?

—Sí, a la cantina La Ópera, esa donde bailó María Conesa un cancán de los de rabadilla acá... —Maru se contoneaba explicándole a su interlocutora.

La señorita Flor sonrió divertida. Iba a regresar al despacho cuando reparó en Soledad.

—¿Ya la atendieron? ¿Puedo servirle en algo? —le preguntó a la chica.

Soledad musitó unas palabras que obligaron a la señorita Flor a pedirle que le repitiera la respuesta. Maru le ahorró el esfuerzo.

—Viene a ver al licenciado Rueda.

—¿Sabe él que usted venía? Verá... no la tengo apuntada en su agenda —aclaró con suavidad.

—Creo que sí... Bueno, eso me dijo don Rafa.

—Ah... ¿Usted es la persona que viene para lo del Archivo Muerto? Pero el licenciado no le confirmó a Rafita. ¿Él no le dijo que el licenciado Rueda iba a estar un poco... ocupado?

Soledad afirmó con la cabeza.

—Bueno, no se desespere. Ya no debe tardar. ¿Gusta un café, un tecito mientras tanto?

La muchacha aceptó. Flor se acercó a la muchacha esa que anteponía el pecho para abrirse paso entre huestes de enemigos invisibles, pero antes de que le dijera algo la otra replicó.

—Sí, Florecita, usted nomás pida que aquí su gata está para obedecer. ¿Usted no quiere también uno?

Maru se puso en marcha. Soledad descubrió entonces algo curioso en su manera de caminar. Tal vez fueran los zapatos de goma que usaba pero había un movimiento de flexibilidad en su cuerpo robusto que la hacía subir y bajar, rítmica y confiadamente, a cada paso.

"Olé", escuchó Soledad que le gritaban a la muchacha desde la fila de la caja un grupo de trabajadores, a lo que ella respondió levantando una mano torera de agradecimiento. Luego se dirigió a un cuartito donde se hallaba una cocineta bien equipada. Soledad fue tras ella. Maru intentaba una y otra vez encender la lámpara del techo. Sol se colocó justo atrás de la mujer. Ésta, irritada porque la luz no encendía, comenzó a mascullar.

—Condenado Pedro... —exclamó Maru—. Le he dicho mil veces que arregle esta... —dijo antes de volverse súbitamente y tropezar con Soledad.

—Ah qué bruta eres, manita, mira que ponerte atrás de un animal de mi tamaño —repuso Maru mientras observaba que Soledad no se hubiera hecho daño. Fue entonces cuando descubrió que la muchacha llevaba puestos unos guantes blancos. De inmediato le preguntó—: ¿Por qué usas guantes? ¿Tienes sarna o qué?

—Yo... —dijo Soledad recuperando el aliento—, venía a servirme el café.

—Ah, sí. Ya me acordé. Rafa nos contó que te habías quemado con los líquidos esos que usas para revelar fotos. ¿Son tan fuertes?

Soledad no tuvo tiempo de contestar. Se escuchó la campana del elevador y luego unos pasos fuertes en el pasillo. Los trabajadores que hacían fila en la caja callaron, expectantes. La señorita Flor, entretenida en acomodar unas revistas que se hallaban en la mesa de centro de la sala de espera, corrió a su escritorio y se compuso el vestido antes de sentarse. La muchacha del aseo comenzó a despegar un cartel sindical que estaba adherido a uno de los vidrios del ventanal. La misma Maru salió también de la cocineta y volvió a su tarea junto al archivero. En una de las oficinas contiguas alguien se aclaró la voz. ¿Qué provocaba todo aquel revuelo? Soledad recordó vagamente la primera vez que siguió a Lucía adentro del jarrón. Ese desasosiego cuando se perdía en los corredores del laberinto y temía, tras cada vuelta, toparse con la bestia que dormía en su centro. Prefirió mantenerse en la penumbra de la cocineta. Conforme los pasos se aproximaban la oficina caía en un embudo de silencio. En vez de caminar por los corredores, eran los corredores los que llegaban hasta el dueño de esos pasos. El hombre continuó su camino, pero al pasar en frente de la cocineta en penumbras se detuvo un instante. Soledad alcanzó a verle la mirada predadora antes de ocultarse en el jarrón.

XXXIX

Martín Rueda le había señalado una silla frente a su escritorio mientras atendía una llamada. Soledad hubiera preferido continuar afuera, pero ahora se hallaba con las piernas juntas y las manos enguantadas, una sobre otra, a la espera. En el escritorio descansaban las fotografías que Soledad entregara a Rafa, condición previa del licenciado para la cita. A la muchacha le extrañó ver solamente los retratos y ni uno solo de aquellos trabajos a los que, provisionalmente, había titulado "Escritos con luz". Creyó que, en un descuido, no los había metido en la carpeta.

Mientras tanto los dedos de Martín Rueda, largos y de uñas bien cortadas, pasaron rápidamente de una a otra fotografía, deteniéndose apenas en un par de retratos. Soledad evitaba mirarle el rostro pero cuando el licenciado alzó el retrato de Genet acostada como una odalisca sobre un diván y lo puso junto a la fotografía de Lola Álvarez que intentaba resguardar con una mano sobre su rostro, esa intimidad súbitamente trasgredida, Soledad alcanzó a ver la nariz del hombre, triangular y fina, apuntándola y se sobresaltó.

—No, no estoy ocupado —la mandíbula de Martín Rueda se había tensado y Soledad pudo percibir que existía un movimiento instintivo entre aquella barbilla tirante y la manera en que se expandían las aletas de la nariz.

—A que no sabes a quién tengo enfrente... Ni más ni menos que a tu admirada Lola. No creo que conozcas esta fotografía. Ni con toda tu experiencia como curadora de exposiciones. Verás, es una donde la mujer esta interpone una mano entre su rostro y la cámara. Bueno, necesitarías verla. ¿Cuándo vamos a cenar?

—¿Un fotógrafo húngaro tiene una igual? ¿Péter Nagy...?

Soledad parecía estar en otro lado o ¿de qué manera podía explicarse aquella apacibilidad con que reaccionaba al escuchar el nombre de Péter? En cambio, se quitó los guantes y se miró las manos desnudas. Probó a tocarlas con las yemas de sus dedos y comprobó la caricia. En efecto, el dolor cedía. Una sensación de alivio —pensó que el jarrón llegaba finalmente a una isla— la reconfortó.

—Así que, de cualquier manera, quieres la foto... —Martín Rueda había visto a Soledad por encima de las fotografías mientras se quitaba los guantes. Apartó un poco las fotos para observarla—. De todas formas vas a necesitarla para el homenaje del que me hablas. Entonces comemos o cenamos la semana que entra. Bien, adiós.

Transcurrieron varios instantes antes de que Soledad se percatara de que el licenciado ya no hablaba por teléfono. El hombre la miraba verse las manos desnudas, tocárselas, probar a definir sus contornos... Y todo ello lo había observado Martín Rueda con el mismo sigilo con que había colgado la bocina y con el que esperaba la reacción de la muchacha ahora que había alzado la vista de las manos y lo miraba mirarla. Soledad tuvo el impulso de cubrirse pero el licenciado la atajó:

—No se los ponga. Ya no los necesita.

Soledad obedeció, se dejó los guantes en el regazo. La mirada del hombre era intensa, penetrante. ¿Hasta dónde podría seguirla en el laberinto? Bajó la vista y se mordió un labio antes de que un deseo fuera a escapársele.

—Si desea trabajar conmigo —comenzó a decir el licenciado sin quitarle la vista de encima— no finja. Ni guantes, ni disfraces, ni máscaras... ¿Me entiende?

Soledad asintió perpleja. ¿Cómo era que este hombre podía traspasarla de esa manera? Le miró los ojos —oscurísimos— y por un momento creyó que sí, que Martín Rueda tenía el poder de traspasar los objetos y los cuerpos.

—¿Conoce usted a un fotógrafo llamado Péter Nagy?

Soledad pronunció el nombre para sí. Lo sintió recorrerla hacia dentro como un sonido hueco que rebotara de una pared a otra.

—¿Péter Nagy? —repitió ella como si le hablaran de un desconocido. Martín Rueda frunció el ceño, exasperándose. De pronto, un eco lejano llegó hasta Soledad: el recuerdo de un hombre que caminaba hacia una intensa fuente de luz y del que, salvo los contornos difusos, no podía apreciarse mayor cosa. Soledad se sintió a salvo. Entonces añadió:

—Sí, fui su asistente mientras estuvo en México. Los dos le tomamos fotos a doña Lola pero son series distintas.

—Pues voy a necesitar todas las fotos que tenga de esta mujer. Buena fotógrafa, ¿no le parece? —preguntó Martín Rueda al tiempo que tomaba un fajo de fotografías entre sus manos—. Una amiga mía está organizando una exposición de retratos de fotógrafos. Un homenaje... —el licenciado pasó uno de sus largos índices sobre el filo de las fotos. Miró a Soledad antes de añadir—. Mi amiga también conoce al fotógrafo ese... ¿Péter...? Al parecer le robaron su maleta de trabajo en el aeropuerto...

Soledad no pudo evitar una sonrisa e inquirió:

—¿En el aeropuerto de México?

—No, en Bucarest o... de donde es él. Así que, como comprenderá, nos tiene usted a mi amiga y a mí en sus manos.

Soledad se miró instintivamente las manos. Creyó tener ante sí un cuaderno de hojas blancas. Pensar que los nuevos trazos dependerían de nueva cuenta de ella la hizo estremecerse.

Pero Martín Rueda tenía otros planes para ella. Debía sepultarse a diario en el Archivo Muerto hasta dar con las fotos que reconstruyeran esa historia gráfica del subsuelo de Bellas Artes, especialmente aquellas fotografías de 1905 con las excavaciones que habían puesto al descubierto la fuente de azulejos con personajes e instrumentos musicales.

—Mis pesquisas me hacen suponer que se trataba de Quetzalcóatl, esa portentosa deidad civilizadora, donando la música a los hombres como antes Prometeo les cediera el fuego—dijo Martín Rueda. Soledad se sorprendió al escuchar la comparación entre mitos prehispánicos y clásicos, pero sobre todo le extrañó que hubiera mencionado una fuente prehispánica hecha con azulejos. ¿Los aztecas conocían el azulejo?

Martín Rueda no reparó en el rostro de duda de la muchacha. Ahora le informaba de una misión más importante: tendría que fotografiar los recovecos desconocidos del Palacio, descender a esos niveles donde se perdía toda orientación estelar y comenzaban a seguirse las rutas freáticas del inframundo... Soledad descubrió que el rostro de Martín Rueda se había iluminado. Una exaltación que aumentaba conforme se escuchaba hablar a sí mismo le encendía la mirada y agudizaba sus rasgos de merodeador. La muchacha creyó que aquel hombre se incendiaba como una llama y que era capaz de transfigurarse porque un deseo recóndito alimentaba ese fuego.

—Claro que esta parte puede resultar peligrosa: las ratas-conejo, las esporas que florecen prodigiosamente en el pulmón humano, las heces de los murciélagos...

Le pagaría bien. Pero primero estaba la localización de fotos en el Archivo Muerto. Respecto al otro asunto, debía ser discreta. Él le iría dando instrucciones.

Eran más de las nueve cuando Martín Rueda le ofreció llevarla a su casa. Así —le dijo— tendrían oportunidad de seguir hablando. Pero al subir al coche el licenciado desenfundó una grabadora pequeña que se hallaba en el asiento trasero y murmuró en ella una especie de bitácora de todo lo que había conversado con Soledad. Sin ningún pudor, describió a la chica como si ella no estuviera presente. "Opaca, pero translúcida, adivino en ella una servidora ideal", dijo y Soledad creyó que hablaba de otra persona.

XL

Lo bueno de aquel trabajo era que uno podía perderse por completo. Apenas llegaba se refugiaba en aquella especie de privado que Filemón, el muchacho que cojeaba, le había formado con las cajas y pilas de documentos que debía revisar. La rodeaba el silencio, una invisible red protectora que le permitía adentrarse en su propio corazón y escuchar sus latidos como una visitante de sí misma. Se recorría por dentro, volvía a visitar el jarrón, a recorrer el laberinto de paredes rojizas, a encontrarse con el dragón dormido y a contemplarlo como si su verdadera misión fuera resguardar ese sueño. Mientras tanto, era Lucía la que hurgaba entre los montones de papeles. Pero se desesperaba pronto y entonces Soledad regresaba al Archivo. Lucía, en cambio, prefería visitar las salas del Palacio y merodear por los alrededores.

—Deberías subir a la torre esa —se refería a la Latinoamericana—. Aparte de la panorámica te encuentras con cada extranjero... De hecho, me hice amiga de un grupo. ¿Y adónde crees que fuimos? ¡Ajá, a la cantina donde preparan esos caracoles que te gustan tanto! Y ni adivinas, eran dos finlandeses y un otro de donde tú sabes.

Soledad la escuchaba con una sonrisa. Cerraba los ojos y entonces recordaba: sí, allí estaban los telescopios de la Latino, los tres muchachos que le habían sonreído antes de pedirle que les tomara una foto. Después, se habían encontrado en el elevador y mientras descendían los 42 pisos, Lázsló le había preguntado por un buen bar y...

—¿Así que por eso no llegaste a dormir en la noche?

—No pienses tan fuerte —había contestado Lucía mientras se llevaba las manos a las sienes—. Me retumban las neuronas sólo de oírte.

—Estás cruda...

—No, más bien cocida, deliciosamente cocida...

—Menos mal.

—Oye, gracias por cuidar tú sola al dragón —dijo Lucía y le plantó un beso en la mejilla.

—Descuida, no lo hice por ti. Se me ocurrió contarle los cuentos que me sabía de niña. Creo que le gustaron.

—Ay, Soledad, de veras que eres simple de nacimiento. ¿Quién crees que te contó a ti esos cuentos? ¿Tu papá?

Soledad no pudo evitar soltarle un golpe. Lucía lo esquivó pero cayó dentro del jarrón.

—De todas formas ya me quería meter —dijo burlona.

Soledad prefirió regresar al Archivo, pero, por más que evitaba pensar en ello, una y otra vez volvía a preguntarse por qué Lucía y ella ya no podían estar en paz como cuando eran niñas.

XLI

Llevaba una semana sumergida entre aquellos papeles, sin cruzar más palabras que las necesarias con Filemón pues don Agapito había continuado renuente y apenas la veía le afloraba ese gesto de deidad prehispánica con que evitaba cualquier acercamiento, cuando Soledad escuchó pasos y luego voces y risas que caían en aquel desierto de sonidos como una lluvia intempestiva. Se levantó y fue a indagar, pero por más que recorrió corredores no encontró más que a Filemón dormido en un camastro hecho con documentos amontonados.

Regresaba a su propio lugar, cuando escuchó de nuevo risas en el pasillo contiguo. Volvió a asomarse pero no vio a nadie. Y luego se hizo otra vez aquel acolchonado silencio. Era más de media mañana y recordó que Mode le había puesto un emparedado para que almorzara. Se disponía a comerlo cuando descubrió de dónde venían las voces: una puerta clausurada.

—No me gusta que me vigilen —dijo una voz cascada.

—No, don Agapito, no la mandaron para eso. Pero usted sí acuérdese de lo que dice Leonardo: el trabajador colectivo. Mil ojos, mil bocas... no se me encapriche que el que se enoja pierde.

—Está bien, Marita. No más porque usted lo dice.

¿Maru, era Maru? Soledad se precipitó a salir. Para cuando llegó al lugar de donde supuso provenían las voces, ya no había nadie. Decidió caminar un poco, rodeó las rejas de alta tensión, los casilleros grises de los trabajadores puestos en fila como ataúdes de pie. En el túnel estaba ya el automóvil del licenciado Rueda. Rafa chanceaba con los vigilantes del estacionamiento. Al verla, extendió un brazo e hizo ademán de encaminarse a su encuentro, pero Soledad se apresuró a entrar en los baños. Escuchó la voz cantarina de Maru en el área de lavabos. Se acercó por detrás, temiendo interrumpirla, mientras la muchacha morena contaba entre risas a un corro de trabajadoras cómo había ganado el último tanto en un partido de soft-ball en el que era la única mujer. Apenas hizo una pausa, una de las del corro le dijo:

—Ahí te buscan, Marufa.

La mujer se volvió con un gracioso movimiento que fingía sorpresa.

—¿Otra vez atrás de mí? —y rió mientras añadía—. ¡Hola, Sombra! Precisamente quería buscarte. ¿Ya la conocen? —preguntó a las otras—. Aquí les presento a una nueva compañera. Soledad García, alias la Sombra —volvió a reír—. No es cierto. Soledad García nada más. Va a trabajar para el licenciado Rueda, o más bien trabaja ya.

—Mucho gusto —dijeron unas. Otra—: Mmm, pues ya empezamos mal.

—No sean así con la compañera. Qué va a pensar. Si uno pudiera escoger a los jefes con los que tiene que arar... Y qué pasó, compañera Sombra, ¿se viene con nosotras a desayunar?

—No puedo —contestó Soledad.

—¿Y por qué no? ¿Qué no sabe que en jornada de 45 horas cuenta con media hora diaria para almorzar?

—Pero yo no...

—Pues no le aunque... No aceptamos que nos rechace la invitación, ¿verdad, muchachas?

Fueron a un café de chinos. Al principio, las mujeres observaron a Soledad con desconfianza, pero ya fuera por su aire inofensivo o porque les daba confianza que Maru la hubiera invitado, lo cierto es que no tardaron en hacer el relato de sus hombres, sus hijos, sus zozobras, sus diversiones. Cuando se pararon a pagar en la caja, Sole volvió a quedar justo detrás de Maru.

—¿No les digo que es mi sombra? —bromeó con las otras—. Vente, manita —dijo pasándole un brazo por los hombros y empujándola suavemente—. Ponte acá, al frente. ¿A qué le tienes tanto miedo? No, mujer, valerosa, que si no te miran te aplastan.

Soledad se quedó perpleja pero le agradaron las palmadas que la mujer le dio en la espalda. Se dejó conducir un lugar antes de Maru. Como el muchacho de la caja se tardaba en cobrarles, Maru levantó la voz.

—Condenado chino. Otra vez no te salen las cuentas. ¿Pues no que en China popular todos tienen derecho a la educación? De seguro te reprobaron...

El joven, un oriental de mezclilla, frágil y de rasgos hermosos como los de una muchacha, inclinó levemente la cabeza.

—Paciencia es cualidad del espíritu, señorita Maru —le contestó el muchacho mientras su rostro esbozaba una sonrisa tenue.

—Ay, chinito, ésa ni tú te la crees. Pero bueno, te la perdono por esa sonrisa de sol naciente que tienes...

—La señorita Maru me ofende... Soy chino, no japonés.

—Ay, bueno, ya... Tú quieres que nos descuenten el día, ¿verdad? Cóbranos y ya luego averiguamos.

Soledad miraba alternativamente a la muchacha y al cajero. Percibió en la diligencia del muchacho y sus palabras medidas, una señal de respeto hacia esta joven mujer de voz clara y firme. Daba gusto escucharla.

XLII

Las primeras veces, cuando Martín Rueda deseaba verla la citaba en su oficina. Después, cuando se dio cuenta de la solicitud con que ella se aprestaba para contestarle en el teléfono o rendirle cuenta de los últimos hallazgos, comenzó a pedirle que se vieran en un café de Reforma, por los rumbos de la Zona Rosa.

Soledad acostumbraba llegar temprano pues le parecía inconcebible que aquel hombre tan ocupado tuviera que esperarla. Así que algunas veces tenía tiempo para merodear por la zona antes de sentarse a esperar. Uno de sus sitios predilectos eran las bancas de piedra que rodeaban al Ángel de Reforma. Desde un mismo puesto de observación, registraba con su cámara el vuelo estacionario de esa victoria alada a través de las nubes y las sombras que hacían brillar el esplendor de su cuerpo metálico.

En una ocasión en que llevaba ya dos rollos de fotografías y estaba por empezar el siguiente (Mode le decía que sólo vivía para darle de comer a los de la fotográfica), un automóvil de vidrios oscuros se detuvo frente a ella. Por las placas, supo que se trataba de un auto del servicio diplomático. A contraluz, se alcanzaban a ver las siluetas de un hombre y una mujer en el asiento trasero.

En un primer momento la pareja pareció observarla. Después de unos instantes de inmovilidad, la silueta de la mujer se agitó en una risa estruendosa. Tal vez el hombre también reía, pero su silueta de perfiles agudos se mantenía estática. Lucía reaccionó de inmediato, tomó la cámara y se dirigió al auto. Soledad la detuvo.

—¿Qué vas a hacer? Es Martín Rueda...

—Por eso mismo... para que se burle de su abuela —respondió Lucía tratando de zafarse.

Forcejearon hasta que Soledad consiguió arrebatarle la Leica. Entre tanto, el automóvil había reanudado su marcha. Lucía dejó caer los brazos y lanzó un suspiro de fastidio. Soledad volteó entonces hacia el auto que daba ya la vuelta a la glorieta. En sentido contrario, un muchacho en una motocicleta roja y brillante se aproximaba a toda velocidad. Sol descubrió que su amiga le hacía una seña y que el chico agitaba la mano y se paraba a unos cuantos metros. Entonces, en lo que ella entendía lo que estaba pasando, Lucía le arrebataba la cámara y corría a reunirse con el de la moto. Ya montada en el vehículo, le gritó:

—Te veo más tarde.

Se reunió con el licenciado Rueda en el café de costumbre.

—Llega usted tarde. Quería presentarle una amiga pero... se desesperó y se fue.

—Lo siento.

Martín Rueda la miró con desprecio. La muchacha percibió la mirada del hombre pero, extrañamente, no se sintió culpable: era la primera vez que Martín Rueda le dedicaba un sentimiento en una forma tan particular.

—De todas formas ya vio sus fotos... —prosiguió antes de sorber un poco de café.

—Perdón... ¿qué fotos? —repuso ella.

El licenciado Rueda exhaló hartazgo.

—Las de Lola Álvarez —añadió sin mirarla. Ahora seguía con la vista a una mujer joven que acababa de entrar acompañada de un muchacho. El chico traía un casco en las manos. La mujer se había sentado exactamente enfrente de Rueda, al otro extremo del lugar. El licenciado la miraba con atención, con sus sentidos de caza alertados. La mujer debía tener un encanto extraordinario —un olor, una luminosidad inusual— porque de otra manera el licenciado no habría seguido mirándola con insistencia. Soledad se volteó un poco para verla. Como lo sospechaba, se parecía a Lucía.

—¿Y qué opinó su amiga de las fotos? —se atrevió a preguntar.

Martín Rueda clavó la vista en los ojos de Soledad. La muchacha ni siquiera intentó moverse.

—Dice que no son malas... —Martín Rueda repasó los hombros de Soledad, sus senos, la cadera. Chasqueó la boca y volvió la mirada a la mujer que estaba al otro lado del salón. Aquella mujer posaba y reía cada vez que su acompañante la enfocaba a través de una cámara fotográfica como si estuvieran ensayando una sesión de trabajo. Sin quitarle la vista de encima a la mujer, el licenciado le comentó a Soledad —: Tal vez las incluya en la exposición.

Soledad casi saltó de gusto. Se le ocurrió que podría ver a Lola en la inauguración.

—Pero no corra, Soledad. Las inauguraciones que organiza Nadja son muy selectas. Su marido es miembro del servicio diplomático. Así que primero habría que esperar la invitación...

Soledad se quedó perpleja. ¿Había pensado en voz alta o es que Martín Rueda tenía el poder de adivinar sus pensamientos?

—Sabe... es usted muy predecible pero, por lo mismo, confiable —y sonrió antes de levantarse con la última carpeta de materiales recopilados por Soledad.

Martín Rueda se encaminaba a la salida cuando le gritaron: "Usted, deténgase." Se volvió por instinto y recibió de lleno el flash de una cámara. Para cuando se repuso, la mujer y el joven se subían a una moto y enfilaban por la avenida. Alcanzó a ver que la chica le mandaba un beso en el aire antes de decirle adiós con la mano.

XLIII

Por aquellos días puede decirse que Soledad fue feliz. Trabajaba en el Archivo, veía a Lucía de vez en cuando, Mode y Rafa se preocupaban por ella como los tíos bondadosos que no tuvo. Se entrevistaba con Martín Rueda y aunque las citas eran espaciadas le bastaba creer que alguien como él, con una presencia tan irreductible, le confiaba tareas que debía mantener en secreto, para sentir que por fin tenía un lugar en el mundo.

—Sombra, tú estás enamorada de ese hijo de la chingada —le había recriminado Maru un día en que la vio alistarse para una cita con el licenciado.

(—No, eso no es amor —había respondido Lucía desde el interior del laberinto, pero, claro, Maru no podía escucharla—. Devoción, adoración, destino. Un deseo total que va más allá del propio Rueda, de mí y del dragón, pues aunque me pelee todo el tiempo con ella, no dejo de reconocer que Soledad se va cumpliendo cada vez más a sí misma.)

Soledad se confundió al escuchar las voces de ambas.

—No estoy enamorada... ni le guardo adoración alguna —tartamudeó entre el asombro y el enojo.

—No, amiga, yo no dije que lo quisieras tanto... pero los peces por su propia boca caen.

Maru se acomodaba el brasier por encima de la ropa, sin dar mucha importancia a sus palabras. En cambio, Soledad quería reclamarle a Lucía: a fin de cuentas era ella quien, como siempre, había metido el desorden. Pero Lucía, más hábil en aquellos rounds de sombra, la atajó diciéndole:

(—Yo ni hablaba contigo. Pensaba con Maru pero como ella ni me oye, tómalo como que hablaba conmigo misma —dijo cortante.)

Soledad se enfureció.

—Por una vez en la vida, ¿podrías dejarme en paz?

—Órale —la atajó Maru—. Nunca te había visto enojada. Eso es, manita, enójate. Aunque te pelees conmigo pero hazte notar —Maru tomó a Soledad de los hombros mientras añadía—. Y de lo del licenciado Rueda, ni hablar. Cada quien sus gustos. A mí me da desconfianza. De hecho, le sé unas que es para dar miedo. Está reloco. Con decirte que fue él quien trajo a ese gángster de Rodolfo Mata a Bellas Artes. Pero eso sí, de que tiene su pegue... Mira a Flor, es la presidenta de su club de admiradoras silenciosas. Porque ahí donde la ves tan modosita, le trae unas ganas al licenciado...

Maru sacó su bolsa de maquillaje. Se repasó las cejas y la boca antes de continuar.

—Y a propósito, ¿cómo va tu investigación?

—Avanzando —atajó Soledad antes de comenzar a lavarse los dientes.

—¿Sabes? Es muy raro... —dijo Maru.

—¿Qué es raro?

—Que te hayan contratado. Mira, en el Palacio tenemos taller de laboratorio y fotografía. Además, Rueda debe saber del maestro Gallegos. Le decimos "el archivo viviente". Va a cumplir cincuenta años de trabajar en Bellas Artes. ¿Todavía no lo conoces? Te lo voy a presentar. Tal vez él pueda ayudarte con la información que necesitas. Hoy ya no porque te vas a ver a tu jefe, pero mañana hay asamblea general, ¿por qué no te das una vuelta? Gallegos seguro que viene. Él sabe todo del Palacio, del convento que había aquí, de los fantasmas de las monjas que espantaban en las primeras funciones, de la canoa que encontraron en el río subterráneo y que mandaron a Antropología, de los túneles que conectan con el Cerro de la Estrella y Los Pinos. De hecho, creo que él tiene fotos de la fuente esa que andas buscando.

Soledad escupió la espuma en el lavabo.

—¿Cómo sabes lo que ando buscando?

Maru miró largamente a Soledad.

—Mira, Sombra. Yo soy franca. No te conozco mucho, pero te conozco. Y me caes bien. Así que te lo voy a decir: andamos muy cuidadosos. Son tiempos difíciles para el sindicalismo democrático. Ya le partieron la madre al movimiento magisterial, a la delegación del Politécnico. Sigue Bellas Artes. No sabemos cómo pero lo van a intentar. Pero tampoco estamos tullidos. Somos mil ojos y mil manos. Les seguimos los pasos a las autoridades y, en especial, a Rodolfo Mata. Ese hijo de la chingada fue el que rompió el movimiento del metro. Por eso lo "premiaron" trayéndolo acá. Y parece que fue idea de tu jefe. Al principio creímos que te habían mandado de espía pero Leonardo te vio y dijo que sólo una hija de la chingada que pudiera fingir endiabladamente podría aparentar ser tan... inocente.

—Pues yo no conozco a ese Leonardo.

—Pues mañana va a estar presidiendo la asamblea...

Soledad se despidió. En el camino al café adonde se veía con el licenciado Rueda, intentó imaginar a ese Leonardo que tanto admiraba Maru. ¿En qué momento la había visto si ella no salía del Archivo Muerto? Sonrió al imaginar que alguien la hubiera estado observando sin que ella lo supiera. ¿De cuántas cosas más no se daba cuenta? Comenzó a preocuparse. Si era verdad que habían sospechado de ella tal vez no debiera ir a la asamblea, ¿qué tal si otros pensaban que iba a espiar como de seguro lo creía don Agapito, cuya hosquedad del primer día había continuado durante las semanas que ya llevaba trabajando en Bellas Artes? Aunque, por otra parte, si el maestro Gallegos tenía información sobre la fuente de azulejos... Sin mencionar a Maru, ni a Leonardo ni a la asamblea, tras mil rodeos, lo comentó con Rueda. Se sorprendió cuando él le dijo:

—Vaya a verlo, Soledad. Vea qué tiene Gallegos. Mañana hay asamblea de trabajadores. Búsquelo ahí. Siéntase libre en el Palacio como en su casa... —y al decirlo, los rasgos predadores de Martín Rueda se suavizaron gracias al efecto de una sonrisa.

XLIV

Salió tarde de ver al licenciado Rueda. No tenía caso regresar al Palacio y decidió encaminarse al edificio donde vivía. Antes de llegar, prefirió merodear por aquellos rumbos. Tras unos minutos de vagabundeo llegó al Jardín del Arte. Recordó que, de niña, había patinado en ese parque. Apenas siete cuadras la separaban de la casa de los portales y, sin embargo, a pesar de que la distancia era corta, su madre y su hermano solían acudir poco a este lugar. Carmen prefería la Alameda de Santa María con su quiosco morisco donde anidaba sueños como los pequeños capullos que cada verano pendían de su artesonado. Tal vez le recordaban el quiosco de la plaza de su pueblo natal y por eso, al caer el letargo de la tarde de domingo, tomaba a sus hijos y se iba a la alameda a tejer en el aire encajes y cuentos como los que de seguro enhebró de muchacha a la luz en retirada de aquellas tardes amodorradas cuando esperaba la llegada de un príncipe o un actor de cine.

En cambio, al Jardín del Arte, situado en la dirección opuesta, iban poco aunque estuviera más cercano. Si acaso llegaron a ir algún domingo en que los pintores sacaban a pasear caballetes y cuadros *naïve*, casi siempre decorativos. Ahí se daban cita turistas de la zona que andaban a la caza de alguna nueva presa autóctona o nacionalista. En aquellos momentos de gentío y rebatinga

Soledad atisbó en la dirección indicada. Un hombre mayor, de gruesos lentes, se detuvo en un alto para atravesar la calle. Desde ahí, contempló el Palacio con arrobamiento como si lo mirara por primera vez.

XLVI

Acompañó al maestro Gallegos a su oficina. Gallegos, apasionado con la historia del Palacio, la llevó sin reservas a conocer su archivo particular: dos gruesas carpetas con negativos, fotografías, planos y notas de periódico amarillentas que el propio maestro había reunido en sus horas libres.

El maestro Gallegos se ajustó las gafas y señaló orgulloso una fotografía de puntas desgastadas.

—Mire, jovencita, aquí está la foto de la fuente. Perteneció al convento de Santa Isabel. El Palacio está construido sobre parte de lo que fue ese convento.

Soledad tomó la foto y la lupa que le ofreció el hombre. En ella una excavación ponía al descubierto restos de una especie de pileta de buen tamaño; al calce aparecía la fecha de noviembre de 1905.

—Y esta otra es del *cuauhxicalli* que encontraron precisamente en los trabajos de excavación, cuando Boari dirigía el proyecto, en tiempos de don Porfirio. Lo mandaron al Museo Nacional y ahora está en Antropología. Está en exhibición, le puede tomar fotos en la sala mexica.

La joven descubrió una pieza en piedra tallada —no la canoa de la que le había hablado Maru—, con dos serpientes que se desplegaban a izquierda y derecha. Soledad recordó sus clases de primaria, aquella pirámide teotihuacana decorada con serpientes con plumas: historias de dragones alargados donde también había dioses, príncipes y princesas, deseos y castigos.

—¿Son serpientes emplumadas? ¿El cuauhxicalli estaba consagrado a Quetzalcóatl?

—¿Verdad que se parecen? Pero no, son serpientes de fuego. Quetzalcóatl no era una deidad sangrienta. Y los cuauhxicalli tenían que ver con los sacrificios... Servían para recoger los corazones de los elegidos.

El maestro Gallegos sonrió ante la posibilidad de exponer algo de sus investigaciones personales. Aunque sólo había estudiado una carrera técnica, a los dieciséis años ingresó al Palacio como ayudante de mantenimiento. Pero desde el principio, el joven Gallegos comenzó a vivir el Palacio como la casa familiar que no había tenido. Quiso saber de su pasado y por ello se dio a la tarea de acumular datos, recortes, fotografías, como si rastreara un árbol genealógico propio, la cifra de una identidad personal. Tal vez nadie como él había acariciado una veta de ónix en el blanquísimo mármol de la entrada, o había llorado ante una estructura de metal carcomida y en creciente deterioro sin que las autoridades, alertadas por él, movieran un solo dedo. Así que si Soledad quería indagar había encontrado a la persona idónea.

—Para los mexicas el corazón del hombre era el alimento de los dioses. Ahora, fíjese en este detalle: cuando los mexicas encuentran el emblema de fundación, el águila no devora una serpiente: ésa fue una contaminación imperial española; lo que simplemente sucede es que el águila, divinidad solar, está parada sobre un nopal cargado de tunas. La tuna simbolizaba el corazón humano que a su vez, es el alimento de los dioses. Y, cuauhxicalli, que significa "la casa del águila" es el recipiente de los corazones obtenidos en sacrificio. Qué mejor casa para un corazón que la morada del águila, quien se encargaría de hacerlo llegar al sol y al resto de los dioses. ¿Fascinante, no le parece?

Los ojos del hombre chispeaban. Se opacaron, no obstante, cuando Soledad preguntó:

—¿Y el río subterráneo, es verdad que llega hasta Chapultepec?

El maestro Gallegos cerró el álbum de fotos con suavidad. Sonrió al contestar.

—Ésas son puras fantasías inventadas por la gente. Que si hay túneles a Palacio Nacional, al tajo de Nochistongo, al Cerro de la Estrella... Estaríamos hablando de una ciudad subterránea y eso no sería posible. Una ciudad edificada por debajo del lago. Y los mexicas tenían lo suyo pero perforar abajo de la ciudad lacustre... imposible. La única ciudad subterránea sería el actual drenaje profundo. O si lo quiere ver en un sentido urbanista, ese mundo subterráneo, mítico, subconsciente sería la ciudad prehispánica sobre la que edificaron la colonial, y sobre la colonial la moderna... Así que, a estas alturas, ese mundo de túneles, créamelo, está más en nuestras cabezas que en el subsuelo.

Todavía resonaban en su cabeza las palabras del maestro Gallegos. La asamblea también había terminado. Poca gente quedaba en el Palacio. Se encaminó al Archivo Muerto. En el túnel desierto descubrió la figura de Filemón que rengueando se aproximaba a ella.

—¿Es cierto que quieres saber del río subterráneo y los túneles? —le soltó en cuanto la tuvo enfrente.

De manera instintiva, Soledad dio un paso hacia atrás.

—No te espantes. El lic Rueda habló con Jorge y me lo encargaron. Voy a ser tu guía. Te traes tenis y yo te presto una bata. Vas a necesitar muchos flashes porque está bien oscuro. El viernes... sí, el viernes que hay asamblea para ratificar a Jorge.

—¿Jorge? ¿Entonces perdió Laura Gómez la votación? —preguntó Soledad que no se había enterado del resultado final.

—No... —una mueca de desprecio ladeó el rostro de Filemón—. Pero la asamblea del viernes es la definitiva. Quién quita y Jorge ahora sí gana. La gente va a andar muy entretenida y ni quién se preocupe por los sótanos. Entonces, quedamos el viernes, ¿de acuerdo? Nos vemos en el Archivo antes de que llegue don Agapito. Y ni una palabra a Maru ni a nadie.

XLVII

¿Existía o no el mundo subterráneo bajo Bellas Artes? ¿Qué diablos tenía que hacer en este asunto Filemón? ¿De verdad Martín Rueda le había dado instrucciones para que la guiara? ¿Y si no era así, cómo se había enterado?

Era casi de noche, semejante al primer día cuando se entrevistó con Martín Rueda. Como si llevara años trabajando en el Palacio, recorrió el túnel, de los talleres de mantenimiento pasó al foyer, subió por unas escaleras estrechas hasta llegar al área de camerinos, luego rodeó por detrás el escenario del teatro y por fin tomó el elevador que la conduciría al cuarto piso. Tal vez encontrara a su jefe y pudiera preguntarle si de verdad él había girado aquella orden. Pero tan pronto descubrió la sala de espera desierta, se detuvo frente al ventanal: podía dudar de las intenciones de Filemón pero la información que le había dado cuadraba perfectamente con los intereses de Rueda. Entonces ¿por qué sentía toda aquella desazón como si de pronto se sintiera un peón en un vasto ajedrez adonde iba y venía conforme designios secretos? Porque, aunque ella no supiera de cuestiones sindicales, lo que Filemón había dicho de la nueva asamblea era muy extraño. ¿Tendría eso que ver con un doble juego de las autoridades para, como decía Maru, asestarle un golpe bajo a los trabajadores de Bellas Artes? ¿Y era eso lo que en verdad la molestaba o que de un asunto que ella creía tan personal como el mundo subterráneo del Palacio ahora vinieran intermediarios a trasmitirle órdenes que antes le daba directamente Martín Rueda?

De pronto reparó en que del despacho del licenciado Rueda salían voces. Un murmullo acallado que de pronto escalaba picos abruptos. La de él —porque de pronto le sonó a Soledad inconfundible— estaba alterada. La otra voz, apenas audible por la fragilidad, era una voz de mujer que se quebraba en sollozos. Aquella situación, la voz de la mujer cada vez más débil y sus sollozos en espasmos vehementes, exasperaron aún más al hombre aquel que comenzó a tirar y a romper cosas. Un golpe seco, un manotazo que había ido a estamparse en una superficie suave, terminó con aquel arrebato. Martín Rueda salió intempestivamente de su oficina sin que Soledad pudiera guarecerse en la cocineta como el primer día. En un instante, el terror se agolpó en ella. Entonces, sin pensarlo dos veces, deseó que aquel hombre no pudiera verla. Cerró los ojos. Al abrirlos, descubrió que Martín Rueda estaba frente a ella. El hombre la miraba con furia. Como otras veces, sintió que la mirada de Rueda la traspasaba y que no habría pared del laberinto ni dragón que pudieran esconderla. El hombre la miró largamente hasta que tuvo la certeza de que en verdad nadie había estado en aquel lugar, ni nadie había escuchado nada, ni nadie habría de acusarlo de nada.

XLVIII

Maru fue por ella al Archivo Muerto. Subieron a la azotea pero esta vez ascendieron a la cúpula coronada por el águila azteca parada no sobre un nopal sino un mundo. Era una mañana fría y al ascender por la escalera de marinero que se curveaba siguiendo la bóveda, los vientos cortaban a navajazos caras y manos. Una vez arriba se sujetaron a las varillas de la escalera pues no había otra forma de permanecer ahí. Maru había quedado por encima de Soledad y tuvo que inclinarse para que la escuchara.

—Aquí arriba uno puede darse el lujo de soñar —la sonrisa de Maru era amplia y sus mejillas se acomodaban en un gesto infantil—. A ver, Sombra, si por estar aquí te concedieran ver cumplido tu mayor deseo, ¿qué pedirías?

Soledad buscó el rostro de Maru: quería cerciorarse de que no era Lucía la que había hablado. Pero no, había sido aquella muchacha regordeta, que en cada movimiento llevaba el impulso de todo el cuerpo, esa mujer vigorosa que en vez de caminar daba brincos y en vez de desconfianza le brindaba a uno seguridad.

—¿Por qué todo mundo habla de deseos? —dijo por fin Soledad y luego recorrió con la mirada las construcciones que, desde abajo, impedían una visión integral del valle.

—Pues será porque el hombre es un animal de deseos, de sueños, de aspiraciones... No hubiéramos llegado a la luna, ni hubiéramos construido pirámides, ni esta ciudad... no hubiéramos inventado cuentos ni lucha sindical... Pero, tú Sombra, ¿qué pedirías?

Soledad miró hacia arriba. El rostro de su amiga era un sol de entusiasmo en aquella mañana opaca. Se preguntó cómo podía esta mujer vivir tan vigorosamente. Era como si un fuego, una fogata a prueba de vientos, estuviera encendida en ella. Casi a la altura de la cabeza de Soledad habían quedado los pies de Maru. Creyó que si temblaba en una de aquellas sacudidas trepidatorias a las que México tenía acostumbrados a sus habitantes, ella podría sujetarse a esos pies y olvidar el miedo.

—Bueno, si no quieres, no me lo digas —repuso Maru al no encontrar respuesta en Soledad—. Yo, en cambio, te voy a hablar de mi anhelo. A la mejor piensas que desearía que los trabajadores de Bellas Artes hiciéramos un gran sindicato. A la mejor crees que pediría que mis hijos crecieran bien y tuvieran una carrera... O que el Palacio se quedara solito en el Valle, con el lago y las garzas de antes, y las casitas de adobe y las chinampas y las trajineras de acá para allá en los canales... Pero no, Sombra... Yo lo que pediría, y por un solo día, no necesito más, es ser invisible.

Soledad tuvo un momento de ceguera repentina. Un resplandor blanco ocultó la ciudad y el valle, el cielo, las piernas de Maru. A punto de desvanecerse, apretó el cuerpo contra la escalera y sus manos se aferraron al metal.

—¿Te imaginas, Sombra, la de diabluras que haría? Bueno, hasta el presidente se iba a acordar de mí...

Cuando por fin bajaron, Maru ya no habló más de deseos. En cambio, le contó del incidente de la señorita Flor con el licenciado Rueda. Se habían recargado en el balcón que daba a la fachada principal, en aquella especie de palco que Bellas Artes reservaba sólo a muy contados de sus visitantes. Soledad reparó que a derecha e izquierda, un ángel monumental protegía con su cuerpo e inmensas alas a una mujer y a un hombre desnudos.

—Figúrate que el muy desgraciado le soltó una cachetada... Y todo porque Florecita le envió un arreglo de flores a la persona equivocada: la esposa del licenciado pero con la dedicatoria para otra persona... Un merequetengue... De que Flor la regó que ni qué, pero de eso a golpearla después de años de adoración... Le queremos levantar un acta. Imagínate, para que dócil Flor del río quiera acusarlo... Pero no hay testigos. Ella dice que había alguien en la sala de espera. Y con eso de que tú te apareces sin que uno se dé cuenta, pensé que tal vez tú...

—Yo no sé nada —la interrumpió precipitadamente Soledad.

Su respuesta fue tan abrupta que Maru, contrario a su costumbre, tardó en reaccionar.

—Antes no te conocía, Sombra. ¿Pero sabes una cosa? No te creo que no sepas nada. Mírate nada más la actitud... —luego, apretó la mirada—. Creo, y me duele reconocerlo, que nos equivocamos contigo.

XLIX

Llegaron al piso de los gigantescos gatos hidráulicos que sostenían la plataforma del foro. Apenas traspasaron la puerta metálica que separaba aquel cuarto de máquinas de un sótano inundado, un par de hombres saludaron a Filemón. No cruzaron palabra, sólo una leve señal que los hombres tradujeron en un apresurarse a engrasar aquellas columnas móviles. Soledad pensó que después de la asamblea que estaba convocada para ese día, el Palacio daría una gran función pues recordó el foso abierto en el escenario, con sus tres metros de profundidad para dar cabida a los músicos de la orquesta. Pero ahora que se topaban con numerosos guardias de seguridad, Soledad comenzó a sospechar. Tal vez aquel foso fuera a ser usado con otros fines, por lo pronto creaba una barrera inexpugnable entre el público y la mesa de los que presidirían la asamblea. Además, en los entrepisos que sostenían el foro, habían encontrado a gente del taller mecánico, el área de dominio de Jorge Flores Miranda, desperezándose entre colchonetas raídas y cobijas a cuadros. Estaban abajo del escenario, entre vigas y estructuras de metal que los obligaban a caminar encorvados. Filemón, cuya cojera lo hacía moverse lateralmente, parecía badajo en el interior de campana a punto de repicar en una viga u otra. Continuaron descendiendo. Unos guardias de seguridad les preguntaron adónde se dirigían. Filemón dijo que se trataba de un encargo especial del licenciado Mata y los dejaron seguir. Pero para entonces a Soledad ya no le cupo duda: no sabía de qué forma pero aquellos hombres orquestaban un fraude en la asamblea de trabajadores de Bellas Artes. Se le ocurrió que podría inventar una excusa, argüir que necesitaba ir al baño y escabullirse, buscar un teléfono para hablarle a Maru. Pero tal vez Maru no le creyera después del asunto de la señorita Flor. Y, en cambio, Martín Rueda —porque indudablemente era parte de las autoridades que organizaban aquel fraude— no se lo perdonaría. Imaginó su mirada predadora recorriéndole las vísceras y el fondo de su alma sin que ella pudiera guarecerse tras ninguna excusa. Aquel sentimiento la sojuzgaba de tal modo que creyó que no podría soportarlo. Se moriría o perdería por completo el control. Entonces, conforme el aire le faltaba se le ocurrió que tal vez no estaría tan perdida. Si le hacía frente, tal vez podría vivir su vida sin temor. Pactar con Lucía en vez de andarse escondiendo por los rincones de sí misma. Burlar a Martín Rueda, a Péter Nagy, al dragón mismo de quien extraía toda aquella fuerza anuladora del sometimiento. Podría erigirse en dueña de sí misma y nunca más pedirle a nadie permiso para ser. "¿Y los deseos?", preguntó Lucía con una suavidad que buscaba no despertar a su amiga. Sol frunció el ceño: "Pues viviré sin ellos", respondió temeraria. Era tal el arrojo de ese instante que Soledad se percibía en la punta de una torre, divisando a izquierda y derecha los territorios por conquistar: bosques, ciudadelas, casas se extendían como una maqueta que una sola mirada pudiera contener. En aquel momento cualquier cosa le parecía posible: estirar la mano y cubrirse con el cielo o desaparecer a Martín Rueda. ¿Era la libertad esta ligereza del que asomado al vacío tiene la seguridad de que ha de caer de pie e intacto?

Todo era cercano, nítido, de una claridad abrumadora que perdía los límites y las proporciones. El vértigo la obligó a bajar la vista. Unos pies al lado de los suyos la hicieron pisar tierra. Filemón le dijo:

—¿Entonces qué, ya fuiste al baño? Ahora sí, ¿bajamos?

L

Descendieron al mundo subterráneo. Vestigios de otras ciudades, los túneles oscuros, los patios derruidos, la fuente de azulejos donde las monjas del convento de Santa Isabel dieron de comer a unas carpas traídas por la nao de China. También la acequia, aunque con poca agua, que conducía a Tlatelolco y que un poco antes sesgueaba en un embarcadero abandonado. Por la margen este podía vislumbrarse la orilla del islote de la ciudad antigua con sus argamasas de diques y terraplenes para ganarle terreno al lago. A la luz de una antorcha, descubrieron la escultura de un hombre viejo incrustada en las empalizadas de ahuejotes, lo mismo que vasijas de vientres abiertos que gestaban osamentas en posición fetal.

Caminaron al azar, dejándose llevar por el sentido rotundo de cada nueva aparición; recularon y descubrieron otros pasadizos. Cuando se agotaba una antorcha, a tientas llegaban al siguiente cruce y ahí, a una altura conveniente, un repuesto y una lata de querosén donde humedecer la estopa. Descendieron más niveles pero aquella oscuridad no era temible: ni animales ni olores, sólo un calorcillo agradable, imprevisto, acogedor, salpicado por filtraciones en los techos que les refrescaban la cara y las ropas. Soledad tomaba fotos sabiendo que ningún fragmento sería capaz de revelar ese mundo subterráneo.

El tiempo transcurría. Los soles artificiales de las antorchas se disolvían en asombro y perplejidad. Soledad creyó que las tinieblas que penetraban, esas grutas nebulosas como la memoria, ya las había recorrido en sueños.

—Mira —le dijo Filemón—. ¿Ves las jaulas metidas en el muro? Pues dicen que son los restos del zoológico de Moctezuma.

Soledad vislumbró aquellos compartimentos en una perspectiva que se perdía con el mismo túnel. De pronto, creyó atisbar el brillo cristalino de una mirada que refulgía en la oscuridad: miró con atención y le pareció que no eran un solo par de ojos los que la miraban con un hambre de siglos. Sin pensarlo apresuró el paso. Más adelante descubrió una especie de altar: crisantemos y azucenas rodeaban un Cristo de mirada dulce y dolorosa: su mano llagada descubría un corazón en flamas. En uno de los extremos la imagen estaba parcialmente cubierta por un lienzo blanquísimo ribeteado de dos listones rojos. Como Soledad se detuviera, Filemón regresó a buscarla.

—Apúrate —le dijo—. Esto es de la Adoración Nocturna.

Soledad lo miró sin comprender de qué hablaba.

—No es broma. Son como ángeles de la noche: alaban a Dios para que este mundo y esta ciudad no se pierdan en la oscuridad y puedan llegar al amanecer.

También son muy celosos: temen las burlas y las malas interpretaciones. Rezan toda la noche pero no vaya a ser que vengan antes y nos encuentren. Su templo está exactamente arriba. Uno de sus sótanos llega hasta aquí, así que mejor apúrate.

Soledad sintió que la cabeza le daba vueltas. ¿Era posible que los habitantes de la ciudad, en sus ires y venires, ignorasen todo lo que había aquí? Prosiguieron en silencio, la mano de Filemón para ayudarla a subir o su índice señalando algún hallazgo. Al descubrir las raíces enormes de los fresnos de la Alameda que habían hecho pensar a Soledad en un bosque nocturno e invertido, se dio cuenta de que estaban de regreso al Palacio. Mientras subían al mundo exterior, comenzó a sentir que el piso se movía. La claridad distorsionaba aquel mundo recién surgido de la nada y lo presentaba, de golpe, ajeno. Cerró los ojos y comenzó de nuevo el recorrido nocturno. Y en esa ceguera que la memoria conducía irrefrenable y azarosa, se le ocurrió pensar que tal vez no había bajado a ningún sótano ni galería subterránea, que tal vez no había salido del Archivo Muerto o ni siquiera del jarrón de Lucía y que aquella ciudad subterránea no era sino un sueño, entrevisto por otros que también la soñaban a ella.

LI

Por fin abrió los ojos, subió escaleras, quiso salir del Palacio y el mundo se le vino encima en la figura de unos trabajadores de Bellas Artes que forcejeaban en la entrada principal con gente de vigilancia. En una embestida uno de ellos logró colarse y el impulso llevó a otro a estamparse con Soledad que no atinaba a encontrar un lugar en aquel tablero. El resto se sucedió atropelladamente: multitudes coreaban consignas, embestían, se organizaban ante la negativa de los vigilantes para dejarlos entrar a la asamblea. Soledad no entendía lo que pasaba. Por inercia o porque era un intento por ordenar el mundo, se puso a tomar fotos desde el interior del Palacio. Desarmadores providenciales aparecieron en las manos de unos trabajadores para desmontar los cristales de la puerta de entrada. Un primer cuadro de vidrio surcó por encima de las cabezas de la multitud y se perdió a lo lejos. La respuesta fue contundente: uno de los guardias les gritó a los otros:

—A romperles su madre si se atreven a pasar —y tomó un extinguidor como advertencia. Por el hueco recién formado en la puerta roció el contenido del tanque. Las primeras figuras se vistieron de fantasmas y tosiendo, se echaron para atrás. Uno de los fantasmas no salía de su asombro. "Soy el pianista de la Sinfónica. Soy trabajador de la cultura... No pueden hacerme esto..."

Soledad descubrió por fin a Maru bañada de polvo blanco, sacudirse y sacudir al fantasma que se había erigido en pianista indignado. Maru reía al decirle: "Estos desgraciados no saben el favor que nos hicieron, ya nos vistieron de traje de gala sindical." Atrás iba quedando el asombro y ahora una fuerza embravecida hacía corear a la multitud: "¡Paro, paro, paro!"

Una inmovilidad repentina se apoderó de Soledad como si la hubieran encantado y su cuerpo formara parte de ese mismo mármol que se extendía por pisos y paredes del Palacio. Afuera, una muchacha con piernas de bailarina trepaba por una de las columnas del pórtico y conseguía amarrar una manta de lo alto. La gente aplaudió aquel gesto de rebeldía con la fascinación siempre niña de quien descubre que alguien ha lanzado la pelota un instante antes de que supiéramos que queríamos jugar. Soledad, en cambio, cerró los ojos: temía confirmar que aquella muchacha de piernas intrépidas fuera Lucía.

LII

Cuando pudo moverse se dirigió a la oficina de Rueda. Tan pronto la vio entrar el licenciado se apresuró a colgar el teléfono y la invitó a sentarse. Soledad no había terminado de acomodarse en la silla y colocar la cámara sobre sus piernas, cuando el hombre la atajó con preguntas.

—¿Y bien? ¿Bajó al mundo subterráneo? ¿Qué vio? ¿Sacó muchas fotografías?

—Fui allá, Filemón me llevó.

—¿Es tan —el licenciado hizo una pausa— extraordinario como dicen? ¿Encontró algún dato que permita encontrar la ruta de Quetzalcóatl desde Tula? ¿O es otra entrada al inframundo como la de Chapultepec?

La muchacha observó que Martín Rueda desbordaba ansiedad. Se preguntó por qué, si le interesaba tanto, no se atrevía a bajar él mismo.

—¿Extraordinario? No sé si ésa sea la palabra. Tal vez... —Soledad se detuvo al observar que la mandíbula del licenciado temblaba ligeramente. Sus labios delgadísimos se entreabrieron titubeantes para pronunciar palabras que la muchacha no hubiera creído escuchar.

—Por favor, Soledad —suplicaron los labios, mientras el rostro de Martín Rueda se suavizaba en un gesto infantil—. Cuéntemelo todo.

La muchacha se percató entonces que, por razones desconocidas, aquel hombre estaba en sus manos. Se apresuró a contarle lo que había visto, las fotos que había tomado... El gesto de aprobación del hombre ante cada una

de sus palabras, esa fascinación que brillaba en sus ojos, des-
armaron a Soledad: sintió que un calorcillo interior la
inundaba y recordó aquella olvidada llama de los deseos de
la que le había hablado su padre. Era una sensación casi
física, como si unas manos —suaves y cálidas— la recorrie-
ran por dentro y ella pudiera sentirse, por fin, completa.

Por su parte, Rueda escuchaba con todos sus
sentidos puestos sobre la muchacha. Casi sonreía al
confirmar que no se había equivocado: aquella muchacha opaca y silenciosa era el testigo ideal para reconstruir
ese viaje subterráneo que él no se atrevía a realizar. Esta
idea lo hizo comentar con voz tenue:

—Lo cuenta usted como si conociera ese mundo
de toda la vida.

Soledad no pudo resistir a la tentación y le contó de
Lucía y del dragón, del laberinto y las tinieblas que solían
guarecerla desde niña. El hombre la observó maravillado
y casi con vehemencia la urgió a continuar. Surgieron
Rosa y las zapatillas, la historia de las Ángeles y el
comandante Pucheros, surgió el rapsoda húngaro que la
había hechizado.

Mientras todo esto pasaba, Lucía y el dragón guar-
daron silencio, no hicieron ningún movimiento, ninguna
objeción. Era como si al sonar de las palabras un sortile-
gio se hubiera desatado y se desvanecieran en el aire.

—Continúe, Soledad. Confíe en mí. Yo no le haré
daño...

Soledad siguió hablando. Sintió que podía confiar-
se, hablar de la angustia y el vacío que la recorrían por
túneles oscuros como la ciudad que acababa de ver.
Habló por fin de los deseos: de cómo siendo niña descubrió que se le cumplían de una manera alrevesada.

Martín Rueda la miró largamente.

—¿Y ahora cuál es el deseo que no se atreve a
desear?

Soledad no dudó un instante. Si lo hubiera pensado tal vez lo habría dicho de otro modo. (Lucía le diría más tarde: "De plano, Sole, no te mediste.") Pero en ese momento, como si hubiera perdido toda idea y proporción, un salto al vacío de la razón y sí en cambio seguir el impulso que llevaba en la cola al deseo hecho instinto hecho cascabel. Entonces se lo dijo.

Toda la noche se la pasó trabajando en el cuarto de baño de la azotea, convertido en cuarto oscuro. Las imágenes del inframundo de Bellas Artes surgían en su calidad de sombras luminosas encendiendo recuerdos y sueños futuros. Estaba tan encandilada que casi no prestó atención al sobre que le subiera Modesta a la azotea. No traía remitente así que se lo guardó en la bolsa del pantalón, le plantó un beso a la portera y volvió a encerrarse con los negativos. Contrario a lo que imaginara, las fotografías eran mucho más sugestivas precisamente por la penumbra y los claroscuros tan marcados. Diríase que había recortado trozos de memoria y, todavía frescos, con los bordes abruptos y descarnados, los ofrecía a la inocencia del ojo. Y en todos los casos eran fotografías demenciales pues aun sin conocer su procedencia, la mirada descubría en ellas visajes de un caos primigenio.

A Soledad le urgía terminar, como también le urgía ver de nuevo a Martín Rueda y mostrarle, a través de aquellas fotos, de lo que era capaz. Cuando terminó con el último rollo, precisamente aquel donde aparecían trabajadores de Bellas Artes forcejeando para entrar al Palacio, le sobrevino un cansancio desconocido, tanto mayor cuanto creía no haber hecho nada para estar así. Se fue a recostar en el sofá que dejara el pintor Ismael y que Mode, la portera del edificio, había llenado con cojines y almohadas para hacerlo más confortable. Martín Rueda le había dado cita a las cinco de la tarde así que todavía le quedaban algunas horas por delante. El cuerpo le pesaba con una gravidez placentera pero no podía dormir. Contempló el romboide de luz que era aquel cuarto de azotea, sus paredes de cal blanquísima que Rafa le había ayudado a pintar; más allá, junto al ventanal, el equipo de fotografía sobre un restirador de diseño y, de pie, la maleta que había traído al llegar. Con los ojos entrecerrados era fácil diluir los contornos y soñarse en un mar blanco. La transparencia lo fundía todo, incluso la barca en que ahora se deslizaba y que la iba alejando cada vez más adentro. El horizonte se perdía cuando divisó una isleta con gente: Mode, su madre, Péter fueron algunas de las figuras que reconoció. También había otras desconocidas: una muchacha de piernas ágiles que trepaba por las palmeras para ver su embarcación de cristal, un hombre vestido de blanco al que le decía una mujer regordeta: "Qué bueno que te pusiste tu traje de gala sindical." De pronto, todos comenzaron a decirle adiós. Una niña vestida de quimono con una pecera en el regazo, arrojó el pez naranja que traía al mar y luego juntó las manos en ese gesto oriental que uno podía interpretar como una plegaria o una despedida. Soledad levantó la mano y ella también le dijo adiós.

LIII

A Soledad le pareció que aquello era como un cuento con final feliz. Los trabajadores de Bellas Artes habían vencido y ahora celebraban su triunfo festejando a la entrada del Palacio. Los acompañaban los músicos de la orquesta tocando lo mismo piezas clásicas que mambos y chachachás, y la gente desempolvaba pa-

188

sos de baile en un territorio conquistado: la explanada de mármol frente al Palacio de Bellas Artes. Tal vez fuera la luz ámbar de los arbotantes derramándose sobre esa tarde de junio, o tal vez la alegría de los participantes que veían cumplirse un deseo desconocido: bailar un danzón en la calle, frente al Palacio, con la sinfónica de Bellas Artes. Cada vez que la música menguaba, aquella verbena era también un acto político, con sus consignas, vítores y llamadas al sindicalismo democrático y a la resistencia frente al comité impuesto por los charros... Fue entonces cuando Soledad se percató de lo que decían las mantas y carteles: aquel enorme NO a un fraude y a la imposición. Así que Rodolfo Mata y Jorge Flores se habían salido con la suya...

Un hombre sacó a bailar a Soledad. La orquesta tocaba un conocido vals. Ella se resistió pues cargaba las fotografías del mundo subterráneo, pero no pudo negarse al reconocer al hombre de sonrisa de castor que ahora la invitaba: Leonardo Ramírez. La carpeta de fotografías tenía una correa, así que se la cruzó en el pecho para disponer de las manos.

Dieron unos pasos en la pista recién despejada. Leonardo era experto para las vueltas y sabía marcar, con una leve presión de la mano, los movimientos a su pareja. Soledad en cambio cada vez se sentía más torpe pero ahí estaba la infalible sonrisa de castor del líder para tranquilizarla. La música era cadenciosa y, aunque sonora, permitía escuchar la voz del compañero de baile. Algunas parejas mantenían diálogos salpicados de risas; otras permanecían aletargadas por el ritmo del vals que más que sobre las olas, las mantenía entre las nubes. Soledad reconoció al hombre que dirigía la orquesta: era el mismo a quien habían rociado de polvo blanco con el extinguidor el día anterior. Aunque pianista, el joven había tomado la batuta y se estrenaba como director suplente. De pronto, la voz de Leonardo la sacó de sus divagaciones.

—¿Qué se siente —le dijo sin perder una migaja de sonrisa— estar siempre entre dos aguas, entre azul y buenas noches, y nunca decidirse?

Soledad no entendía el comentario. ¿Lo decía por ella? Más allá, entre la muchedumbre que servía de valla descubrió a Filemón que abrazaba a una chica de servicios generales. El muchacho le hizo una señal de reconocimiento y se lanzó a bailar a la improvisada pista. Era curioso ver su cojera acentuarse con la cadencia de la música: parecía un verdadero barco ladeándose sobre las olas.

—No creas —prosiguió Leonardo después de un giro— que soy muy leído por lo que voy a decirte. Mi padre nos leía la *Divina comedia* cuando éramos niños. No teníamos para comer pero distraíamos el hambre comiendo los cantos del Infierno y del Purgatorio. El Cielo no porque el libro papá no lo salvó completo de morir en la caldera de los baños públicos donde trabajaba. Pero el Infierno y el Purgatorio me los sé de memoria. Por eso, no vayas a creer que soy muy leído, puedo decirte que el peor de los pecados lo cometen los indecisos.

Y como si la orquesta hubiera sabido que debía terminar aquella pieza, la música cesó y los aplausos y consignas estallaron de nuevo. Leonardo se despidió y Soledad supo que debía alejarse.

Entró al Palacio por avenida Hidalgo. Los guardias que al principio no la dejaban pasar, le ofrecieron disculpas luego de consultar por teléfono al licenciado Rueda. Saber que iba a verlo disipó las preguntas que se quedaron resonando en su cabeza con las palabras de Leonardo. Al llegar al cuarto piso la campana que anunciaba el arribo del elevador sonó con una nitidez todavía más clara por el silencio que reinaba en las oficinas. Afiebrada, casi corriendo, cruzó la sala de espera y sólo se detuvo a unos cuantos pasos de la puerta entreabierta. Ahí, Martín Rueda hablaba con una mujer de acento extranjero.

—Ya no debe tardar. Pero recuerda: no le digas nada de que publicaste sus fotos en el libro de homenaje. No te preocupes por ella.

—Pero cómo se te ocurre: lo encuentra en librerías y nos demanda —la voz de la mujer era grave y acentuaba cada sílaba pronunciada.

—No, ella no. Te digo que está loca, se cree un fantasma al que se le cumplen los deseos que pide.

—¿De veras?

—En serio. Así que ni te preocupes por los derechos, yo lo arreglo.

—Pero cuéntame más de tu "fantasma"...

—Después... cuando vayamos a cenar porque iremos a cenar esta noche, ¿no es cierto?

Soledad no podía creerlo. ¿Qué clase de burla era aquélla? Sintió que la piel de la cara y las manos le ardía y tuvo una reacción instantánea: alejarse, huir. Sólo que el bulto de las fotografías le estorbaba. Las depositó en el escritorio de la señorita Flor. Cruzó de nuevo la sala de espera pero esta vez no esperó el elevador y bajó corriendo por las escaleras.

Al salir al estacionamiento, tropezó con Maru.

—Sombra, ¿qué te pasa? —le preguntó.

Soledad apenas si hizo un gesto con la cabeza.

—Tengo que irme —repuso al fin.

—Oye —Maru la miraba con preocupación—, si quieres te acompaño.

—No... no... Te necesitan más acá. Están en paro, ¿no es cierto? —Soledad se agitaba como si quisiera disculparse—. Sabes... me enteré que habían metido gente en el foro. Te quise avisar. Si te lo hubiera dicho tal vez nada de esto hubiera pasado y... y...

—Y nada —Maru volvía a ser la muchacha amigable de antes—. Desde hace tiempo que estos cabrones quieren darnos en la madre. ¿A poco te crees que tú solita hubieras podido impedirlo? No, Sombra, ni te eches ese muerto encima. Desde un día antes nos dijeron que estaban reclutando gente para que votara por Jorge Flores. Llamaron por teléfono a Leonardo y a otros y se lo advirtieron. Y ya ves. Nos dieron charrazo... pero eso sí, lo estamos frenando: casi todo Bellas Artes —museos, escuelas, inventarios— está en paro. La gente no se va a quedar con los brazos cruzados. Éramos cientos, ahora somos miles. Y usted, compañera Sombra, no se me culpe por lo que no. Mejor véngase a bailar con la sinfónica. Quesque va a llegar Sergio Cárdenas, el director titular, para apoyar a sus muchachos. También hemos recibido mantas de apoyo hasta de trabajadores de España y Checoslovaquia...

El rostro de Maru había vuelto a iluminarse. Caminaban rumbo a la entrada principal del Palacio y apenas llegaron al pórtico un muchacho de intendencia invitó a bailar a la secretaria.

Soledad se quedó sola en medio de la multitud. Había anochecido y una lluvia ligera refrescaba a los danzantes. Soledad, en cambio, sintió frío. Contempló a Maru, a los otros trabajadores, aplaudir y abrazarse cuando subió al podio un hombre de lentes y batuta al ristre. Corearon consignas. Cantaban y bailaban aun sin música. Aquel era, de alguna forma, un cuento con final feliz... Se tenían unos a otros. Pero Soledad sabía que aquello no le pertenecía. Más que nunca deseó desaparecer, no existir más, que la vida no la cargara con ese peso que la hacía arrastrar los pies y el alma. Si pudiera tan sólo llevarla colgada como un sombrero de niña a la espalda, tal vez pudiera brincotear charcos y alguna que otra desilusión.

Fue entonces cuando Lucía le detuvo el corazón para decirle: "Anda, Sole, vamos a entrar juntas al jarrón." Caminaron en silencio. Ya casi para llegar a su destino, Lucía volvió a insistir: "Vamos... se trata de tu deseo más secreto." Soledad se sentía exhausta, sin ningún deseo por delante. Miró las piernas flexibles de su amiga y luego las suyas propias. ¿Qué tan difícil podría ser brincar adentro del jarrón?

CUARTA PARTE

Sombras
que danzan solitarias

Cuéntanos, Eco, de aquella doncella de deshilvanado entendimiento y frágil voluntad que, después de destruir las murallas de su cuerpo, anduvo peregrinando las noches de claro en claro y los días de turbio en turbio, admiró desde los campanarios de Catedral la ciudad que la vio nacer y compartió el contento y los pesares de semejantes con quienes descubrió su diferencia, y padeció en su ánimo gran número de trabajos en su navegación por las sombras. Insensata doncella que se creyó de aire y borracha de ilusión renovada quiso tragarse a borbotones los rayos del sol en pleno Zócalo, insolente y confiada porque nadie podía verla. Pero los dioses que tantos dones le habían prodigado también dejaron de verla y la abandonaron, por fin, a su suerte. Oh, ninfa de los extintos lagos, de este valle otrora cristalino donde los "miradores del cielo" atisbaban las migraciones de los pájaros, el rumbo de los vientos y los soles por venir. Tú, ninfa que te extiendes repetidora por las calles despobladas de voces y en las construcciones a medias, los subterráneos ciegos donde arrullan su sueño los niños perdidos, cuéntanos aunque no sea más que una parte de tales cosas.

(Pero los ecos no retumbaron. La ciudad permaneció silenciosa, sorda al latir obstinado de la doncella, a su sangre transparente y a sus deseos esmirriados. Tendré entonces que prestarle mi voz a la doncella sin cuerpo, sólo sombra ella.)

LV

Al salir de la Casa de los Espejos Soledad buscó escurrirse por las verjas y las zonas menos transitadas. ¿A dónde ir? Sus pasos la llevaron a la entrada principal del bosque, ahí una reja barroca y florida abría sus puertas a los visitantes. A derecha e izquierda las estatuas de los famosos leones que guarecían la entrada de Chapultepec. Soledad observó que no eran iguales pues mientras uno rugía, el otro levantaba ligeramente la pata en señal de acatamiento. Recordó que una vez Péter le había contado del palacio de los príncipes de Esterházy y de los leones que se hallaban al pie de las escalinatas: uno, bajaba la cabeza ante la llegada de sus excelencias; el otro, rugía y protestaba cuando partían... Pero, en cambio, ella que se sentía poco menos que inexistente no habría provocado ni el más leve bostezo en aquellos ejemplares de... ¿bronce? Dudaba. Recordó que de niña su amiga Rosa solía repetirle una adivinanza: "¿De qué son los leones que están a la entrada del bosque de Chapultepec?" Y Sol podía responder todos los metales imaginables e inventados, y todos los materiales del mundo conocido y otras variantes, pero la respuesta era siempre equivocada. ¿Se habría dado alguna vez por vencida para que, por fin, Rosa le dijera la respuesta o alguna vez habría acertado? De cualquier forma, no la recordaba. Y mientras echaba a andar, súbitamente reanimada, volvió a preguntarse: ¿de qué son los leones que están en la entrada del bosque de Chapultepec?

LVI

Retomó el rumbo del Paseo de la Reforma. Si había de andar de día, era mejor hacerlo por el boulevard arbolado con amplios camellones donde esquivar a los transeúntes. Sólo que al caminar, después de unos segundos, surgían de nuevo las preguntas y las dudas. ¿Hacia dónde ir? ¿Qué hacer en circunstancia semejante? ¿A quién pedir ayuda y consejo? Hubiera sido tan simple arrojarse por alguno de los despeñaderos del Cerro de Chapultepec o en este mismo instante subir la columna del Ángel de la Independencia y precipitarse desde lo alto. ¿Qué la detenía ahora que se sabía dueña absoluta de su vida y de su muerte?

"Me veo en los espejos. Miro ahí y soy yo misma y son mis manos y mis piernas y mis labios. Me toco y soy real y verdadera para mí, pero... ¿y los otros? ¿Dejo de ser porque ellos no pueden verme? ¿Y si es así, entonces lo que yo veo no es real? ¿Cuál es la verdad? ¿La de ellos? ¿La mía? ¿Entonces esta ciudad existe o sólo la imagino? Si esto que veo y que soy yo misma, no existe, ¿entonces qué es verdadero? ¿Todo es espejismo e ilusión?... Lucía, ¿a dónde se metió Lucía? Y los dragones que están a la entrada de Chapultepec, digo, los leones, ¿de qué son? Seguro que Lucía sí se acuerda."

Y vuelta a caminar de árbol en árbol, de estatua en estatua. La rigidez de una figura en bronce que, en lo alto de un pedestal, detenía el tiempo y negaba el movimiento de la avenida, la hizo recordar que entraba al boulevard de los héroes, paladines de los movimientos de Independencia y Reforma de su país, que se levantaban a lo largo de la calzada como una lección de historia tridimensional que ya pocos —o nadie— leía. Vidas esforzadas, sacrificios, honor por la Patria... Pero sucedía que los automóviles y transeúntes pasaban frente a las estatuas como si no existieran. La columna del Ángel, el Castillo, la estatua de Colón estaban situados en lugares estratégicos que obligaban a la vista a reparar en ellos. Pero estas efigies laterales, erigidas en los camellones al borde del arroyo, mirando el correr de los coches y los tiempos, de espaldas al viandante que para verlas debía cruzar al otro lado de la avenida o situarse en pleno arroyo y torear el tráfico... Estas estatuas estaban condenadas a pasar inadvertidas. Soledad sintió compasión: a fin de cuentas eran tan invisibles como ella. De una a otra escultura fue observando los gestos, los ropajes, la actitud. La mayoría habían sido combatientes y sus trajes militares imponían a pesar del hollín y la rigidez del metal; otros vestían levita, los menos casulla o traje de paisano. Entre los combatientes había una enseña particular: la mayoría portaba una especie de estribo en la mano. Soledad se preguntó qué podía ser o significar aquello. Observó la nueva estatua que tenía frente a sí. La placa en la base del pedestal revelaba de quién se trataba.

GUADALUPE VICTORIA
INSURGENTE
NACIÓ EN TAMAZULA DURANGO
EN EL AÑO DE 1786
DEFENDIÓ CON VALOR LA INDEPENDENCIA
FUE EL PRIMER PRESIDENTE DE LA REPÚBLICA
CIUDADANO EJEMPLAR
MURIÓ EN PEROTE EN 1842

El metal simulaba los pliegues de la piel y la ropa; el hombre se inmovilizaba en la eternidad. Para siempre la mano izquierda —grande y de dedos largos y finos— sobre el pecho; para todos los tiempos la pose de dignidad como diciendo: "Por mi honor y por mi Patria."

Soledad se preguntó, más allá de aquella gloria que lo paralizaba, cuáles habrían sido sus deseos más profundos. ¿Se habría cumplido alguno de ellos precisamente con esa estatua que lo inmortalizaba? Pero la piel metálica, a punto de transpirar, callaba. Sólo la mano diestra que sostenía aquella especie de estribo parecía arremeter contra los vendavales de la desmemoria. Fue entonces cuando la muchacha descubrió que aquello no era ningún estribo, sino la empuñadura de lo que alguna vez había sido una espada. Murmuró con más pena que ironía: "Guadalupe Victoria, desarmado... qué derrota."

LVII

¿Proseguir o desviarse? Ante ella se abría una encrucijada de calles pero no se decidía. ¿Para qué seguir? ¿Acaso encontraría una respuesta? ¿Por qué si era dueña de un don maravilloso se sentía vulnerable, indefensa, sola? No, no podía creer que un deseo tan profundo tuviera que cumplirse en aquella forma equívoca y desastrosa. Se miró pies y piernas: aún la sostenían y la llevaban. ¿Y el corazón? ¿Era el fuego de un faro chisporroteando para guiarla entre esa transparencia enceguecedora o se había extinguido y ahora ella caminaba llevada por los vientos y el azar?

Un grupo de mujeres que cruzaba la avenida la empujó de sus pensamientos y Soledad cayó de bruces. Un voceador de periódicos pasó corriendo junto a ella y alcanzó a patearla. Una vendedora de lotería trastabilló al pisarle una mano. De un camión descendió una turba de empleados y la muchacha tuvo que levantarse de un salto ante el peligro de que la aplastaran.

—Señorita... señorita... —Soledad escuchó desde lo alto una voz firme y amable—. Guarézcase en el pedestal.

Así lo hizo, pegó la espalda a la base de piedra que tenía cerca y se mantuvo inmóvil hasta que el tráfico y el fluir de gente menguaron. Entonces alzó la vista. La sorprendió el ángulo desproporcionado de un rostro que, visto desde abajo, mostraba una abundante piocha, unas mejillas carnosas como de niño y la orientación de una mirada hacia el Oeste. Soledad se apartó un poco y descubrió la figura completa de un hombre de carne y hueso montado encima del pedestal.

—¿Qué hace ahí... parado? —tartamudeó la muchacha, incrédula aún de si el hombre le había hablado a ella.

Entonces reparó en su atuendo: una levita azul que dejaba al descubierto la camisa blanca y un cinturón ancho con el águila del escudo nacional como hebilla. La mano izquierda del hombre se apoyaba en un sable curvo que, descendiendo por detrás, tocaba el talón de sus botas federicas.

Sole tuvo un presentimiento. Era una locura pero, qué más daba. Se acercó a la placa y leyó el nombre de la estatua.

—Señor... ¿es usted Leandro Valle? —le preguntó.

El hombre pareció no inmutarse. Tras unos segundos, Soledad descubrió que sus ojos claros hacían esfuerzos por verla de reojo, inmovilizado como estaba en aquella pose de estatua.

—Ruego a usted —comenzó a decir el hombre— se coloque frente a mí. Me da una tortícolis cada vez que intento desviar los ojos... ni el elíxir de garuz podría suplirme en estos trances...

Soledad se colocó frente al hombre, al borde del arroyo. El sitio ideal para verlo y conversar con él se encontraba en plena calzada, donde el fluir incesante de automóviles, colectivos y camiones hacía imposible todo intento.

—Gracias. Ahora sí podemos continuar. Diga su negocio, filiación, casta, familia, religión...

Soledad sonreía al oírlo hablar; ella que había creído enloquecer, era por fin vista y escuchada.

—Cuénteme usted el estado de las cosas. ¿Por fin podré descansar? Y de mi señora madre ¿han cedido las dolencias?, ¿le alcanzan los cien pesos que le paga el gobierno de la capital? ¿Y Miguel Miramón murió de frente o como traidor? Sabe usted, a mí me fusilaron cobardemente por la espalda y me atribula no saber si su "Alteza" podrá jugar conmigo otra vez a los gallos. La última vez que lo hicimos fue antes de pelear en Calpulalpan, él con los conservadores, yo con los yorkinos. Como cayera el suyo por los navajazos del mío, Miguel me abrazó antes de despedirse. "Mi general...", me dijo. "Alteza", le contesté porque así jugábamos desde el Colegio Militar cuando éramos niños. Miguel prosiguió entonces con rigurosa oficialidad: "Si no salgo de esta batalla con vida, lo espero en el más allá para darme el quite." Pero el amigo de mi infancia no murió sino años después. Fenecí yo primeramente en el Monte de las Cruces que antes él cayera en el Cerro de las Campanas, con ese emperador de pacotilla que trajeron de Europa los espurios conservadores, Fernando Maximiliano según lo oí mentar. ¿Comprende usted por qué es de vital importancia que lo mismo que yo, Miguel haya muerto por la espalda?

—¿Dice usted que se apellidaba Miramón? —preguntó Soledad turbada ante aquel alud de recuerdos e historia—. De Maximiliano sí me acuerdo pero de su amigo... No sé mucho de historia, la verdad.

—La cantaleta de siempre —la voz del hombre sonaba enfadada—. Cuando quiero hablar, no me escuchan, y cuando me escuchan, no me entienden o no saben. Aciago destino de morir y despertar estatua...

Soledad no pudo evitar un movimiento involuntario que la llevó a tomarse los brazos con las manos como si repentinamente tuviera frío.

—Sí, estatua. Tardé tiempo en entenderlo. Imagine usted a mi señora madre llorar a mis pies y yo sin poderle dar una palabra de consuelo... Y lo mismo aquella novia que, sabiendo de la encomienda del supremo gobierno para que prendiera al Tigre Márquez, me regaló un relicario con la Virgen de los Remedios que, por cierto, no resultó muy milagrosa...

Un tropel de cláxones provocó que Soledad buscara otra vez refugio al pie de la estatua. Desde ahí escuchó que, sordo al movimiento de la ciudad, el hombre continuaba hablando. Y pensó que si aquello no era la locura —andar sin que los demás la vieran, escuchar a un hombre muerto erigido en héroe—, si aquello no era la locura entonces se le parecía de manera extraordinaria.

—¿Locura? ¿La llama usted locura, demencia, enajenación? ¿No conoce el adagio del nopal?

Soledad apenas se atrevió a mover negativamente la cabeza.

—Pues me cuadra a la perfección: *Justicia infausta me asombra pues soy como el nopal, que a ninguno le hice mal, pero tengo mala sombra.* Cuando volví en mi acuerdo estaba parado sobre un pedestal. De la Fundición de Tacubaya me subieron a un carretón y me condujeron hacia acá. Creí que el Tigre Márquez había falseado mi muerte y que ahora me llevaba en calidad de prisionero a Toluca. Tras horas de camino, reconocí la garita de Belén pero no así una calzada de nueve o diez varas de ancho por los rumbos de la hacienda de la Teja. Allí me dejaron, solo, con el traje apretado, sin poder moverme y sin entender negocio alguno. En mi acuerdo, recordé un cuento que me decía mi hermana Agustina sobre un arcabucero filipino que por el aire vino y por la mar se fue, que estando de posta en las murallas de Manila se le desleyó el entendimiento y que al recobrar su espíritu se encontró en la Plaza Mayor de la Nueva España. Pues así yo que recordaba haber muerto —pero ya todo me parecía un sueño— en el año del 61 en el Monte de las Cruces, ese mismo monte donde ofició por última vez el padre Hidalgo, y volví a despertar años después, en el 89 según me enteré más tarde...

"Me habría vuelto rematadamente loco si una noche, cuando el sereno ya había encendido los faroles del alumbrado público, un hombre subido a un pilarcillo no remedia mis penas. Era el señor don Ignacio Ramírez que tenía su estatua en la banqueta de enfrente. Cómo se disiparon mis desgracias con este nuevo confidente y amigo de quien tanto trueno había oído hablar. Don Ignacio fue mi segundo padre, hermano y querer. Como había perecido en el año de 79, me habló de Juárez y el Imperio y de la muerte de mi hermano Miguel Miramón, junto con Maximiliano y el indio Mejía. No supo decirme con certitud —tal vez no quiso hacerlo— si Miramón murió de frente o como traidor... Don Ignacio y yo escuchábamos a los paseantes, los veíamos desfilar ante nuestros ojos, y por las noches, en la quietud que dormía en el Paseo, nos contábamos las nuevas escuchadas: auténticos chismes de sociedad como no fuera sino la servidumbre la que caminaba a pie por el Paseo y se detenía a contarse la vida con sus iguales. Fue así como nos enteramos del Café Colón que había desplazado al de la Gran Sociedad; del señor Joseph Bush que ideó retomar el fracasado proyecto del vapor que navegara en los cincuenta por el lago de Texcoco para introducirlo como paseo lacustre en Xochimilco; de las exequias de la última hija de Soledad Lafragua, aquella virgen desposada a los doce años que burlaba a su marido para esconderse a jugar con muñecas de trapo... Y entre el desfile de vanidades, la hora de la deshonra y la traición: el Tigre Márquez, indultado por intercesión del espurio Romero Rubio, regresaba del exilio. Tuvo la osadía de venir a verme. Me consolaron sus arrugas y el tremendo vientre cuando, no sin envidia, dijo: 'Lo bueno fue que te hice héroe joven... Mira nada más, quién me lo había de decir. Yo con esta gota que no me deja momento de reposo y tú chamaco para toda la eternidad...'"

El tráfico en la avenida había amainado. Soledad escuchó punto por punto al hombre aquel que así se lamentaba, se enardecía o vociferaba. El largo silencio que siguió a las últimas palabras pronunciadas obligó a la muchacha a buscarle la mirada. El hombre, súbitamente recobrado, le preguntó:

—¿Y bien? Sigamos con las presentaciones. José María Leandro Francisco de Paula Valle Martínez, general brigadier del ejército de la Reforma, *Conde del Nopalito* para servir a usted y a la patria liberada. ¿Y usted?

Soledad bajó la cabeza. ¿A qué seguir aquel intento de diálogo si todo le parecía absurdo e inútil? No obstante, como el hombre carraspeara en espera de una contestación, murmuró:

—Bueno, supongo que ahora mi nombre completo es Lucía Soledad García Maldonado... Marquesa de las sombras y otras huestes crepusculares.

—A bromas vamos, ¿eh? Pero, hija, alguna filiación, casta o familia debe tener. ¿O es usted como esas mujeres de estos tiempos que trabajan y hasta mantienen a sus maridos?

—Trabajar, sí trabajo, digo, trabajaba... Pero no estoy casada.

—Pues ya está en edad de pasarse de merecer... —el hombre observó que Soledad sonreía—. Aunque, por lo que puedo entender, a ustedes ya no les importa una higa el asunto. Pero, dígame, ¿cómo es que puede escucharme? Sólo los locos, algunos ciegos y niños me prestan atención y crédito.

De pronto Soledad no supo cómo explicarse. ¿Decirle que se había vuelto invisible gracias a un deseo, que como otros, se le había cumplido de manera fallida? Sin detenerse más a pensar, agregó:

—Perdí mi cuerpo, señor, la gente no puede verme.

—Como quien dice es usted de esas almas en pena que rondan por el mundo.

—No lo sé... Yo sólo quería desaparecer, que alguien tomara las riendas de mi vida... y mire, usted, en lo que he venido a parar.

—Según veo, en el boulevard de los fantasmas y los héroes. ¿Quiere que le haga un lugar? —bromeó el hombre. En respuesta, Soledad sonrió pero, de pronto, no pudo contenerse, ya eran demasiadas bromas e ironías de la vida, y soltó el llanto. El hombre del pedestal guardó silencio y esperó hasta que la muchacha se repusiera.

—Usted disculpe, el pelón Valle nunca ha sido el clavel prístino de la diplomacia. En mi descargo le diré de una enfermedad que (en este lugar se oyen muchos negocios y entuertos) tiene sus síntomas. La nombran "pérdida de la sombra".

—¿Y eso qué es? —inquirió Soledad reanimada.

—Según lo oído es cuando el alma, que también la llaman sombra, recibe un susto muy grande. Entonces se aleja del cuerpo como quien sale de su casa a medianoche por un incendio y empavorecido corre y cuando quiere regresar ya no encuentra los caminos.

Soledad escuchaba con atención. Por primera vez se le ocurría que podía estar enferma y que, en ese caso, tal vez su mal tuviera alguna cura. Estaba absorta ante la nueva posibilidad y no le importó que la gente que bajaba de los colectivos en esa esquina tan congestionada, la empujara. Según la presión iba moviendo el cuerpo como ante un oleaje y se guarecía bajo el pedestal en los momentos en que arreciaba.

—¿Tuvo usted algún susto muy grande previo a la mencionada pérdida? —le preguntó el hombre con aquel mirar de ojos claros que a Soledad le hizo pensar en el desasosiego de un niño que no encuentra a sus padres, pero ahora esa mirada tenía una cualidad de estrella: brillaba lejanamente y ese fulgor solitario algo tenía de consuelo.

—¿Un susto en particular? Creo que no —respondió por fin la muchacha—. Más bien, siempre he tenido miedo. Toda la vida.

—Es decir que forma parte de su natural condición. Entonces habrá perdido el cuerpo en otras ocasiones...

—Sí... —Soledad bajó la cabeza— en muchas.

Dos mujeres que intentaban cruzar la avenida se detuvieron muy cerca de la estatua. Al parecer, una de ellas alcanzó a escuchar a Soledad porque le dijo a la otra:

—¿En muchas qué? No te entendí bien.

—No, si yo no he abierto la boca. Anda, vamos a cruzar que ya está el alto.

Soledad las miró alejarse. Una era regordeta y la otra alargada. Llevaban bolsas de mercado y unas batas blancas como las que usan las cocineras y galopinas de las fondas que abundan en Bucareli.

—Bueno, no todo está perdido. Conservo la voz —agregó Soledad lanzando un suspiro—. Y también el tacto. Puedo tocarlos aunque ellos no me vean ni puedan explicarse qué sucede...

—Oiga, ¿no estará usted ya desaparecida? Quiero decir, muerta... Es otra posibilidad. Hay muchas almas que merodean por aquí, camino de Catedral, que no saben en qué momento les dieron muerte. Son muertes repentinas, por asalto o percance... Yo, por ejemplo, tuve una muerte rápida pero me salvé de peregrinar en el Monte de las Cruces porque me capturaron y antes de fusilarme hasta me dieron tiempo para escribir a mis padres. También me despedí de la señorita Laura Jáuregui, la misma que no llegó a ser la señora de Valle.

Soledad creyó que aquello no podía ser sino una broma. Pensó en las ocasiones previas a su desaparición y recordó que, recientemente, en el mundo subterráneo de Bellas Artes había resbalado y se había golpeado la cabeza pero entonces Filemón la había ayudado a levantarse y habían esperado unos minutos a que ella se restableciera para continuar. Luego, se acordó también que de regreso al cuarto de azotea un hombre pareció seguirla cuando atravesó de noche el Jardín del Arte que estaba frente al edificio donde vivía. Sólo que tenía muy clara la imagen de haberse apresurado y de haber entrado al edificio justo cuando Modesta regresaba de comprar el pan. Siempre comedida, Mode la había invitado a tomarse un chocolate con churros pero Soledad, ansiosa por revelar las imágenes del mundo subterráneo, se había rehusado a acompañarla. Por último, se acordó del salto que habían dado Lucía y ella para caer en el interior del jarrón, pero ¿quién se puede morir al saltar adentro de un jarrón chino?

—No, don Leandro —Soledad vaciló si debía llamarlo por su rango militar—. No creo haberme muerto. Creo, más bien, que se me cumplió un deseo muy fuerte que siempre había tenido.

La mirada del hombre brilló aún más; su pecho parecía estar aguantando la respiración.

—Yo también sé de deseos —dijo por fin y su mirada había vuelto al desconsuelo—. Nací en el año 33, el mismo que vio en Europa el primer humo de la locomotora de vapor. Como su paso, que devoraba el tiempo, así fue de breve mi vida. Un soplo, un cometa fugaz apenas. Pero siempre el mismo deseo de inmortalidad: dejar escrita una página en la historia... Ahora, cuán larga es mi eternidad.

Soledad sintió compasión por el hombre. Detenido para siempre en aquel gesto que miraba el horizonte, era otra vez un niño triste y desamparado. Y luego, como si de pronto encontrara en Soledad algo que sabía perdido, agregó:

—Usted, por lo menos, puede moverse. En cambio yo... —el hombre hizo una pausa y luego, reasumiendo su mirar sereno de estatua, continuó—. Pero bueno, volvamos a su negocio. Si no está segura de ser difunta, vaya a casa del señor don Francisco Ortega, en la calle de las Escalerillas número seis, a espaldas de Catedral. Él es un médico eminentísimo. Pero si él no pudiera ayudarla, acuda con su ama de llaves, nana Eulalia, conocida yerbera y herbolaria. Ella sabrá entender sus cuitas y remediarlas. Y mejor váyase que el mucho hablar me tiene el cogote seco.

—Sí, general, ya me voy, pero antes debo decirle algo —Soledad tocó el filo del sable que descendía de la mano izquierda del hombre—. Por el paseo, como usted le llama, hay otras estatuas: ésas sí muy rígidas y de macizo bronce. Muchas de esas efigies, como la de Guadalupe Victoria, no tienen...

—Ése no era su nombre verdadero —la interrumpió el hombre—. La Patria se estaba forjando y don Miguel Fernández Félix, hombre preclaro y cabezón, ideó aquello para acaudillar a la gente del bronce... Usted debe conocer la devoción del pueblo por su patrona la Virgen de Guadalupe, así que allí estuvo la primera parte del plan. La segunda, lo del nombre Victoria, para desalentar a sus opositores, como aquel negro Guerrero de negra suerte... Ése también era hombre de carácter. Mi señor padre lo conoció y decía de la bondad de su alma y de su natural grave y sencillo.

El hombre calló repentinamente, como si un caudal de recuerdos tomaran forma frente a él. La muchacha dirigió la mirada hacia el final de la avenida y atisbó el castillo entre nubes de smog. Perdidas entre los álamos del boulevard, debían encontrarse esas otras estatuas de las que hablaba.

—Bueno, esas estatuas —volvió a insistir ella—, a diferencia de usted, ya no tienen vida... pero tampoco llevan espada. Alguien se las robó, como quien dice, las profanaron y ahora sólo tienen una especie de estribo en la mano.

—La empuñadura... —musitó el hombre del pedestal como si Soledad no hiciera sino confirmarle lo que ya sabía.

—Eso, la empuñadura.

—Y no es una espada sino un sable. Hay una diferencia notable, como que con una se toca y con el otro se desmembra al enemigo... bueno, son sutilezas del arte militar. A don Ignacio, que combatía con la pluma y así lo inmortalizaron, un piquete de soldados alentados por el alcohol consiguió desprenderle de un pistoletazo la pluma de ánade que portaba con un fajo de pliegos. Desde entonces calló. Era el levantamiento de un tal Victoriano Huerta. A mí intentaron despojarme del sable, pero el escultor que concibió mi efigie, la aseguró a mis espaldas.

—Pero entonces... tal vez si usted soltara el sable... —se atrevió a sugerir Soledad.

—Eso sí que no... Casi un siglo pidiendo una respuesta y ahora usted me dice que claudique. No, imposible. Seguiré incólume frente a los vendavales de una ciudad, de una política, de un mundo que ya no son los míos. Convertido en estatua de sal, si quiere, paralizado frente a la destrucción y el caos, esperaré una respuesta. ¿Rendirme antes? Jamás...

Soledad creyó que la voz del hombre se quebraba, seguramente por la indignación. Su pecho parecía llenarse de ira, sus ojos relampagueaban temeridad. La muchacha echó a andar rumbo a Catedral.

—Regrese pronto con noticias —escuchó que suplicaba el hombre. Se volvió a verlo. Le pareció pequeño arriba de su pedestal y tan desvalido como ella misma.

LVIII

Llegar al Palacio de Bellas Artes había sido un triunfo. La ciudad en su tráfago diario se volvía una empresa esforzada y difícil. Tal vez fuera su imaginación pero desde que descubrió que la gente había dejado de verla caminaba con una ligereza inusual, sus pies eran más veloces y el bulto de su cuerpo le pesaba menos. A pesar de esto llegar hasta ahí le había llevado mucho tiempo. Precisamente por su nueva levedad temía enfrentarse a las presencias pesadas y corpóreas de los transeúntes que se movían y ocupaban el espacio con una animalidad irreductible.

Por un momento se le ocurrió entrar a Bellas Artes. Buscar a Martín Rueda y jugarle una broma. Se fingiría una sombra de los subterráneos, enviada por el numen de Quetzalcóatl o por alguna de las deidades aztecas que parecían fascinarlo. Una alegría intempestiva se apoderó de Soledad. Sí, lo haría bajar al submundo de Bellas Artes y recorrer sus pasadizos ocultos e inesperados. Algo le decía que Martín Rueda no podría soportar las tinieblas ni la humedad goteante de los túneles así que abandonarlo sin una antorcha a la mano, en aquel laberinto invertido, sería como perder a un niño... Entonces podría recordarle las ratas-conejo, las esporas que florecen en el pulmón humano, inventar un viento de pedernales, el río subterráneo en el que naufragaban las almas de los desaparecidos... Soledad se detuvo de pronto: ¿cómo saber que ella misma no naufragaría en ese río o se perdería entre los túneles si tampoco conocía aquel mundo inusitado? La vez que fue con Filemón no se toparon con nadie pero, ¿quién podría asegurar que no estuviera poblado por seres acostumbrados a la oscuridad? ¿Qué tan difícil sería para ellos reconocerla? Y si le decían como una vez Lucía: "¿Para qué regresas al mundo de fuera si de todos modos ya estás muerta?" Pero no, ella estaba viva. Al menos eso creía. Miró a su alrededor: un globero pasó silbando, unos oficinistas chanceaban entre sí, un grupo de turistas descendió de un ómnibus y comenzaron a tomar fotos... También cruzó la calle una muchacha con uniforme de enfermera; su aspecto era recatado y monjil, caminaba con pasos cortos y rápidos y pronto se perdió entre las veredas de fresnos y álamos. Qué lejos los tiempos en que ella también había usado un disfraz de enfermera... Entonces se había sentido parte de un juego y ese pertenecer en función de otros le había brindado la ilusión fugaz de una identidad. Ahora, en cambio, no sabía quién era ni qué estaba pasando. Esa muchacha que otros habían conocido con el nombre de Soledad García ¿era en verdad ella? Se miraba las manos, reconocía el anillo de su abuela Marina en su propio anular, y sin embargo tenía la sensación de que ese pasado que ahora recordaba cada vez más lejano en realidad lo había vivido otra persona. Un vendedor de algodones de azúcar se paró con su árbol de nubes rosadas a un lado de donde estaba Soledad. Ella extendió la mano y tomó una de aquellas nubes rosadas, dulces y etéreas al paladar. Y mientras comía sintió las lágrimas arderle en el rostro. ¿A esto era lo que llamaban locura?

Prefirió no continuar hasta que el sol y la ciudad se apaciguaran. Todavía era una espera de horas. Se trepó a uno de los ventanales del Palacio, recogió las piernas y las rodeó con sus brazos. Cerró los ojos. Al principio los ruidos del exterior insistían en penetrarla, pero poco a poco pudo ir escuchando los sonidos silenciosos de su propio cuerpo: el corazón persistente como los deseos, las vísceras derramarse en cascadas repentinas, el aire en el laberinto del oído. Hacia dentro, en ese recorrido al interior de sí misma, ahora que los límites de su cuerpo parecían haberse desdibujado, Soledad se descubrió obstinadamente viva. De nada había valido dejar que la vida se derramara como una herida, quedarse inmóvil, acallar los deseos, no hacer ruido, proponerle a Lucía que cambiaran de lugar. Cada latido rebelde, cada respiración testaruda, le hablaban ahora de una fuerza secreta similar a la de las semillas: ese germen, esa plantícula ínfima, de tallo y hojas aún inexistentes, se negaba a desaparecer. Tal vez fuera que escuchara ese despertar de células que acompaña a una germinación, o tal vez que no había comido y el sol le sorbía los sesos y las fuerzas... Sintió hambre. El hombre de los algodones de dulce hacía rato que se había marchado. Metió la mano en el bolsillo del pantalón con la esperanza de encontrar un chicle. Entonces encontró la carta que le había dado Modesta. La miró con atención y descubrió que aunque no tenía remitente los sellos revelaban su procedencia: Magyar Posta. Budapest. No podía tratarse más que de una carta de Péter Nagy. ¿Cuántas veces le había ella escrito antes de lograr una respuesta? ¿Tres, cinco, diez? ¿Qué pensaría él ahora si supiera que se había vuelto una sombra de sí misma, sometida a la voluntad de un deseo que alguna vez creyó propio? Por un momento se le ocurrió que tal vez Péter le avisaba de su regreso. ¿Cómo se acercaría a él ahora? ¿Podría enfrentarlo e intentar una nueva relación? No, reconoció que Péter, como Martín Rueda, Maru, su madre y su hermano Luis, encarnaba para ella una amenaza permanente, el peligro imprevisible de lo que está fuera de nosotros. Sostuvo el sobre unos segundos más. Tal vez valdría la pena dejarlo cerrado y jugar a que la vida se seguía plegando a sus deseos.

> Querida Soledad:
> Esto no es una carta. Soy un fantasma y tú también. No, es demasiado. Pero hay algo real: los recuerdos y las fotografías. Alto. Espero que estés bien. Te envío estas líneas. No son importantes. Tal vez en octubre tenga una exposición en Madrid... (Título: Poética de las sombras [??]). Ésta es sólo una forma de silencio. Perdóname.
>
> Tuyo: Péter

Soledad respiró con alivio: estaba sola, no tenía que responder a nadie ni a nada por sus actos. La ciudad y sus calles podrían convertirse en un laberinto propio y quién sabe, tal vez podría encontrar, a la vuelta de una esquina, más que al dragón o a Lucía, su rostro verdadero.

LIX

A espaldas de Catedral no había ninguna calle de las Escalerillas. Era de noche pero los letreros metálicos de las esquinas sólo anunciaban la de República de Guatemala. Soledad recordó que alguna vez siendo niña le había fascinado la calle del Niño Perdido. En su imaginación surgían escenas de un niño robado por gitanos de una feria, que lo transformaban en un niño lagarto irreconocible. Entonces, Soledad había apretado la mano de su madre para exorcizar aquellas imágenes no fuera a ser que de tanto desear desaparecer la convirtieran en la primer niña tortuga de los alrededores. No. Apretaba la mano de su madre, apuraba el menudo paso mientras la cabeza se le llenaba con el recuerdo de otras calles de nombres sugestivos que no había conocido pero que formaban parte del mapa de leyendas de su ciudad y que su padre le contara algunas noches: callejón de Salsipuedes, de los Espantos, del Monstruo, de la Buena Muerte... Pero al igual que la del Niño Perdido, esas calles ya no existían más: por obra y gracia de una toponimia oficialesca que por la zona de Catedral agradeció a las repúblicas del orbe el reconocimiento del gobierno revolucionario, la ciudad olvidaba sus nombres y su pasado. ¿Y las Escalerillas número seis?, se preguntó Soledad mientras recorría la calle de Guatemala buscando alguna señal que le indicara dónde debía detenerse. Ni rastro del consultorio del doctor Ortega ni mucho menos de su ama de llaves. De pronto se detuvo: ¿Pero qué estaba buscando? El general Valle había fallecido un siglo antes y de seguro, semejante a los ancianos que hablan de su pasado como de un presente perpetuo, la había mandado a buscar un médico muerto y enterrado tiempo atrás. ¿Cómo no se le había ocurrido? Miró la calle vacía salvo por un par de perros que olisqueaban en una montaña de basura muy cerca del Templo Mayor. A derecha e izquierda una llovizna de luz se derramaba de los escasos arbotantes, dejando en la oscuridad zonas de realidad engañosa. ¿Era un niño dormido en cuclillas aquel bulto agazapado en un portal o sólo se trataba de un engaño creado por las sombras? Y la Catedral iluminada en sesgo por una luna creciente que la nubaba con un halo fantasmal, ¿estaba en verdad ahí o era una litografía del siglo pasado? ¿Y aquel silencio no era acaso como el de los sueños —oscuro golpetear en las sienes cuando la calle y los propios pasos se pierden—? En un muro de Catedral descubrió una figura tallada en la piedra: medio cuerpo en llamas y el gesto suplicante, la hicieron reconocer en aquella imagen esculpida un ánima del Purgatorio. Un cartel colgado de una reja cercana le confirmó:

CAPILLA DE LAS ÁNIMAS
Horario de servicio
Lunes a viernes 9 a 17 horas
Sábados y domingos 10 a 12 horas

Soledad sintió frío. Si las ánimas expiaban sus culpas con el fuego, crepitando como maderos humanos, ¿también podían sentir frío, hambre, miedo, como ahora ella? Se acercó unos pasos por ver si descubría los rasgos de aquella imagen delineada en la burda piedra. Al hacerlo tropezó con una lata de cerveza y los aullidos de los perros atravesaron el aire. La muchacha volteó a mirarlos: tras unos instantes, uno de ellos había retornado a hozar en la basura su hocico puntiagudo. El otro, insistía en mirar hacia donde ella estaba. Soledad se quedó quieta, tal vez si simulaba ser una sombra de la calle el perro la dejaría tranquila. Pensó en la imagen petrificada que ahora quedaba a sus espaldas y permaneció inmóvil unos minutos. Cuando se decidió a mirar, los perros habían desaparecido. ¿Hacia dónde ir ahora? Llegó a la esquina de Brasil y atisbó las cúpulas del templo de Santo Domingo. Sus pasos —no su voluntad— la llevaron hacia allá.

LX

Era pequeña y vasta, abierta y acogedora, iluminada pero en sus portales se agazapaban las sombras. Era la plaza de Santo Domingo con su fuente de la Corregidora Domínguez presidiendo, en el tráfago de los días, el deambular de transeúntes, automóviles y palomas. Sólo que ahora, en esas horas de la noche, entre aquellos edificios que dormían un sueño de piedra, la Corregidora —sentadita en su poltrona de bronce— también dormía. A la luz de los faroles somnolientos, Soledad contempló la plaza vacía con su iglesia perenne y los edificios que pertenecieron a la Inquisición y a la Aduana, y quedó deslumbrada ante ese cuadro surgido de la noche ámbar de la Colonia.

Se acercó a la fuente que callaba sus aguas por no despertar a los presentes. La Corregidora parecía agradecérselo con aquel gesto de majestuoso sosiego. Apenas un descanso, una pestañeada antes del alba y ya el fajo de papeles que sostenía en la diestra amenazaba con resbalar. Soledad vislumbró un tocado de plumas que coronaba la cabeza de la estatua y pensó si a aquella mujer, heroína del movimiento de Independencia, le habría gustado pasar con ese atuendo a la posteridad. Pero no había manera de preguntárselo: a diferencia de Leandro Valle, al que en un primer momento confundiera con un hombre de carne y hueso subido en el pedestal, esta mujer de bronce permanecía inmutable y silenciosa. Era una pena que callara. Precisamente ahora que la noche estaba tan oscura y los faroles de la plaza no hacían sino acentuar y vestir otras sombras pero no la de Soledad... Tuvo un arranque, un gesto de desesperación y coraje: no sólo la estatua se negaba a brindarle ayuda, también su sombra callaba.

—¡Habla! —le gritó de pronto a la Corregidora.

En respuesta, el tocado de la estatua alzó el vuelo. Soledad, asustada, echó a correr hacia los portales. Pero el aleteo del tocado paró en el piso sus patas de paloma y contoneándose miró, oblicua, a la muchacha. Soledad rompió en una risa que era también llanto.

—Las cosas no son tan dolorosas y difíciles en sí mismas... —dijo una voz—. Pero nuestra flaqueza y cobardía las vuelve tales.

Soledad buscó el lugar donde las tinieblas de los portales habían hablado. Como un relámpago temió la presencia de algún fantasma, uno de esos atormentados en nombre de la religión o el ánima en pena de ese poeta famoso por el "Nocturno a Rosario" y por haberse suicidado a los 24 años precisamente en un edificio contiguo a la plaza. Y mientras la joven temía la aparición de Manuel Acuña, que así se llamaba el poeta suicida, surgió de las sombras un bastoncillo rodante y tras él un hombre. Era viejo, regordete, vestía un traje oscuro y añoso, como sacado de un baúl del siglo pasado, y traía los cabellos alborotados en una melena volátil que le otorgaba cierta gallardía. Dio todavía un par de pasos y quedó situado frente a la muchacha con la mirada fija y el rostro lleno de emoción. Soledad, por su parte, no salía de su asombro. El hombre debió de entender la situación porque le tendió una sonrisa amplia y agregó:

—Michel de Montaigne...

—¿Cómo? ¿Es usted...? —preguntó Soledad sorprendida.

—¿Que si soy yo? Usted me halaga, muchacha... No, no soy Michel de Montaigne. Él es un buen amigo mío. Pero la frase que acabo de decirle sobre el dolor es precisamente de él, el primer ensayista francés. Bueno, eso de ensayista es un decir porque antes sólo se "ensayaba" la comida frente a los grandes señores no fuera que los quisieran envenenar. Y, como dicen en mi pueblo, "el miedo no anda en burro". Entonces mejor que otros arremetieran o ensayaran la comida, y probaran o ensayaran a morir envenenados...

Soledad no entendía lo que pasaba. ¿Era real este hombre que así hablaba o había salido de alguna novela disparatada? Como el silencio se prolongara, el hombre se disculpó:

—Perdón, ya le quité el habla. Me presentaré: Matías Torres para servirle, en otros tiempos bibliotecario de San Agustín y ahora evangelista de los portales de Santo Domingo. ¿Necesita usted una carta para disuadir al amado? ¿Una misiva para pedir perdón al padre orgulloso? ¿O es un asunto burocrático el que debe remediar? Diga, niña, que en algo podré serle útil.

—¿Evangelista dice usted? ¿De los que tocan de puerta en puerta anunciando el Nuevo Testamento? —preguntó Soledad enjugándose los ojos.

—Cierto, ésos también se llaman evangelistas, aunque yo de católico sólo tengo la fe de bautizo pues más bien comparto opiniones con los agnósticos... Pero evangelistas nos dicen a los escribanos de estos portales, ahora en sosiego.

Soledad recordó la vida diurna de aquella zona de la ciudad. Ese largo corredor flanqueado por los portales en donde pequeñas prensas de mano imprimían invitaciones para boda, bautizos, esquelas mortuorias; el asedio de los impresores desde las esquinas de la plaza en busca de posibles clientes, y sí, también en los portales unos escritorios con máquinas de escribir accionadas por hombres muy orgullosos de su saber frente a la ignorancia de la criada que quería enviar unas líneas a su pueblo o del aspirante a chofer que debía presentar cartas de recomendación.

—Gracias, pero esa ayuda no... —repuso Soledad con un hilo de voz—. Lo que yo necesito es hablar y que alguien me escuche.

—Se entiende, niña, porque hablar y ser escuchado es privilegio divino. Pero mire, ya lo decía Lucrecio, en nuestro corazón está la causa de todos los males... No sé cuáles serán los suyos pero entender cuán relativas son nuestras pasiones termina por apaciguarnos. Yo podría decirle que nadie está mal mucho tiempo más que por su propia...

El hombre calló de pronto, dirigió el rostro en dirección al atrio de la iglesia de Santo Domingo y esperó unos instantes. Soledad atisbó la figura de un perro. Se parecía a uno de los que le habían ladrado en la calle de las Escalerillas.

—Escuche, ahí viene Canica...

El animal corrió hacia el hombre con un movimiento de cola insistente y agitado. Una vez que lo tuvo cerca se puso en pie y lo saludó a lengüetazos. El anciano respondía con caricias y abrazos a riesgo de perder el equilibrio. Tras unos instantes pidió al perro que se tranquilizara.

—Ya, ya, Canica, ¿qué no ves que tenemos visita?

Canica dio una vuelta en torno a Soledad y lanzó un aullido.

—No, Canica, la señorita es nuestra amiga. Ven... —y se inclinó llamando al perro hasta que este terminó por acercarse. Entonces extendió una mano en el aire, pidiéndole a Soledad la suya. La muchacha dudó un instante pero luego dejó que Matías la guiara por el lomo del animal—. Acarícielo usted, para que le tome confianza.

Soledad obedeció y el perro volvió a mover la cola agitadamente. Descubrió que Canica tenía ojos de diferente color: una canica azul en el derecho, una canica verde en el izquierdo.

—Eso, eso es —asintió el hombre mirando al vacío.

Soledad lo tenía frente a sí y de mirar los ojos del perro pasó a ver los del hombre.

—Señor Matías —le preguntó—, ¿desde cuándo no ve usted?

—Hija mía, ésa es una historia que me hermana con Don Quijote pues, aunque medien aventuras y sabiduría, ambos perdimos algo por tanto leer.

LXI

Matías vivía en un hotel de la calle de Brasil, pero aunque fuera ciego no era sordo y sabía por las habladas y los propios gemidos lo confirmaban que más que hotel de paso, el hotel Río de Janeiro era hotel de paso rápido: el suyo era el único cuartucho que no se usaba para fines de cópula relámpago. Pero entonces ¿por qué prefería el ciego vivir en un sitio tan de mala muerte? Bueno, sin duda estaba la cercanía con los Portales donde todos los días se sentaba ante un escritorio y una máquina Olimpia y esperaba a las criaditas, los provincianos, gente mayor que o bien no sabía escribir o lo hacía tan erráticamente que prefería contratar los servicios de algún evangelista profesional como don Matías (a quien, por cierto, siempre recomendaban los propios competidores para casos peliagudos de desamor o de injusticia). También era una ventaja vivir en el hotelucho de la calle de Brasil pues el dueño le hacía un buen descuento a cambio de aquel cuarto del fondo, húmedo y oscuro, que las prostitutas mismas preferían evitar. Pero la verdadera razón por la que el ciego había elegido el Río de Janeiro era simplemente por su nombre. "Hotel Río de Janeiro, Brasil número 27, Centro" era para Matías el eco de una de las historias que le gustaba inventarse: que vivía en la avenida Central de Río de Janeiro y que mientras su mujer y su hija habían salido de compras, él las esperaba con *Las minas del rey Salomón* en el regazo, recordando las palabras que alguna vez le había dicho Sir Henry: "No hay viaje en esta tierra que no pueda realizar un hombre si pone su empeño en ello, si le guía el amor y defiende su vida sin darle importancia, dispuesto a salvarla o a perderla, según ordene la Providencia." Entonces, dispuesto a seguir viajando, aquel viejo que vivía en un barrio de Río, concedía una parada en su itinerario: la vida paralela de un ciego que vivía cerca de unos portales en una plaza populosa de México, ciudad hechicera que lo había embrujado y a la que amaba como se aman las cosas que son nuestra perdición.

En esas pasiones y tinieblas navegaba Matías Torres que le debía a los libros la ceguera y el placer de encontrar en la desgracia su virtud, pues como el mismo ciego le dijera a Soledad días después de su primer encuentro, navegar por las sombras era cruento e inhumano pero también le daba la oportunidad de inventarse un mundo para él solo, un mundo donde la sola pronunciación de una palabra bastaba para crear su significado. Entonces recordó a su entrañado Montaigne, quien se vanagloriaba de su mala memoria pues al volver a leer un libro creía que era la primera vez que lo hacía. Y así Matías Torres que, puesto a viajar en un país increado e informe, volvía a inventarlo todo a su imagen y deseo.

No le sorprendió a la muchacha enterarse, conforme la cercanía y los diálogos aumentaban, que don Matías preferenciaba el diccionario entre sus libros favoritos. Con la mano encima de un *Pequeño Larousse* de gastadas pastas rojas, había dicho el ciego: "Aquí, en una sola mano, poseo el Universo."

En otra ocasión, de madrugada, sentados ambos en el pedestal del asta bandera que se levantaba en el Zócalo, con la Catedral dormida a un lado y enfrente el silencioso Palacio de Gobierno, Soledad tuvo la ocurrencia de preguntarle al ciego qué haría si el presidente en turno le pidiese consejo para gobernar. En aquella plaza, con ese linaje de tlatoanis, virreyes, caudillos y presidentes, era irresistible que don Matías no ensayara alguna de sus opiniones; además, habían pasado recientemente los lamentables sucesos de San Juan Ixhuatepec, pero aunque se rumoraban miles de víctimas las autoridades se obstinaban en decir que tenían todo bajo control. Matías contestó que no podía responder pues la soberbia no era uno de sus pecados predilectos; prefería callar antes que pretender ordenar el mundo. Soledad guardó silencio. El aire de la plaza removía papeles y en lo alto una luna creciente le iluminaba al ciego una parte del rostro. La muchacha observó que a pesar de los cabellos revueltos y las cejas crecidas el hombre conservaba siempre un aire de dignidad.

—Perdóname —añadió el hombre pensativo—. No contestarte también es vanidad. Refiere el poeta que Tzu-Lu le preguntó a Confucio: "Si el duque de Wei te llamase para administrar su país, ¿cuál sería tu primera medida?." Confucio respondió sin chistar: "La reforma del lenguaje." Agrega el poeta no saber dónde empieza el mal, si en las palabras o en las cosas, pero que cuando las palabras se corrompen y los significados se vuelven inciertos, el sentido de nuestros actos y de nuestras obras también se tambalea. Yo pienso como él: las cosas se sustentan en sus nombres y viceversa.

"Y regresando a tu pregunta, yo le hablaría al presidente de mi predisposición por los héroes y los cuentos de hadas. Los primeros porque, ya lo decía Homero, un hombre que tiene su vida en nada, que es capaz de arriesgarla por cualquier cosa, no es un hombre cualquiera. Cuando Alejandro el Grande era pequeño —aunque a decir verdad nunca lo fue— le preguntaron qué destino prefería, si el de Aquiles (breve pero magno) o si el de Homero que cantó sus hazañas largo tiempo como años ha vivido. Alejandro contestó que prefería el destino del héroe y su vida cumplió aquella potestad. (Pero el poeta añade que no conoceríamos las proezas de Aquiles si no las hubiera cantado Homero.)"

Soledad tuvo el impulso de tocar al ciego. Acariciarle el rostro venerable, abrazarlo con la calidez de esa llama que se avivaba en su interior al conjuro de las historias que refería. Recordó a su padre y las leyendas que le narraba para hacerla dormir con la promesa de que reanudarían el juego de la vida a la mañana siguiente. No supo en qué momento recargó su cabeza en el hombro de Matías. Comenzó a adormecerse cobijada con ese manto de palabras con que el ciego conjuraba el mundo y otros reinos desconocidos.

—Volviendo a mi cuento, retomo mi predisposición por los cuentos de hadas, no por su final feliz y congelante, sino por su simbolismo profético. Recuerda ese cuento del traje del emperador. Tal vez haga falta que alguien grite: el emperador está desnudo, el presidente está canoso, el Papa es un hombre. Que le diga a las cosas por su nombre, que le llame *tragedia* a la tragedia. Pienso que nuestro destino de hombres no empezó tanto con la expulsión del Paraíso sino con el nacimiento del lenguaje: el tigre dejó de ser ese saco de músculos y huesos de prodigiosa elasticidad para convertirse en una palabra con la que apresábamos su fugaz y amenazante realidad. Bueno, cuando no prestamos atención a las palabras, último reducto para asirnos a la realidad, cuando los muertos de San Juan o los del 68 se cuentan en la versión oficial con las manos, entonces estamos perdidos, como si filtros y filtros se interpusieran entre nosotros y la realidad nombrada. Escindidos, cada vez más separados de nosotros mismos. Y es que mira en lo que se ha quedado la aventura moderna. Toda vida es la salida y la paciencia para llegar a un puerto. Ulises, no tanto el aventurero sino el paciente, sale de Ítaca para regresar a Ítaca, le dice *no* al canto de las sirenas, a Circe, se disfraza de Nadie para embromar cruelmente al cíclope Polifemo... Y su regreso justifica veinte años de azares, goces y penalidades. El hombre de hoy tiene que decir no al mundo para irse a encerrar en la sala de su casa, frente a la pelea de box, el futbol o las telenovelas. ¿Y todo para qué? Esa bestia llamada angustia te traga como a Prometeo las entrañas. Y los que mandan creen que la angustia se exorciza con velos, falsedad, mentiras. ¿Te imaginas, Soledad, si un día nos levantáramos y el Papa estuviera hablando por la radio sobre sus pequeñeces particulares, si dijera sólo quiero un poco de vino, me duelen los callos, a qué horas me enderezarán la mitra, esa monja tiene un culo muy bueno? Da miedo, ¿verdad? Si un día el presidente dijera: sí, esos miserables no me interesan, pero qué quieren, tengo que hacer como que me importan porque si no la olla de presión revienta... de lo contrario, un escupitajo para que se limpien la mugre. Entonces, si lo dijera, el mundo se desquiciaría. Entonces esos muchachos de las oficinas se podrían enfrentar a su jefe y decirle: usted cree que me hace el favor dándome trabajo pero soy yo el que le doy el poder de mando, le resuelvo esto y aquello, lo que me paga no justifica que yo empeñe mi vida, mi alma, mis horas aquí. O tú, muchacha, tú podrías ir con tu madre y decirle: mira hasta dónde me has negado y eso que soy tu hija, mira lo que me has hecho, una enemiga no me hubiera lastimado tanto. ¿Y entonces? La existencia del hombre se cifra en mentiras, en convenciones, pero las convenciones nos asfixian y nos separan más de la tierra. En todo caso la gente debería tener la opción de elegir la mentira que le conviniera. Como yo, que he escogido el paraíso de las palabras.

El ciego hizo una pausa. Luego, dirigiendo el rostro hacia la avenida 20 de Noviembre, callada y casi sin autos a esas horas, repuso:

—O como Jorge, que ha elegido ser cazador en esta selva pavimentada y luego con sus escudos tribales convertidos en alas...

—¿Jorge? ¿Cazador? ¿En esta ciudad? ¿Alas...? —preguntó la muchacha puesta a girar.

—¡Cómo! ¿No te he hablado de Jorge Estrella que silencia a la ciudad cuándo levanta sus alas de ángel?

—No...

—¡Cómo es posible! ¿Y tampoco te he hablado de los niños perdidos que despiertan su sueño cuando la ciudad duerme... de los Adoradores Nocturnos que libran al país de los pecados nacionales... bueno, siquiera del señor Polo y sus campaneros de Catedral que con cada repique llaman a los seres de luz para que este mundo no se pierda? ¿Pues de qué hemos estado hablando, niña, todas estas madrugadas?

LXII

Cierro los ojos y todo se vuelve amenaza. Camino lenta, suavemente, como si me hubieran puesto al revés y la piel fuera ahora la parte más profunda. Descubro que en ese tantear donde los sentidos se vuelven hacia el exterior, donde los pies se transforman en otro par de manos para tocar el terreno, en ese tantear en tinieblas el cuerpo se convierte, encorvado sobre sí mismo, en un gran signo de interrogación que pide respuestas a cada paso.

Aquí, con los ojos en vano, soy el ser más vulnerable del universo. Todo el miedo del que antes fui capaz es un juego de niños comparado con esta angustia plena. Aun así, mantengo los ojos cerrados; camino por la Plaza de Santo Domingo en una hora de la madrugada en que se vuelve solitaria y transitable. Las baldosas del piso son tan irregulares que trastabillo y mi andar se hace todavía más lento. Pero no debo abrir los ojos. El aire se vuelve una presencia, un cuerpo informe y desconocido que mis manos y la piel de la cara descubren llenas de asombro.

Después de un rato he tropezado y he caído, me he golpeado con una columna y cuando creía ir hacia el norte me he perdido en el oriente de la plazuela y he estado a punto de ser arrollada por un automóvil de aparición fugaz y repentina. Pero los sentidos se han ido alertando y ahora reconozco otras vibraciones del aire, la presencia de las moles de piedra que circundan la plaza porque la luz que reflejan se torna densa, y sí, también surge como un faro de sombra la columna de la Corregidora Domínguez...

Poco a poco, al reconocer que algo dentro de mí despierta con esta limitación de los ojos, el miedo aminora y descubro que las tinieblas también pueden ser protectoras. Como si el no saber, o ese saber informe fuera colmando un ansia innombrable. Antes, con Lucía, viví algo semejante, cuando nos internábamos en el laberinto del jarrón y con el caminar entre aquellas paredes rojizas el dolor y la tristeza iban cediendo y ni quién se acordara de ellos cuando veíamos al dragón dormido y nosotras también caíamos en el sopor sin preocuparnos por salir o despertar. Sólo esa sensación tranquilizadora de perderse, de no estar más separadamente. De fundirse.

Soledad se había sentado en el borde de la fuente y mantenía aún los ojos cerrados en aquella especie de sueño sonámbulo cuando percibió movimiento a su alrededor. A diferencia de lo que sucedió con el automóvil que estuvo a punto de arrollarla y al que reconoció por el movimiento del aire y el derrapar de llantas casi simultáneo, ahora no atinaba a reconocer de qué se trataba. Primero creyó que debía de tratarse de un grupo de palomas que habían descendido a la plaza para iniciar sus rituales de cortejo. Después, cuando un perro se acercó a ella y colocó su hocico sobre sus piernas, reconoció a Canica y pensó que era el ciego Matías quien se aproximaba. Pero por más intentos que hizo por descubrir el ruido metálico del bastoncillo rodante que lazareaba al ciego, no logró escucharlo. Perpleja, ladeaba la cabeza para dar más intención de embudo al oído y encontrar entre el zumbido de las bombillas eléctricas que iluminaban la plaza, el rumor latente de la ciudad dormida y el sosiego del agua de la fuente donde anidaban insectos y basura, reconocer ese revolcarse del aire en pequeños remolinos como si el propio viento se hubiera puesto a jugar y a divertirse.

De pronto, se escucharon gorjeos, risas, como deben de sentir las plumas al hacerse cosquillas entre ellas. Canica se desprendió de Soledad y al poco tiempo la muchacha lo escuchó gemir como pidiendo algo. Entonces se oyeron unas palmadas y Soledad pudo imaginar al perro saltar y agitar la cola y girar ahora también él vuelto en remolino. Soledad no supo en qué momento empezó a sonreír. Fue como si su piel reconociese antes que ella esa alegría que brincaba y retozaba, que corría y se revolcaba en persecusiones donde los cuerpos —porque sin duda eran cuerpos— se disfrutaban dueños de sí: una mano era el movimiento de esa mano y el deseo de tocar vuelto caricia o golpe... Y las piernas se estiraban o encogían en un relámpago que era el acto de huir o encontrar... La boca succionaba o se dejaba llevar por una lengua pendiente de bordes y texturas. También había mordiscos. Soledad podía percibir esa contención casi dolorosa para evitar que los dientes llegaran al desgarramiento. Y en ese detenerse, el temblor fulgurante, las cascadas y ríos que ya no van sino que vienen, la caída abierta hacia dentro.

Fue Canica el que se avalanzó sobre ella para lamerle la cara. Soledad, que aún permanecía con los ojos cerrados, cayó a la fuente. El agua helada la hizo despertar e incorporarse. Frente a ella un grupo de niños quedó paralizado por el estrépito y la sorpresa: veían a Canica acercarse a la fuente y jugar con las patas delanteras sostenidas en el aire y no atinaban a entender por más que aguzaban los músculos listos para el ataque —o la huida. Soledad observó que conforme los instantes transcurrían sus cuerpos se agazapaban para ocupar menos espacio, que sumían el pecho y volvían los hombros hacia dentro como protegiendo algo. Bastó entonces que Canica siguiera agitando la cola para que los niños desplegaran sus cuerpos nuevamente. Uno de ellos, de barbilla desafiante, se acercó al perro y le acarició la cabeza mientras olfateaba el aire. Soledad sintió la cercanía del niño, esa realidad vehemente de la piel y su calor, y esperó. El niño acercó el rostro, sacó la lengua y le probó un brazo mojado. Los otros lo miraban expectantes y el mismo Canica se apaciguó a su lado. Soledad sintió que de aquella zona donde era tocada irradiaba un fuego hacia el resto de su cuerpo que la hizo olvidar el baño reciente. Entonces el chico hundió la cabeza en el regazo de Soledad y ella sintió que una alegría deslumbrante encendía esa habitación a oscuras que era su cuerpo. No había desaparecido, estaba allí, la reconocían.

El encantamiento desapareció como por arte de magia. Canica ladró y jaló al muchacho para despertarlo de su ensueño de aire. Los otros corrieron y Soledad los vio desaparecer tras los portales, luego aparecieron en una esquina lejana de la plaza pero entonces ya iban en compañía del muchacho que la había tocado y finalmente desaparecieron por completo. Escapaban de una manera sorprendente: a pesar de no quitarles la vista de encima, Soledad hubiera podido jurar que cuando corrían o se movían rápidamente se desvanecían en el aire; sólo al detenerse era uno capaz de descubrirlos. Como si en los tránsitos de un lugar a otro lograran hurtarse de la vista y al detenerse estuvieran expuestos a la mirada. Pero ahora ya no estaban. Un rumor lejano al principio que fue lo que debió de escuchar Canica, crecía en el aire y lo hacía rebotar en una palabra incomprensible.

—Sope-sope-sope... —repetía un coro de voces que parecía provenir de una de las calles aledañas a la iglesia de Santo Domingo. Soledad cruzó la plaza y descubrió a un numeroso grupo de muchachos y muchachas que miraban a un chico rubio de no más de doce años caminar en el filo de una de las cornisas de la parroquia. Las voces se habían ido apagando conforme el muchacho desafiaba más y más el vacío. A punto de caer dio un salto en el aire y se sujetó a una de las columnas que sostenían la balaustrada y de ahí saltó a un fresno y en un acto de verdadero saltimbanqui tocó el suelo y siguió brincando hasta contener el impulso.

El grupo de muchachos volvió a corear "Sope-sope-sope." De entre la multitud, surgió una niña de ojos grandes y mirada perdida. Traía la blusa entallada y una falda corta que ponía al descubierto unas piernas delgadas e inocentes a pesar de que transparentaban la inminencia de un deseo que empezaba por la piel pero que no tenía fin. En vez de caminar hacia el chico rubio se dirigió a una camioneta abandonada que alguna vez había tenido color pero en la que ahora abundaban zonas oxidadas. El chico rubio la siguió al interior. Cuando la camioneta empezó a moverse en embestidas crecientes, corearon de nuevo aquella palabra que había alertado a Canica y que a Soledad le parecía ininteligible. Poco a poco las voces y los movimientos se apagaron. Sólo la mano del chico rubio se asomó por una ventana y arrojó una bolsa de plástico que los otros se apresuraron a recoger. Comenzó entonces una carrera inusitada y pronto desaparecieron tras el portal derruido de lo que Soledad alcanzó a ver como una vecindad. Todavía echó un vistazo a la camioneta en calma y a la calle súbitamente silenciosa. En la esquina, adosada a una pared de tezontle, descubrió una placa azul con letras blancas que decía: "Calle de Leandro Valle."

LXIII

Una noche decidió seguir a los niños pero no resultó fácil. Apenas miraba hacia otro lado y cuando volvía a ver los niños ya no estaban ahí. Por fin los descubrió gracias a Canica que meneaba la cola alrededor de un poste de luz. Confundidos con el grosor del tronco, se mantenían inmóviles como larvas. Cinco bultitos que se agazapaban a lo largo del poste mientras una patrulla de la policía merodeaba la zona. Apenas la vieron alejarse se deslizaron al piso y prosiguieron su camino por las sombras. Al toparse con la Plaza de Santo Domingo prefirieron el oscuro corredor de los evangelistas y por ahí siguieron sigilosos hasta uno de los accesos del edificio. Cualquiera que hubiera pasado sin conocer el lugar habría seguido sin reparar en la silueta de un hombre adosada a la pared. En cambio, le habría llamado la atención el olor penetrante de la mariguana mezclado con el aroma de tortillas recién hechas. De haberse detenido en la entrada que conducía a un patio interior en penumbras, tal vez ese alguien habría sentido la tentación de entrar sin ser visto, de explorar ese mundo grávido del centro de la ciudad, de violencia siempre latente, pero sin correr el riesgo de salir lastimado.

Los niños, por el contrario, se detuvieron apenas atisbaron la figura del hombre. El chico que iba a la cabeza dio un salto y se escondió tras una columna; los otros hicieron lo mismo, cada uno en una columna diferente. Canica, que se había quedado vigilante al comienzo de los portales, dobló la esquina y desapareció hacia la calle de Cuba.

—Ya sé que están por aquí —dijo el hombre y de la pared surgió una mano con una lata de cerveza que se dirigió a otro lugar en el muro donde debería de estar la boca. Sorbió: la aspiración de una serpiente en un charco, y continuó—. Se creen muy listos porque son pequeños como las ratas y pueden escurrirse y escapar. Pero ya crecerán o... —la serpiente volvió a sorber—, o tal vez no. Tal vez ninguno de ustedes llegue a viejo; tal vez ni siquiera cruce los treinta como yo. Si estoy vivo, les contaré a los que pregunten: eran unos niños perdidos, sin papá y sin mamá, bueno, tal vez con papá o con mamá, o tal vez los perdidos eran los papás y las mamás... Bueno, ya estuvo bien de cuentos. O tal vez no. A ver niños con los pies de trapo, niños ratas y malagatos, ¿cómo sigue el cuento? ¿Tararín tararán?

Pero en lugar de una respuesta, el niño más alejado en el corredor sacó un puño de billetes que le abultaba el escaso vientre por debajo de la camisa y lo agitó en el aire.

—Ah... vienen por su medicina. Entonces también podré decir: yo fui su curandero, su médico y hasta su farmacia. Como quien dice, podré decir: yo siempre los ayudé a bienmorir...

El puño de billetes volvió a agitarse. Entonces el hombre dijo en un murmullo:

—Conste que yo no los busqué. Ustedes fueron los que me buscaron a mí. Que quede claro: no quiero problemas con el Sope. Ustedes a mí... Bueno, entren —dijo el hombre y con la mano disponible se rozó el bulto de un arma que traía en el refajo del pantalón.

Pero los chicos no se movieron. Seguían con un pie en el aire, dispuestos a correr en cualquier momento.

—Está bien —accedió el hombre. Despegó su larga figura del muro y entró al edificio. Pasaron unos minutos en que los ojos de los niños no dejaron de moverse, atisbando entre las sombras, la plaza, la calle. El hombre volvió; además de la lata de cerveza traía una caja pequeña de medicinas que apenas hubo cruzado el umbral, decidió guardarse en la bolsa trasera del pantalón. Dio unos pasos hacia el primer niño de la fila, ese que acostumbraba levantar la barbilla en un temeroso desafío.

—Primero lo primero... —dijo el hombre y extendió la mano.

De uno a otro chico pasaron los billetes pero antes de llegar al último, el de la barbilla desafiante hizo un gesto con la cabeza y aquel oleaje de manos se detuvo.

—Aquí la traigo —el hombre señaló su trasero—. ¿A poco van a desconfiar de mí?

No hubo respuesta. El hombre sonrió socarronamente y se adelantó unos pasos hacia el primer niño de la fila.

—Bueno, desconfías porque quieres. Pero, en realidad, yo soy de mucho fiar... Y si no me lo crees —el hombre sorbió la cerveza con ese silbido animal—, puedes preguntarle a Ruth... Con esas piernas que nomás de verlas toca uno el cielo, imagínate lo que es tenerlas aquí así abriéndose a tu disposición. Yo no soy muy exigente, agarro parejo: necesidad es necesidad, pero lo que eres tú y tu hermana son caso aparte. ¿Qué dices, Clarín, aceptas? ¿O debo decirte, Clara? Anda, Clara-Clarín, la medicina no tendría que costarte... tanto.

Soledad presenciaba aquella escena: miraba al hombre —sus ojos brillantes a pesar de la oscuridad—, contemplaba a los niños —esa fragilidad amenazante que les crecía en las cabelleras desordenadas, los pantalones grandes sostenidos con reatas, los pies desnudos en zapatos sin agujetas—, y presentía en el silencio y la soledad de la plaza la violencia de una burbuja a punto de estallar. Observó que el rostro del niño que la había tocado la otra vez, irradiaba una rabia pura ahora que había escuchado su nombre. Soledad no supo cómo se articularon las cosas, sólo descubrió de pronto que la fila de niños se había roto, que dos de ellos se hallaban ya a espaldas del hombre blandiendo sus delgados brazos al aire y que Canica, surgido quién sabe de dónde, gruñía junto a ellos. Al escuchar al animal, el hombre desistió de acercarse al primer niño y en cambio se llevó la mano al refajo del pantalón. Su espalda y su cabeza giraron en un movimiento fulminante pero Soledad, que se había mantenido aparte y podía ver ya la mano del hombre armada en una escuadra perfecta, supo que debía hacer algo. Y la certeza la despojó de cualquier miedo: se avalanzó sobre el hombre y con el impacto consiguió derribarlo. Sin entender lo que sucedía, mirando a uno y otro lado como si temiera no estar tan ebrio como para caerse por sí solo, el hombre intentó replegarse y prosiguió en su empeño de sacar el arma pero entonces descubrió un hueco donde antes abultara el revólver y de inmediato se llevó la mano a la bolsa trasera del pantalón sólo para darse cuenta que la caja tampoco estaba.

Soledad, que también había caído al suelo tras el impacto, se levantó de un salto cuando vislumbró a lo lejos la cola de Canica agitarse al final del corredor, rumbo a Leandro Valle. Pero aunque corrió para dar alcance a los niños se topó al final con la calle vacía. Frente a una de las vecindades descubrió por fin a Canica que se lamía una pata. Acercó el rostro al animal y un lengüetazo le mojó la mejilla, pero cuando le preguntó a dónde se habían metido los niños, Canica sólo la miró con la doble perplejidad de sus ojos de diferente color.

Soledad echó un vistazo al interior en tinieblas de la vecindad. El hedor a coladera y residuos orgánicos largamente estancados, la hizo retroceder unos pasos, pero luego tomó aire y se animó a entrar. La vecindad estaba silenciosa, a oscuras salvo por los rectángulos de luz de alguna ventana superior. Hurgó en las sombras sin encontrarlos. A punto de salir, descubrió una especie de sótano que se internaba escaleras abajo. Comprendió que por ahí habían escapado los niños. Salió del edificio acompañada por Canica.

—¿Así que cuidas a los niños perdidos, a los ciegos como Matías y acompañas a los fantasmas que no saben si lo son? —le dijo mientras lo acariciaba—. ¿Qué otros secretos guardan tus ojos transparentes?

LXIV

Poco a poco iba descubriendo que no era tan difícil hablar y ser escuchada: los ciegos como Matías, las mujeres religiosas, los indigentes que atraídos por un imán a la zona del Centro deambulaban por sus calles, entraban a sus iglesias, dormían en sus portales y plazas públicas. Sólo bastaba dirigirse al interlocutor adecuado: ese tipo de gabán sucio y desfondado, con un listón rojo y blanco alrededor del cuello, que farfullaba oraciones ininteligibles en un reclinatorio de la iglesia, se volvió a verla como si la reconociera.

—Francisca —comenzó a hablar el hombre—, no me dejas ni a sol ni a sombra, pero ahora pido por ti en mi hora santa. Tú lo debes de saber y por eso mismo debieras soltarme la correa. Soy tu perro, he sido tu guardián. Fui tu verdugo, ahora soy tu perro. Pero sobre todo, soy el perro de nuestro señor Jesucristo —el hombre lanzó un suspiro profundo y agregó como en letanía—: Divino Salvador de las almas, cubierto de confusión mi rostro, me prosterno en tu presencia soberana, pártese mi corazón de pena al ver el olvido en que te tienen los redimidos, al ver estéril tu Sangre e infructuosos los sacrificios y escarnecido tu amor...

Soledad creyó haber visto antes al hombre. Observó que traía un libro de pastas rojas entre los dedos de uñas largas y grises y recordó vagamente el hurto de la Librería Francesa, aquel libro con fotografías de nubes que tanto había deseado tener, el episodio de los policías en Reforma, luego este hombre que le había arrebatado el libro. Habían pasado meses desde entonces. Ahora el hombre llevaba ropa más luída, la cabeza cortada a rape, una herida reciente en una oreja, pero se trataba del mismo.

—¿Qué hace usted aquí? —le preguntó Soledad al oído y luego agregó—. Hace tanto tiempo desde que nos vimos en Reforma...

—¿Que qué hago yo aquí? —el hombre comenzó a vociferar y los escasos feligreses voltearon a verlo—. Rezo por tu alma y por mi alma y por la de aquellos que cometen iniquidad y no piden perdón. ¿Ya se te olvidó que hoy es mi vigilia nocturna? Ah, ya veo que no... Lo

recuerdas y quieres exasperarme para que cometa pecado con mi ira y luego vaya ante el Santísimo más sucio
que un blasfemo periodista, de esos que agravian a la
santa madre Iglesia y a Dios nuestro señor.

—No... —contestó la muchacha—. No quise mo-
lestarlo. Disculpe, ya me voy.

El hombre se levantó tras Soledad. Con la cabeza
entre los hombros, suplicó:

—Perdóname tú a mí... —susurró.

Soledad se mantuvo callada. Tras unos segundos
de espera en los que el hombre movía la cabeza a uno y
otro lado como si buscara a alguien o esperara escuchar
un llamado de los cielos, terminó por sentarse en una
banca cercana. Hasta allí lo siguió la muchacha.

—Es que no soy Francisca —le confesó al otro.

—Ya lo sé —contestó el hombre—. ¿Y cuál es tu
nombre verdadero?

—Soledad...

—La misma que llevamos a cuestas todos.

—La misma...

—¿Y qué ha sido de ti? ¿Dices que nos vimos en otro
tiempo en Reforma?

—Sí, hace semanas, o tal vez meses, ya no recuerdo.

—Pero, ¿eres espíritu, un alma en pena como mi
difunta Francisca?

—No que yo sepa. Simplemente, aunque parezca
increíble, desaparecí... Es decir, estoy aquí pero la gente
no puede verme.

—Santísimo sacramento, ¿no serás un ángel que ha
perdido la memoria?

Soledad sonrió antes de agregar:

—No lo creo. La memoria la conservo y no es
precisamente la vida de un ángel lo que recuerdo. Aunque a decir verdad, cada vez recuerdo menos. Pero no.
Yo una vez fui una niña que perdió a su padre y desde

entonces se me cumplieron algunos deseos —la muchacha hizo una pausa—. Y, bueno, yo siempre había
querido desaparecer, que otra tomara por mí las riendas
de la vida porque, sabe, a mí la vida me da miedo.

—No pidas porque te darán, decía mi madre —el
hombre se había puesto de rodillas y juntaba ya las
manos como para disponerse a orar. Un cura, envuelto
en su sotana blanca, pasó a su lado y lo escuchó hablar.

—Ya, hijo, consuélate —dijo el religioso mientras
le palmeaba el hombro—. En la infinita sabiduría de Dios,
no hay pérdida que no traiga consigo su ganancia. Todo
está en saber verla y aceptarla.

El hombre pareció no escucharlo pues prosiguió:

—Uno pide sin saber. Y luego resulta que los
deseos traen cola y luego la cola se te enrosca y te
ahorca...

Pero el cura no se daba por vencido. Moviendo la
cabeza en evidente signo de desaprobación, le dijo al
hombre:

—Pascual, hijo mío, sé que ahora estás muy ocupado, pero cuando tus oraciones te lo permitan, el Señor y
yo te agradeceremos que nos ayudes... Sé que tienes
buena puntería, yo en cambio, no me doy abasto con
tanta paloma que perjudica la casa del Señor.

La sonrisa del cura flotó en el aire sin que el hombre
la notara. Entonces el religioso optó por un camino más
práctico: tomó entre sus dedos blanquísimos una oreja
del hombre y probó a tirarla ligeramente. El hombre se
quejó al instante.

—Sí, padre, a mi vuelta las palomas... —dijo, y el
cura, ya conforme, retiró la mano de su oreja y tras sonreír
bonachonamente, se alejó camino a la sacristía.

—Más fácil matar palomas que dejar de pedir y
desear. Pero si uno pide por los otros, entonces las cosas
cambian y Francisca se duerme y yo descanso también.

Cuando hablo con Dios y le platico mis cosas, Él me entiende y me perdona. Le hablo y Él me contesta como tú que no tienes cuerpo pero escucho tu voz y sé que estás ahí. En mi soledad más fuerte, cuando ni Francisca me acompaña, he buscado el rostro del Señor y entonces como un agua que lava mi corazón así las lágrimas brotan de mis ojos y saben a perdón.

Soledad escuchaba al hombre a quien el religioso había llamado Pascual y le parecía entenderlo por más que sus palabras sonaran confusas. Se hincó en el reclinatorio, muy cerca del hombre. Las manos en oración como desde niña no lo hacía. Cerró los ojos y trató de pensar en ese dios del que le acababa de hablar el hombre. No lo sentía a Él sino su ausencia, ese hueco en la carne del alma que es capaz de devorar las ilusiones. En cambio, recordó a su padre. Hacía siglos que no pensaba en él y sin embargo, sintió que su imagen no la había abandonado nunca, que de alguna manera siempre estaba ahí, deteniendo el tren de la vida para que ella escogiera a su antojo. Tenue pero luminoso surgió el recuerdo: "¡Rápido! —volvió a urgirla Javier García—. Escoge un deseo." Soledad hundió el rostro entre sus manos. Desde una fuente ignorada surgían ahora unas lágrimas sedantes. Entonces dijo: "No quiero sentirme perdida y sola."

Una mano se extendió en el aire y le acarició la cabeza.

—Ya niña, que ya va a pasar —le dijo Pascual—. Si me lo permites esta noche rogaré por ti, Soledad que no tienes cuerpo pero estás en todos los corazones.

LXV

Los niños no acostumbraban entrar al templo de Santo Domingo. Inmenso, con su nave central como el largo camino que separaba a sus feligreses del cielo, con ese altar de brillantes oros y columnas marmoladas que proclamaban el reino de un dios inaccesible, era todo menos acogedor. Tampoco ayudaba la entrada lateral que le traía los ventarrones de las calles de Colombia y Brasil pues en su interior se formaba una helada corriente de aire que traspasaba el alma de los escasos penitentes que iban a rezar. A los otros, los que entraban a la iglesia para dormitar, les bastaba el silencio para refugiar un sueño pertinaz que incluso llegaba a escurrírseles en copiosos hilos por la boca. Al resentir la corriente de aire se abrazaban a sí mismos, solos con su alma y su torpor.

Para Soledad era un sitio privilegiado: podía permanecer en él durante horas y descansar sin tanto riesgo de ser molestada. Ahora que parecía haber dejado las preguntas y se limitaba a vivir de manera inmediata lo que se le iba presentando, descubría que ella y esa otra que siempre estaban en pugna por fin parecían caminar juntas: como si su sombra y ella se dirigieran hacia un mismo lugar. Bastaba que una quisiera dormir para que de inmediato la otra se acostara en una banca, que quisiera saber sobre las vidas de los santos que poblaban los altares para que entraran en la sacristía y se apoderaran de *La leyenda dorada* de Santiago de la Vorágine y descubrieran los portentos de Martín de Porres y las penalidades de Isabel de Hungría; o que a una se le ocurriera gastarle una broma a ese padre que, rifle en mano, salía a matar palomas en la fachada principal para que antes de terminar de pensarlo ya le estuvieran diciendo, ambas, al oído: "Hijo mío, recuerda: para mí tu vida no es más importante que la de ese pajarraco que acabas de desplumar..." Y reírse como un par de locas cuando el padre, maravillado, buscó al prior y al sacristán y a la secretaria de la oficina para contarles: "¡El Señor me ha hablado! ¡Me ha dicho: no permitas que esas palomas sigan dañando mi casa!" Y respirar con alivio porque al contemplar la locura de los otros, Soledad —ésa que era ella y la otra— percibía, por fin, su lugar en el mundo.

Ahora que la distancia entre los deseos y los actos se acortaba, Soledad podía abandonarse a la presencia del instante y gozar con esa plenitud de la infancia que llena o remienda todos los huecos y todos los vacíos. Como nadie podía verla, descubría también esa inocencia primera, ese estado de gracia previo al juicio que es toda mirada. Y así, despreocupadamente, protegida de esa tiranía que antes la sojuzgaba, se atrevía por fin a saborear la vida como un helado de vainilla en un mediodía radiante.

Y no era tampoco que le sucedieran grandes cosas: sin tener ya que dar cuentas de lo que hacía o deshacía, de lo que era o había dejado de ser, bastándole la voz y el tacto (porque podía hacerse oír y tocar o ser tocada), Soledad se sentía por fin entera: estiraba la mano para alcanzar un pan, brincaba charcos o se bañaba en la fuente de la Corregidora, y sus manos y sus pies y su cuerpo todo eran uno con ella, sin culpas y sin temores. Nunca como entonces durmió como dicen que duermen los niños y los locos, como si estuviera bendecida.

LXVI

No me mueve mi Dios para quererte
el cielo que me tienes prometido
ni me mueve el infierno tan temido
para dejar por eso de ofenderte...

...leyó Soledad en un cuadro escrito con letras góticas que colgaba a los pies de un Cristo en la Cruz, en cuyo cuerpo estigmatizado parecía concentrarse toda la miseria del mundo. Tal vez por eso, porque era el dolor encarnado en la figura de yeso, o tal vez por sus ojos de vidrio que alguna maestría artesana había dotado de compasión infinita, o tal vez por aquella contradicción que rebotaba en el cerebro pero que hacía más grandioso para el alma el misterio de prodigar amor cuando se ha recibido tanto escarnio, ese Cristo llamado de la Buena Muerte recibía a diario las visitas, los rezos, las peticiones de multitud de feligreses.

Una vez le pareció a Soledad descubrir un rostro conocido: la mandíbula desafiante, los ojos brillantes y los labios a un tiempo carnosos y finos la hicieron pensar en el niño (—¿o niña?, Soledad titubeó un instante) que siempre iba al frente de los niños perdidos, aquel o aquella a quien habían llamado Clarín. Pero ésta era decididamente una muchacha con los pantalones ajustados que delineaban unas piernas inconfundiblemente hermosas, unas piernas "como para tocar el cielo", al menos eso había dicho el hombre de los portales al que los niños habían burlado la otra noche. ¿Se refería a esta misma muchacha? Soledad la siguió hasta el reclinatorio del altar, la observó persignarse y acariciar con una mano los pies llagados del Cristo. Después, se llevó la misma mano a los labios y comenzó a decir con la mirada fija en el rostro que también la miraba: "No me mueve mi Dios para quererte..." A Soledad le pareció que en sus labios aquellas palabras no eran una plegaria sino una verdadera declaración de amor, que su mirada larga y ansiosa decía todo aquello que las palabras no alcanzaban a balbucear. De pronto, se escuchó un silbido. La muchacha se alzó de un golpe y sin pensar empujó la mesa de veladoras que tenía enfrente. Sus labios se posaron, intensos, en aquella piel de yeso que sólo así pudo soportar la caricia sin estremecerse. Y se alejó corriendo ante un segundo silbido que, insistente, retumbó en las paredes del templo. Soledad pensó en seguir a la muchacha pero las veladoras caídas la hicieron detenerse. Las acomodó precipitadamente y entonces corrió tras la muchacha pero para entonces, cuando alcanzó las puertas del templo, la chica había desaparecido.

Algo le decía que aquella cita amorosa con el Cristo de la Buena Muerte mucho tenía de despedida. Así que husmeó la plaza abarrotada a esa hora del día y tras pensarlo, se animó a rodear la iglesia pegándose a sus muros. Iba a intentar acercarse a la vecindad que tenía acceso a los sótanos adonde al parecer se resguardaban los niños, cuando de la azotea se asomó la chica que buscaba. Desde las alturas, la muchacha oteó el horizonte de edificios para luego posar la mirada en las cúpulas de la iglesia que tenía enfrente. Alguien debió llamarla porque la chica volvió el rostro repentinamente y se alejó de la cornisa. Soledad tomó aliento y atravesó como un soplido la calle de Leandro Valle hasta dar con la entrada de la vecindad. Ahí, subió las escaleras de tres pisos y finalmente el tramo que conducía a la azotea. La puerta de acceso estaba entornada así que bastó con empujarla un poco. Pero en la azotea no había nadie. Con el corazón resonante, lanzó un largo suspiro. Decepcionada, se paseó por uno y otro lado mientras recobraba el aliento. A pesar de la nube pardusca que enturbiaba la mirada, descubrió que una parte del valle era visible hacia el norte, una vista semejante a la que había tenido desde el Palacio de Bellas Artes cuando subía con aquella amiga fuerte y decidida que era Maru. Sintió que la echaba de menos pero entonces recordó sus palabras cortantes la última vez que la buscó, aquel "¿quién eres?" cuando le tocó el hombro y Maru se volvió iracunda al no encontrar a nadie a su alrededor. Entonces, Soledad temió su rechazo y vaciló en contestar. La voz se le había hecho un nudo y sólo atinó a tocarle de nuevo el hombro. Maru brincó enfurecida: "¿No me vas a decir quién eres? —dijo mordiendo las palabras—. Pues vete a chingar a tu madre que yo no puedo hacer nada por ti." Soledad tuvo que tragarse el llanto, ver partir a esa amiga a quien tanto necesitaba ahora que estaba más sola que nunca pero sobre todo sola por ese miedo endemoniado que la inmovilizaba y le sellaba los labios como una tumba de sí misma.

Ahora que había pasado el tiempo y se encontraba en otro mirador, probó a decir aunque fuera inútil: "Soledad, soy Soledad." Escuchó su propia voz y la reconoció como suya: no era una voz melosa ni tampoco grave, pero resonaba en el aire como si hubiera recorrido laberintos y oscuras oquedades antes de ver la luz. Una voz de penumbras pero firmemente clara. En ésas estaba, reconociendo su voz, cuando a lo lejos repicaron unas campanas. No eran las del templo de Santo Domingo sino que el sonido provenía de la Plaza Mayor. Debían ser, entonces, las campanas de Catedral. Y mientras el eco flotaba todavía unos instantes, pensó que ella misma era como esas campanas a las que, sin necesidad de verlas, uno adivina por la voz. Pensó que si algo verdadero, profundo, cierto había en sí misma, era precisamente su voz. Sintió entonces necesidad de escucharse hasta perderse en sí misma. Tomó aire y lo dejó que recorriera su interior antes de expulsarlo. Pero no pudo hacerlo. Una carcajada estalló más allá de los tinacos de agua que, alineados, formaban un espacio aparte. Caminó hasta ellos y luego bordeó el obstáculo. Aparecieron ante sus ojos la muchacha del Cristo de la Buena Muerte que sollozaba y otros dos chicos que reían y se burlaban.

—¿A poco te da miedo? —quien hablaba era el muchacho rubio que Soledad había visto la otra noche bordear las cornisas de Santo Domingo y al que coreaban con el nombre de Sope. Pero en vez de responder, la chica sollozó de nuevo.

—Bueno, si no te decides yo te ayudo —dijo el Sope mientras le cerraba el ojo a su compañero—. Vas a ver, te van a entrar unas ganas que ni éste y yo juntos vamos a poder cumplirte. ¿Qué dices? —e intentó sujetar el brazo de la chica pero ella se desasió con un movimiento brusco. Soledad alcanzó a ver entonces el brillo punzante de una jeringa.

—De poder, puedo sola —contestó ella.

—Pues anda, idiota, ¿qué esperas? —le dijo por fin el otro que se había mantenido callado hasta ese momento.

—No me digas idiota —cortó la chica—. Por muy mi hermano mayor que seas, al menos dime por mi nombre.

—Bueno, pues, Putita, decídete... ¿O es que además de piruja eres coyona?

La muchacha tomó la jeringa y se volvió hacia Soledad. Caminó un par de pasos mientras probaba el orificio de la aguja haciendo brotar un par de gotas que despuntaron en el aire. Luego, se frotó la mano desocupada con la tela del pantalón hasta que las venas se colorearon azules bajo su piel. Acercó la aguja pero dos lágrimas que no se decidían a brotar le empañaron la mirada. Soledad corrió por entre sus recuerdos y no paró hasta dar con el nombre que el tipo de los portales había usado para referirse a la muchacha. Había mencionado el de Clarín, aquel niño o niña de quijada desafiante pero también había dicho el nombre de la hermana. Sin embargo, el recuerdo no llegaba. De pronto, la recorrió una sílaba que vibraba en la cresta de un tren: Ruth, ése era el otro nombre. Entonces se acercó a la muchacha y susurró aquella palabra en su oído. Escuchar su nombre como si lo hubieran dicho por vez primera, su nombre entero, propio, el que le pertenecía a ella y a nadie más. La muchacha sintió que las lágrimas formaban un espejo de agua y que ahí se reflejaba su propia imagen, una imagen verdadera y no aquel sueño que hasta entonces había vivido. Verla por primera vez y sentir que podría perderla para siempre... La jeringa cayó de sus manos. Los muchachos se alzaron de hombros cuando la vieron correr.

—Pero cuando quieras, no te vamos a dar —sentenció uno de los chicos mientras la muchacha corría escaleras abajo. El corazón le latía tan fuerte que no lo escuchó.

LXVII

Era increíble el poder de las palabras. Según Matías bastaba que un delirante como Flores Magón soltara al aire unas palabras de libertad y dignidad para que otros no menos enfebrecidos soñaran con convertirlas en acto. Matías solía decir entonces: dame un hombre que sueñe y te poblaré mil mundos. Eran sólo palabras, volátiles, preñadas de aire, pero sin carga ni carne de realidad; bastaba entonces que un hombre tomara una por la cola y que la montara en un sueño para que ese Lázaro que todos llevamos dentro, despertara a la vida verdadera... de otro sueño. Al menos, eso era lo que Matías pensaba que había pasado con palabras como "revolución", "fraternidad", "amor", "democracia".

Hablaron del 68 mexicano. Soledad le contó de Rosa y Miguel Bianco. También del juego que inventaron cuando la muerte de Miguel fue una verdad más cortante que las bayonetas que lo traspasaron. Matías guardó silencio. Estaban por llegar a la Ciudadela y el anciano se apoyaba en su bastón y en el brazo de Soledad. La Ciudadela había sido un depósito de armas del ejército y cuartel militar en numerosas ocasiones, pero ahora se daban cita la Biblioteca México y la Escuela de Diseño. La muchacha recordó que había sido precisamente ahí donde Péter Nagy expusiera por primera vez en México sus fotografías. Ahí, a unos pasos, el hechicero húngaro —como le decía Lucía— había tomado a Soledad de la mano para iniciarla en aquel ritual de sombras que había resultado para ella lo que otros conocían como amor. Sólo que ahora, convertida en sombra de sí misma, no podía sino reconocer vagamente un hilo secreto que hilvanaba una y otra circunstancia. Suspiró profundamente: sea como fuera, aquella muchacha que había sido y ésta que ahora era, habían dejado de ser la misma persona.

Un vigilante que vio a Matías recargarse en uno de los cañones de la plazoleta estuvo a punto de salirle al paso para correrlo de ahí, pero lo detuvo un compañero.

—Deja al viejo. Está ciego y loco. ¿No ves cómo anda hablando solo? —le dijo, y el otro vigilante, receloso, se acercó para ver si era verdad lo que el otro le decía.

Soledad percibió al hombre rondar a sus espaldas, pero ya Matías empezaba a hablar y fue imposible pedirle que reanudaran la marcha.

—Pero si las palabras pueden ser incendiarias del alma, los hombres también hemos creado la manera de hacerlas agua... ¿Sabes cómo, Soledad? Con el juego de los equívocos... es un juego que jugamos a la maravilla en este país. Si el jefe de la policía dice "blanco" es que en realidad es "negro", si en los periódicos se anuncia que no subirá el precio de la gasolina, es que al día siguiente habrá nuevas tarifas... Pero, dime, Soledad, ¿qué puede esperarse de una ciudad que le pone a una de sus avenidas importantes "Thiers"? Te preguntarás por qué menciono a un personaje extranjero cuando en la historia nacional sobran casos, como aquí mismo en esta Ciudadela. Pues bien, porque Thiers tiene que ver con uno de los momentos más gloriosos de la vanguardia humana: la Comuna de París, cuando los hombres se miraron de frente y se reconocieron, cuando descubrieron la gloria de su miseria y decidieron tomar al cielo por asalto, según palabras de Marx en boca de ese escritor joven y admirable llamado Agustín Ramos. Tú con tus estudios los debes de conocer.

Soledad, que veía al vigilante atisbarlos a corta distancia, prefirió no contestar. Y se preguntaba más que por la Comuna de París, por qué Matías, teniendo el oído que tenía, como ciego que era, no se percataba de su presencia.

—Prefieres no contestarme. Tú sabes que disfruto hablando, pero nada más lejos de mí que darte lecciones. Tampoco respondes a esto. Ah, Soledad, a veces tan silenciosa. Si en algún momento te harto o te incomodo no tienes más que pedirme que me calle. Bueno, regreso entonces a mi cuento y a la ciudad que le pone a una de sus avenidas "Thiers", ésa que desemboca en el boulevard de Reforma, en homenaje al general que en 1871 suprimió la Comuna de París, comandando a un ejército que dio muerte a más de veinte mil hombres, mujeres y niños a sangre fría, en escenas innombrables de crueldad y sufrimiento. Mucha gente que transita por esa calle, a pie o al volante, los que tienen sus casas lujosas a uno y otro lado de la avenida, tal vez no lo saben, pero Thiers, el general por quien le pusieron nombre a esa calle pavimentada de la colonia Anzures, se enorgullecía de haber "pavimentado" de cadáveres de miserables las calles de París. ¿No es una ironía demasiado cruel?

Soledad, que se había mantenido en guardia mientras el hombre aquel vigilaba a Matías, descansó cuando al fin lo miró alejarse en dirección de la puerta principal del viejo edificio. El vigilante se aproximó al que le había advertido del anciano y dijo.

—Será ciego y loco, pero de que sabe, sabe.

—Es Matías, uno de los evangelistas de Santo Domingo. Es rebueno para escribirte cartas de amor y llevarte hasta litigios por una herencia. Dicen que se acabó la vista de tanto leer y leía a chorros en la Biblioteca de San Agustín donde estuvo como bibliotecario muchos años. La gente lo creía un sabio cuando ciego llegó a instalarse en los Portales de Santo Domingo con su máquina de escribir y luego cuando se cambió a vivir a un hotel cercano. Se decían cosas de él, que si la mujer lo había abandonado en su ceguera, que si sus hijos le habían dado la espalda... historias, pero lo cierto es que de unos meses a la fecha, el viejo está chocheando. Hable y hable con el fantasma de una mujer, que dicen otros fue una hija que le mataron los de la Judicial por equivocación. Ve tú a saber.

Soledad contempló a Matías con curiosidad. ¿Sería verdad lo que se decía de los ciegos, que cerrados unos ojos se les abrían otros? ¿Qué tanto sabía Matías de ella, la imaginaba una mujer de carne y hueso o sabía de su actual condición?

—Matías... —comenzó a decir en un hilo de voz—. ¿Tú sabes que yo soy, mejor dicho, que no soy...?

—Lo único que sé, hija mía, es que nadie es sino hasta que le llega la muerte. Entonces sí nos reconocemos. Entonces terminan las mudanzas y descansamos —y mientras hablaba el ciego le tomó una mano y se la palmeó con suavidad—. No te descorazones que todo estado es transitorio. Y lo que resta, es la huella, esa gracia por la que tocamos y somos recordados o donde nos tocaron y por la memoria volvemos a vivir... Como dijo o pudo haber dicho Don Quijote: "¿Qué te parece desto Sancho? ¿Hay encantamientos que valgan contra la verdadera valentía? Bien podrán los encantadores quitarme la ventura, pero el esfuerzo y el ánimo será imposible."

El ciego calló. Un airecillo frío le removía las crenchas de pelo que circundaban su rostro y Soledad se percató por primera vez que el hombre siempre estaba impecablemente rasurado.

—Las huestes celestiales siempre lo procuran a uno... —se adelantó a decir como si escuchara los pensamientos de Soledad—. Pero ya vámonos que deben ser más de las tres de la mañana. Mientras navegamos, si no te he aburrido aún, te contaré la historia de un héroe, que en realidad es todos los héroes, de la misma forma que en cada grano de arena está el mar.

Dones y contradones 1
(o breve parábola de los deseos
que se muerden la cola)

Hubo una vez un hombre a quien los dioses, complacientes, le concedieron ver cumplidos todos sus deseos. Tan pronto sintió hervir la fiebre del oro en sus venas, cuando sus dedos tuvieron el don de convertir en oro todo aquello que tocaban. Así el hombre consiguió un palacio brillante como jaula de oro, una corte de metálicos servidores que no pudieron ya resolver las tareas del reino, una mujer dorada como el sol pero fría como la luna, unos hijos convertidos en estatuillas de efebos perfectos como la muerte, una comida resplandeciente como de seguro sólo la tenían los inmortales cuyos dientes más duros que el diamante podían triturar las manzanas de oro de los sueños, un agua ambarina cuajada en un ansia eterna de sed... Y el hombre estuvo a punto de morir como el ser más rico de esta tierra, triste y solo por su deseo cumplido, sin poder comer y sin poder beber. Hasta que formuló un nuevo deseo: quiso ser inmortal. Los dioses, divertidos, le dijeron que debía beber las aguas de un río prodigioso. El hombre inició su búsqueda. Atravesó desiertos, sorteó abismos, se perdió en mares rebeldes y descubrió las más variadas aguas existentes y algunas otras: aguas para evitar la calvicie, aguas para la hermosura, aguas para aclarar los ojos que no quieren ver, aguas para quitarse la sed de los deseos, aguas para desalojar la vejiga constipada, aguas para no terminar nunca de desear, aguas para escamar la piel y llenarla de xiotes... Y claro, el agua de la inmortalidad.

Sucedió entonces que el hombre conoció a una joven de belleza solar: su rostro brillaba o declinaba conforme el movimiento del sol. Para contentarla en los momentos de tinieblas y vencer a los numerosos rivales, el hombre pidió un nuevo deseo: tocar la silenciosa música de las estrellas. Lo que más conmovió a la joven al escuchar a este nuevo pretendiente no fue esa alegría solar que despuntó en su alma a pesar de la oscuridad de la noche, sino los efectos que producía en los demás seres: los rivales le cedían el paso, las aguas y las aves se detenían en plena caída, en pleno vuelo, para escuchar su música. Victorioso, el hombre le regaló a su amada el obsequio de bodas más perfecto: pidió a los dioses que escogieran para su futura esposa el don más maravilloso. Una serpiente consumó en el acto la generosidad de los donadores. El hombre intentó, entonces, quitarse la vida pero su vida no le pertenecía: era inmortal, a menos que emprendiera el camino para buscar la fruta de la mortandad. Prefirió descender al reino de los

muertos para conmover con su música a los celado-
res: quería a su amada de regreso a la vida. El deseo
le fue nuevamente concedido: la sombra de su amada
lo seguiría hasta el camino de la luz a condición de
que él no volteara a verla. Entre tinieblas absolutas,
sin poder escuchar siquiera las pisadas de la joven,
llegó el momento en que el hombre no pudo resistir
y echó una fugaz mirada: la sombra de la amada se
desvaneció, rotunda, como un sueño.

Cargado de pesadumbre, el hombre tuvo aún fuerzas para suplicar un nuevo deseo. Los dioses dejaron de sonreír cuando le escucharon pedir el don de
la desmemoria. Así, sin que los sucesos de la vida ni
de la muerte le dejaran huella, el hombre consiguió
que los dioses también se olvidaran de él.

(—Matías... —dijo la joven en un alto—, ese mundo
subterráneo al que desciende el hombre de tu historia me hizo recordar unos túneles que hay bajo el
Palacio de Bellas Artes. Los vi cuando trabajé ahí pero
aún hoy me parece que los soñé. Después, el otro
día seguí a los niños perdidos y supe de una puerta
que conducía a un pasadizo subterráneo. De pronto
pensé que tal vez ese túnel conectaba con aquellos
otros por los que yo había pasado. ¿Es cierto que hay
una ciudad subterránea debajo de esta ciudad?

—Un remo recto parece curvo en el agua... —contestó el ciego reanudando el paso—. Como diría el señor de
la Montaña, no importa ver el objeto sino cómo se ve. ¿Qué
dirías tú si yo te dijera que ésta que recorremos es una
ciudad subterránea, la cara oculta de otra ciudad aérea que
no alcanzamos a ver sino a vislumbrar fugazmente?
Podrás decir que estoy ciego y que hablo así porque navego
entre tinieblas. Pero no estoy más loco ni más ciego que

otros y puedo asegurarte que la ciudad que tú recorres todos los días no es mi ciudad ni la de los otros. Tu ciudad es Soledad como la mía sólo puede llamarse Matías.)

LXVIII

Caminaban Soledad y Matías en la madrugada rumbo al hotel donde vivía el ciego cuando se toparon con los niños perdidos. Se habían fingido gárgolas de la fuente de la Corregidora y se mantenían inmóviles y con las caras feroces y gesticulantes. Verlos así le hizo recordar a Soledad las veces en que, siendo muy pequeña, jugaba con su padre a que desaparecía. Cuando los roperos, las camas, los rincones se agotaban papá pasaba junto a ella sin verla. Soledad respiraba despacito y se mantenía inmóvil como una muñeca de porcelana. Papá se preguntaba: "¿A dónde se metió mi Sol que me ha dejado la noche tan oscura?" La muñeca se negaba a responder, sus labios de arcilla permanecían silenciosos, fieles a su vocación de estatua. Javier García se hacía pequeño, tan pequeño que estaba a punto de ahogarse en una de sus propias lágrimas. Entonces Soledad se movía, extendía una mano, sonreía un "¡Aquí estoy!", y el mundo todo recobraba su sentido.

—¡Aquí están! —dijo Matías un segundo antes de que los niños saltaran encima de él y lo acribillaran a cosquillas y arrumacos. El anciano se dejó hacer y reía mientras simulaba reprenderlos con el bastón.

—Canijos chamacos. ¿Creen que porque no puedo verlos no sabía que me preparaban una emboscada? ¿Pues qué no saben que los ciegos caminamos con guardias celestiales a los lados? ¿O no es así Soledad?

La muchacha se mantuvo callada. El ciego tanteó el aire y dio unos pasos hasta dar con ella.

—¿Y bien, muchacha, te comieron la lengua los ratones?

Pero Soledad seguía sin responder. Entonces el hombre, pescando a uno de los niños que jugaban a su alrededor, le dijo:

—Pero si sólo son unos niños, no me digas que te dan miedo. A ver, muchachos, les presento a una amiga. Se llama Soledad.

Los chicos miraron al ciego como si estuviera loco mientras les señalaba un espacio en el aire y comenzaron a reír. Pero el chico de quijada desafiante, sorpresivamente, extendió una mano hacia donde estaba Soledad.

—Conocemos —dijo como si le costara trabajo articular un mensaje. Tras una pausa agregó llevándose una mano al pecho en un ademán que indicaba la intención de presentarse—: Clarín...

Los otros chicos callaron y ante la mirada del que había hablado se dirigieron al aire para decir sus nombres: Conejo, Guille, Charlie, Miguel...

Mas como Soledad no se decidiera a decir palabra alguna, volvieron los rostros hacia Matías y Clarín.

—Supongo que ella necesita tomarles confianza —dijo el ciego haciendo tiempo mientras la chica se decidía a hablar—. Bueno, será más tarde... Y ustedes no me van a decir que lo de la emboscada fue así nomás porque sí... ¿Acaso quieren que les cuente una historia o una leyenda? Pero no, qué va... a ustedes no les gustan las historias.

Los chicos volvieron a atacarlo: lo jaloneaban de las mangas del saco, le metían las manos por el cuello y las axilas y el hombre tuvo que ceder.

—Está bien... está bien... me doy. Pero antes necesito reponerme.

Uno de los niños le tomó el brazo y lo llevó a sentarse al borde de la fuente mientras Clarín se sacaba una botella de dudoso contenido del pantalón guango donde podía caber por lo menos otro niño. Se la estiró al ciego. Matías desatornilló la tapa y empinó su contenido. Tras un par de tragos dijo:

—Caramba... si hasta parece jarabe para la tos... —y la regresó—. Bueno, parece que ya estamos listos. ¿Qué historia prefieren: "Los músicos que se negaron a tocarle al emperador", "La mejor belleza que puede encontrarse en las cosas que hacen los hombres", o "La ciudad de los deseos imposibles"?

Los niños, ya sentados alrededor del ciego, no se decidían por ninguna. Matías comenzó a explicar:

—Miren, chicos, la primera es algo que nuestro amigo Thoreau habría calificado como una pequeña historia de desobediencia civil. Pasó aquí muy cerca, hace poco tiempo, con los trabajadores de Bellas Artes, y aunque parece cuento de hadas al revés, no lo es. La segunda es una historia sobre los puentes cantada por un poeta: sobre incontenibles aguas que arrastran cadáveres, techos, ramas, dos personas se encuentran, se tocan y se reconocen, es y no es una historia de amor. Y finalmente la tercera es una historia que me gusta contarme cuando la ciudad se vuelve calabozo y ratonera y laberinto. ¿Qué me dicen? ¿No se deciden?

—La ciudad de los deseos imposibles... por favor —pidió Soledad y los niños se volvieron hacia el sitio donde había hablado. Sólo aquel niño llamado Clarín se dirigió a Matías y le jaló con insistencia el saco.

—Matías —dijo—, cuenta ya...

Dones y contradones 2
(de los deseos imposibles)

México fue una ciudad vehemente como el deseo que le dio origen. Esto se cuenta de su fundación:

los cazadores de una tribu tuvieron un mismo sueño y una misma sed. Vieron a una mujer que dormía en las aguas de un lago. Soñaron que la forzaban y que ella, sin despertarse, respondía a sus caricias y a su violencia. La tomaban una y otra vez pero ella no despertaba del sueño de agua y ellos en realidad no la poseían. Al despertar, los cazadores buscaron aquel lago. Peregrinaron de un sitio a otro pero no encontraron rastros del sueño y, en cambio, su sed por la mujer iba en aumento. Un día, exhaustos, llegaron a un valle rodeado de montañas y volcanes. Entonces la vieron: una mujer de agua dormía recostada en el lecho del valle. Los hombres corrieron a su encuentro pero cuando creían tenerla entre sus manos, sólo tocaban el agua cristalina. Decidieron permanecer ahí donde un espejismo casi había hecho realidad su sueño. En la construcción de la ciudad cada uno recordó a la mujer: la gravidez de las caderas, el horizonte de su rostro, sus párpados tenues; también la brutalidad del asedio, la violencia al someterla. Así, lenguas de tierra y argamasa penetraron las aguas, barcas afiladas rasgaron los canales recién formados, palacios y chinampas flotaron como besos perennes. Los cazadores, medio cuerpo en el agua, se volvieron pescadores. Y en las redes que arrojaban al lago las noches de luna llena, intentaban apresar aquella mujer de plata que brillaba en la superficie del agua.

Hoy México es una ciudad extinta como el deseo que le dio origen. A fuerza de buscar poseerla, los pescadores y los viajeros, siempre sedientos, terminaron por beberla. Hoy los visitantes se detienen en alguna de las montañas áridas que rodean el desierto. Sólo aves rapaces, cactáceas y reptiles se asientan en sus arenas ardientes. Entonces los visitantes huyen: presienten el cuerpo de la mujer de agua que dormía en el lecho del valle y se descubren una sed rotunda y desesperanzada, capaz de secarles el alma.

LXIX

Hubo un día en que Soledad vio salir al ciego del hotel donde se hospedaba. Llevaba el pelo engominado y a pesar del calor del mediodía cercano, usaba una capa oscura con fondo rojo como la de los magos. En vez de cruzar hacia los portales para sentarse en el escritorio donde se ganaba la vida, lo vio seguir de frente con su bastoncillo por delante en dirección al Zócalo. Iba particularmente contento pues al detenerse en cada esquina gritaba a voz en cuello: "Viento en popa la galera..." Una vez tras otra la frase surtía efecto porque la gente volteaba a verlo sorprendida y terminaba ayudándolo a cruzar las calles con una mezcla de piedad y respeto.

Era la primera vez que Soledad seguía al ciego entre aquellas multitudes diurnas y le sorprendió descubrir que lejos de cerrarse, el mundo se abría ante el ojo rodante del bastón que lo precedía. Así cruzara por las calles más concurridas por transeúntes y vendedores ambulantes, la gente le hacía espacio para que pasara. Era un verdadero acto de magia en el que de seguro colaboraban la capa y la dignidad garbosa y a toda prueba del ciego. O era simplemente un milagro porque de qué otra manera podía explicarse aquel portento que a Soledad le recordaba a Moisés al separar las aguas del Mar Rojo para abrirse paso. Sea como fuere no pudo evitar una sonrisa ahora que la galera de Matías Torres enfilaba majestuosamente por la avenida 20 de Noviembre y los vendedores lo reconocían y lo saludaban y las vendedoras le decían flores.

—Ejeleje, Matías hereje, ¿de mago vas a festejar a la patrona? —le preguntó con voz aflautada un vendedor de lotería que llevaba el cabello largo y las cejas depiladas.

—De mago pero no de "maje", que es el nombre de tu equipo —contestó socarrón el anciano. El vendedor de lotería sonrió ante la arremetida del ciego y se limitó a lanzar un silbido que al poco tiempo repitieron un vendedor de churros que se hallaba una veintena de pasos más adelante y una mujer joven que vigilaba un puesto de medias en la siguiente esquina.

—Ay, Matías —le dijo la mujer que se había separado del puesto para ayudarlo a cruzar—, ¿por qué ya no me compone versos? Mire nada más lo que hace la vida de la farándula. Usted cada vez más querondongo y yo aquí trabaje y trabaje para comprarle su biblioteca para usted solito...

—Castíguela, mi Matías —dijo un hombre que ofrecía paraguas y rompevientos—. Así son las mujeres de hoy. Le prometen a uno los tesoros de Salomón y después tiene uno que andarlas manteniendo...

—Usted cállese, ardido, y mejor quédese tuerto que ahí le encargo mis medias —dijo la mujer mientras tomaba a Matías del brazo y lo encaminaba unos pasos más—. ¿Va con el ángel? Digo, para acompañarlo hasta las puertas del Paraíso.

—Canija Lupita, no te burles...

—Si no me burlo... Es la pura verdad. Una que tiene ojos para comer... digo, sin agraviar lo presente. ¿Y qué, viene para lo del repique?

—Sí, Lupita, pero después quedo libre para lo que gustes y mandes...

—Conste. Las muchachas de la Merced ya los extrañan. Así que... usted dice.

—Después del repique.

—Bueno, ya llegamos. Yo mejor me voy. Si no luego ya no quiero trabajar, ni hacer nada más que estarlo viendo...

La mujer le zampó un beso al ciego y luego giró tan repentinamente que Soledad no tuvo tiempo de esquivarla. Chocaron y mientras Soledad se ponía a resguardo de nueva cuenta a la sombra de Matías, levantó la vista y entonces lo vio: ahí estaba el ángel anunciando literalmente un reino que no era de este mundo.

LXX

Inmóvil, con las alas en reposo, la cara blanca de los mimos, la cabellera larga anudada en una cola, enfundado en un traje de piel negra pero sin mangas y unas botas de campaña. El ángel, con aquella actitud estatuaria, los ojos clavados en un punto perdido, los músculos estáticos con esa apariencia de eternidad que sólo brindan los instantes de felicidad, la muerte o la fotografía. Nada tenía que ver con el tráfago, el bullicio, la agitación de la avenida. Precisamente por eso, la gente que pasaba llevada por aquel ritmo de prisas, cláxones y gritos se detenía un instante a contemplarlo. Entonces, ante aquella aparición súbita se quedaba sin aliento y al pasmo seguía una actitud de reverencia ante ese encuentro que mucho tenía de sagrado. Algunos reanudaban indecisos el paso pero se volvían a verlo a pesar de irse alejando. Otros permanecían a la espera, seguros de que se avecinaba una especie de milagro. Otros más jugaban a acercarse al ángel y se paseaban ante él con la mirada cómplice y curiosa de los otros que entonces se sabían fuera de peligro. Alguien reparaba en la gorra que estaba a los pies de la estatua y al percatarse de las monedas y cartitas

dobladas que había en su interior, lanzaba una moneda.

Entonces el ángel despertaba. Sus alas de cartón
plateado se desplegaban hacia el cielo y su cuerpo
poderoso revivía pleno en movimientos suaves y
acompasados. Por unos instantes la avenida 20 de
Noviembre guardaba silencio, la respiración latente de
sus semáforos en rojo detenía a transeúntes y automovilistas en franco arrobamiento. Como si de pronto
algún dios se hubiera hecho presente en aquel acto de
belleza inusitada que duraba apenas unos segundos, el
tiempo en que el ángel hacía una pirueta antes de
extender nuevamente los brazos y dejarse caer hacia
atrás y con ello mostrar en parte la desnudez de su torso
perfecto, en ese abandono que precede a la muerte o al
éxtasis. Entonces se recomponía, recogía sus alas, aspi-
raba profundamente y conforme dejaba escapar el aire
volvía a su inmovilidad anterior. Un halo mágico quedaba rondando entre la gente que regresaba la mirada a la
calle. Los automovilistas retornaban al semáforo verde
que les decía "corre por tu vida". Pero por un momento,
ese instante único entre la nueva inmovilidad del ángel
y la celeridad retomada de la avenida, Soledad habría
podido jurar que la gente había atisbado un rincón del
Paraíso.

Matías esperó unos minutos hasta que el ángel se hizo
hombre, se descolgó las alas, tomó la gorra y una bolsa
de campaña que descansaba a un lado y se acercó a él.

—Maese Matías... —le dijo el muchacho al ciego
mientras lo abrazaba, pasando la bolsa de campaña por
encima de su espalda. En el vuelo, la bolsa golpeó a
Soledad. Matías ladeó la cabeza y entonces dijo:

—Es que yo también tengo mis alas...

—Cola será —bromeó el muchacho mientras tomaba a Matías del brazo y lo conducía de regreso hacia Catedral. De nueva cuenta se repetían los saludos y las bromas, ahora duplicados por la presencia del muchacho que cargaba alas y bolsa al hombro como un raro aventurero. En un alto, sacó un pañuelo y un frasco de aceite para bebés de la bolsa, vertió un poco del líquido en el pañuelo y se lo pasó por la cara para quitarse el maquillaje.

—¿Y cómo va la vida, muchacho?—preguntó Matías antes de que reanudaran la marcha.

—Tremenda... Acabo de pasar unas de Caín. Hasta me costaba trabajo salir de mi casa. Ya hemos hablado que la calle me da de comer, pero también que yo alimento a la calle. No tengo jefes, mi trabajo es directo: yo doy y ellos me dan. Lo que hemos hablado del rito y su pago. Pero eso no me estaba llenando. Tú sabes, a veces la gente me ve allí y dice "qué manera más fácil de ganarse la vida de este cabrón." Y yo que me chingo cuatro horas de pie sin más descanso que para cambiar de posición... Esos días sale poco dinero y la gente me ve como un maniquí de aparador: ni reparan en mí ni yo tampoco les transmito nada... Es triste y tremendamente cansado.

Matías dirigió el rostro hacia el muchacho. Había un tono de desencanto en su voz y eso lo preocupó.

—No, no... tranquilo, maese. Ya no estoy tan mal. Le metí cabeza por el lado de la cacería. Cada vez que no quería venir a trabajar tomaba las alas y me las ponía aquí al frente como escudos. Entonces me decía: "Jorge, ve a cazar el mamut para tu familia. La papa para Helena y el niño..." No te voy a decir que siempre funcionaba. A veces, prefería meterme antes un churro, pero luego me decía: "No, Jorge, te estás engañando: la gente no te da porque tú también le estás bajando." Un atasque de energía... Entonces, volví con los Adoradores. Tú sabes que la oración purifica. Y la gente está respondiendo de nuevo. Ayer, una mujer, una señora de edad, dijo unas palabras mientras yo actuaba. Le salieron de dentro, habló del perdón y de la gracia, un viaje completo. Y sabes qué... toda la gente que estaba viendo sintió las palabras de la vieja. No, maese, una comunión con hostia y vino hasta atragantarse.

Matías no podía ver el ímpetu en los gestos del muchacho, aquella fuerza silenciosa que exhalaba su cuerpo y que hacía a la gente mirarlo como un extranjero, pero sí percibía el énfasis de su voz, el calor de su cercanía física en el roce confiado, las palmadas o el abrazo franco.

Por eso, cuando Jorge le tocó el hombro antes de cruzar la Plaza de la Constitución, percibió también el peligro, sus sentidos aguzados, esa tensión de la piel vuelta toda músculos e instinto ante la amenaza. Y entonces escuchó venir el silbido, el aviso que se alargaba en el aire como una flecha que en vez de decaer crecía hasta abarcar varias cuadras.

Soledad no entendía qué pasaba pero tan pronto como aquella flecha de sonido se iba extendiendo, la gente de los puestos ambulantes se escurría hacia los portales de los comercios establecidos, se refugiaba en estacionamientos, o simplemente desarmaba con una habilidad prodigiosa sus rejillas plegables y sus tendidos en lonas a las que rodeaban cuerdas ingeniosamente colocadas de forma tal que se alzaban como una gran bolsa y era posible cargarlas a la espalda como un bulto cualquiera. De pronto, en la avenida sólo hubo transeúntes y vendedores ambulantes sin mercancía que se paseaban atisbando las esquinas. Había algo en el aire que pesaba sobre unos y otros, esa sensación nerviosa que transmina los cuerpos y se extiende como un fluido eléctrico instántaneo. Jorge y Matías se mantenían expectantes y Soledad a sus espaldas hurgaba el horizonte de auto-móviles sin dar con ninguna pista. Era tan fuerte el sentido de amenaza que sólo por tener a ambos cubrién-dola no echó a correr en dirección contraria.

—Allá vienen —escuchó que decía Jorge sin qui-tarle la mirada a una camioneta sin placas, armada de hombres que colgaban de los estribos y mostraban sin pudor los brazos desnudos y amenazantes, el gesto fiero y desvergonzado del que sabe el increíble poder de la violencia de su parte. No levantaron a nadie pero se paseaban alardeando por aquella avenida tan cercana a la Plaza de la Constitución con la prepotencia que les otorgaba esa cara siniestra de la represión y el terror instituidos como medidas de orden y seguridad social. Cuando pasaron frente a la esquina donde se hallaban el muchacho y el ciego, uno de los que iban en el interior de la cabina —y en el que Soledad no había reparado no obstante el gesto de fiereza que le pelaba los dientes— hizo una señal al conductor para que se detuviera. Los que iban colgados en los estribos creyeron que era el momento para actuar pero del interior de la cabina surgió la orden, apenas escapada de dos hileras de dientes que se apretaban unos contra otros: "¡Quietos!" Soledad descu-brió que su manera de mirar era tan obscena y desvergon-zada como la fiereza que le descubría los dientes. No pudo evitar seguir mirando al hombre. En otra situación no se habría atrevido; habría pesado en ella la preocupación de tocar con la mirada al otro y que él, así reconocido, descargara en ella ese mal que surgía y entraba por los ojos. En cambio, suponer que el hombre no podía verla, la hacía sentir invulnerable, que podía hurgar en él sin ese decoro que da el creer que podemos incomodar a los otros.

Pero el hombre debió de sentir aquellos dedos de la mirada porque desvió la suya hacia un punto en el aire que se encontraba a espaldas del muchacho. Soledad tardó unos segundos en entender que la veía a ella. Entonces se estremeció: como recorrer el laberinto creyendo que el dragón no se daría cuenta de su presencia y luego descubrir que el dragón tenía ojos que podían desnudarla con perversidad absoluta.

—¿Algún problema? —escuchó Soledad que decía Jorge temerariamente, dirigiéndose al hombre de la camioneta. Matías, a su lado, guardó silencio mientras su mano apretaba el mango del bastón dispuesto a acompañar al amigo pasara lo que pasara. Los hombres que colgaban de los estribos se mantenían literalmente en suspenso, medio cuerpo en el aire, listos para el ataque.

El hombre de la camioneta paseó una mirada lenta por el muchacho y el ciego y luego también por aquel punto del aire que nadie parecía ocupar. Cuando regresó la vista a Jorge, éste se la sostuvo todo el tiempo que el hombre empleó para frotarse con el dedo uno de los dientes descubiertos por su boca infame. "¡Vámonos!", ordenó súbitamente y la camioneta siguió su marcha bordeando la Plaza de la Constitución.

—Estos cabrones de la delegación... —dijo el muchacho cuando reanudaron la marcha—. Están más hambrientos que de costumbre: no dejan que la gente venda en la calle si no se llevan su mordida. Conmigo no saben qué hacer, como yo no vendo nada... Quieren que yo también les dé su tajada pero están orates. A los otros los amedrentan quitándoles la mercancía pero a mí ¿qué pueden quitarme? Lo que yo hago es un trabajo para la ciudad. No saben qué hacer conmigo.

El ciego se mantenía en silencio. Apoyado en el brazo del muchacho caminaba confiadamente. A Soledad, que iba a sus espaldas, se le ocurrió que formaban una pareja curiosa con la capa al vuelo de Matías y las alas de cartón que colgaban del hombro del muchacho. Por fin llegaron a las puertas de Catedral. Atravesaron el atrio pero en vez de dirigirse a la entrada principal se encaminaron a una puertecita lateral que conducía a los campanarios. Las manos hábiles del muchacho se introdujeron en un hueco y destrabaron el mecanismo. La puerta se abrió y comenzaron a subir. Jorge se adelantó un par de escalones para auxiliar al ciego; cuando le ofreció una mano, Matías se la sostuvo un momento mientras le decía:

—Cada cual hemos de cumplir nuestro destino: para eso estamos aquí. Pero sería tonto arriesgarse de más. Recuerda, Jorge, las palabras de Virgilio, que no se confiaba al mar por más que mostrara el rostro apacible.

El muchacho sonrió antes de contestar:

—Pues me suena muy elegante decirles "mar" a esos hijos de la chingada.

LXXI

Habían terminado de subir y Matías descansaba en el último escalón secándose el sudor de la frente, cuando se acercó a ellos un hombre moreno, de bigote cuidadosamente recortado y aire afable.

—Matías, pensé que ya no llegabas —dijo el hombre ayudando al ciego a terminar de subir; luego, tras palmearle el hombro al muchacho, les dijo—. Les reservé el Santo Ángel, como ya sé que ésa es la que les gusta...

—Gracias, Polo —dijo el muchacho colocándose abajo de una gran campana que miraba hacia el poniente—. La haremos cantar como los ángeles...

—Rugir como los cañones... —dijo Polo con el orgullo de un padre que hablara de sus hijos—. Como que está fundida con el bronce de los cañones de Hernán Cortés. ¿Te dije, Matías, que el otro día limpiándola le descubrí el año de fundición? 1792, me parece.

Soledad los miró alejarse hacia uno de los balcones de la torre mientras Jorge columpiaba levemente la cuerda atada al badajo del Santo Ángel.

Un tropel de niños arribó al campanario. Polo dejó un momento a Matías para recibirlos. Soledad reconoció a algunos de ellos pero la sorprendió que vinieran acompañados por un par de mujeres con delantal y sonrisa traviesa que más que sus madres parecían hermanas crecidas. Casi al final, subió la chica que había visto en la capilla del Cristo de la Buena Muerte, seguida de cerca por aquel niño de quijada desafiante que solía caminar al frente de los niños perdidos. Polo, que había mandado a las mujeres a la torre oriente, miró un instante a los recién llegados.

—Ruth y Clarín —dijo tras pensar unos segundos—, a la otra torre...

La muchacha sonrió y se encaminó a cruzar la gran bóveda de la nave central, pero el chiquillo al que llamaban Clarín se negó.

—No, Polo... yo con los hombres —dijo como si la rabia le impidiera hablar.

—Nada, nada... yo también voy con las mujeres —dijo el campanero en un tono de reconvención—. Necesito ayuda con Santa María de la Asunción. No puedo solo. Anda, espérame en la otra torre.

Pero antes de que terminara de hablar, el chico había desaparecido. Polo lo descubrió junto a Matías y Jorge.

—¿Y tu amiga? —le preguntaba al ciego cuando los alcanzó el campanero.

—¿Soledad? Quise invitarla pero no ha venido a verme... A veces desaparece por días. Es una lástima porque le habría gustado. ¿Me creerías si te digo, Clarín, que ella me recuerda a una campana? Tú sabes, a las campanas no necesitas verlas para saber que están ahí. Bueno, Polo, ¿a qué horas festejamos a la patrona?

—No más que me avise el sacristán, empezamos el repique. Yo les doy la señal —y luego, dirigiéndose a Jorge, sugirió—: Y tú, muchacho, ¿por qué no le preparas el badajo a Guadalupe?

—Pero ¿que ésa no se toca en ocasiones muy especiales? —replicó el muchacho, que se había hecho a la idea de tocar el Santo Ángel.

—¿El día de nuestra señora de la Asunción, nada menos que la patrona de la Catedral, no te parece suficiente? Anda, sube al campanario más alto. Además, Matías ya está bien cuidado —dijo guiñándole un ojo a Clarín—, ahora tiene un brazo fuerte que lo ayude.

Apenas si escuchó Soledad las últimas palabras del campanero pues en el centro de la torre se erigía una escalera de caracol que llevaba hacia lo alto. Comenzó a subir los peldaños de madera. Tan pronto miró los tramos, percibió la huella secular de otras almas que habían subido y gastado cada uno de esos peldaños dejando en los huecos pulimentados de tantas subidas y bajadas vestigios de una humanidad palpable y conmovedora. Eran tan humanos que uno podía sentir su carne gemir apenas los rozaba el pie en cada paso. Pero no era dolor lo que aquellos músculos de madera exhalaban, había una vida secreta y exultante para quien sabía escucharla.

Los pasos ahí marcados a lo largo de los siglos la conducían hacia lo alto y Soledad se dejaba llevar como si penetrara un misterio, envuelta en esa magia de espiral que de pronto le parecía el destino de los hombres, y ahora su propio destino. Ella que nunca había subido a un barco sintió que se hallaba en el interior de uno que la guarecía mientras el mar amenazante permanecía fuera. Subió a la proa, al castillo de mando y desde ahí atisbó ese mar que tanto temía. No era más que una ciudad bullente de vida. Una ciudad-lago cuya vegetación de concreto y peces y batracios de tezontle se extendía apacible tomando el sol de aquel mediodía radiante. Oteó el horizonte y le pareció que podía tocar con las manos los edificios que tenía delante, como si el aire le confiara al ojo la magia de una cercanía enloquecedora. No supo porqué pero pensó en los deseos, en esa fascinación que nos hace creer que cumpliéndolos seremos más felices y plenos... No, los deseos podían parecer cercanos, simular que se cumplían o de plano realizarse pero la caída interior era inevitable, aquel vacío posterior a la mano que alcanza una estrella sólo para descubrirnos insaciables. Lo que permanecía siempre era la soledad, ese sentimiento de pérdida irreparable que ninguna estrella ni deseo podía colmar del todo. Ahora lo sabía y de alguna forma comenzaba a aceptarlo. Curioso pensar que había tenido que vivir su vida exactamente de la forma que la había vivido, para estar en aquella torre y reconocerlo. Se asomó a uno de los balcones. Miró el panorama que tenía enfrente y comprendió que una voluntad ajena a la suya se extendía más allá de sus pensamientos. Y de alguna forma sintió que no era ella la dueña de sus deseos sino que inexplicablemente vivía su vida para que aquello que otros llamaban destino se cumpliera. Aunque aquella ciudad que se desplegaba a su alrededor no era infinita, verla y saberla ahí, bullente, inasible salvo por algunos segundos, la colmaba. Se reconoció sola, pero eso en vez de asustarla, por primera vez, la reconfortó. Entre todo el mar de incertidumbres, un océano que la llevaba a replegarse sobre sí misma, ahora tenía una certeza y le pertenecía: su propia soledad.

De pronto escuchó que las puertas de los cielos se abrían, innumerables ángeles tañían sonidos purísimos que repicaban y se extendían por los aires con la fuerza de corazones de metal. Subió la vista al interior de la torre y descubrió una campana inmensa cuya lengua metálica Jorge hacía repicar con una cuerda. Lo miró unos instantes arrobada por aquel esfuerzo que fructificaba en un sonido tan sonoro, seguido por un coro de voces metálicas. Descendió la escalera de caracol y descubrió esquilas enormes que danzaban vertiginosas, dando piruetas sobre sí mismas, accionadas por muchachos que se amontanaban para poderlas empujar y que, cuidadosos, se retiraban corriendo en otra especie de danza para que el peso de las esquilas a su regreso no los fuera a golpear. Cada quien en su puesto y la Catedral convertida en una nave gigantesca que despegaba hacia las alturas. Soledad sintió que una emoción impronunciable comenzaba a inundarle la garganta y a brotar por sus ojos que se llenaron de lágrimas. El sonido de las campanas entraba por sus poros y la invadía con su fuerza purificadora. Alcanzó a ver a Matías y a Clarín que se hacían uno para tironear la cuerda de aquella campana que Polo había llamado el Santo Ángel. El frenesí de los rostros, la devoción en otros, y en todos una alegría serena y exultante que se derramaba en goterones de sudor y miradas brillantes, ojos abiertos o cerrados en éxtasis. Aquello era indescriptible, una locura que se derramaba y embotaba los oídos y el alma. Un repique de campanas inmensas, grandes, esquilas, esquilones, campanas más pequeñas como de pueblo... Y del otro lado, en la torre oriente las campanas también cantaban. Soledad pensó en Lucía. En que de haber estado ahí se habría colgado de una de ellas para volverse una con el movimiento y el sonido. Ella, en cambio, permaneció llorando, dejando que aquel sonido límpido la traspasara y sintiéndose cada vez más ligera.

Abajo la gente se detenía a escuchar el repique. Era una situación tan inusual que pocos resistían aquel llamado de las alturas y miraban las torres entre perplejos y agradecidos por aquellos minutos de reconciliación y sosiego que la ciudad les regalaba con su generosidad habitual. Algunos conductores se detenían frente al Zócalo y miraban hacia lo alto. Y mientras duraba el llamado de las campanas, incluso los soldados de Palacio Nacional perdieron un poco la cuadratura de sus formas mientras ese bálsamo de los oídos raptaba las almas y, por un instante, las transportaba a otro lugar.

LXXII

Habían transcurrido varias semanas desde la fiesta de la Catedral. Soledad visitaba sus campanarios, contemplaba la ciudad, escuchaba a Polo hablar con sus campanas, limpiarles el hollín, curarles el badajo, nombrarlas: Asunción, Domingo de Guzmán, Guadalupe, la Tres Aves Marías... Cada campana tenía su nombre y su historia, una voz propia y sus seguidores. Aparte de los oficios de maitines, misas, laudes, de los que se hacía cargo el campanero oficial, los sábados y domingos acudían a Catedral multitud de muchachos que caminaban entre las palomas para tocar las campanas. Había quien prefería el Jesús Nazareno porque su voz clara levantaba los rostros de la Plaza Mayor y uno podía verlos sin esforzarse desde ese balcón privilegiado de la torre oriente. Otros insistían en que Polo los dejase tocar la campana de la patrona: Asunción, y cuando no lo conseguían se colocaban bajo su sombra y alzaban los brazos para sentir aquella prodigiosa vibración que permanecía segundos después de su último tañido.

Había una esquila, en cambio, que casi nadie quería tocar. "La Castigada" la llamaban los niños, pero Polo, que se había cansado de buscarle el nombre en el labio de bronce, había terminado por bautizarla como

San Felipe Neri y a menudo le pedía a Jorge que la hiciera hablar.

—Ya estuvo callada más de diez años. Justo es que cante y hable o si no se va a enfermar —explicaba Polo como si Jorge fuera a negarse.

—Sí —contestaba el joven—. Ya sabemos que es tu consentida.

—¿Cuál consentida? Para mí todas mis campanas son iguales.

—No te enojes, Polo. Sólo estaba bromeando.

Pero eso no era cierto. Cuando todos se iban y se creía solo, el campanero reconvenía a la Castigada.

—Tú tienes la culpa. ¿Cómo se te ocurrió matar a ese pobre muchacho? Si no te gustaba como te estaba tocando debiste habérmelo dicho. Pero llevártelo en la vuelta, ni que fueras una pluma. Pobre muchacho, ni su nombre supimos.

Intrigada, Soledad consultó más tarde el asunto con Matías (a Polo, el campanero, prefería mirarlo en silencio para no interrumpir ese idilio del hombre con sus campanas).

—Sí... —le contestó el ciego mientras se sentaban en la base del asta bandera de la Plaza Mayor. Era una madrugada luminosa, con una luna plena y turgente que se derramaba sobre el Centro de la ciudad, a esas horas convertido en el escenario de un sueño—. La Castigada mató a un muchacho en el año de 1967. Pero ¿tú como supiste de esa campana, te habló Polo de ella, desde cuándo lo conoces?

El rostro de Matías reflejaba suspicacia cuando le preguntó: —¿Estabas ahí el día de la fiesta de la Asunción, verdad?

Ella tartamudeó una respuesta ininteligible.

—Bueno, bueno, no es necesaria tanta explicación. La Castigada se quedó sin lengua desde aquella ocasión. Al muchacho lo bajaron los de la Cruz Verde y los curitas condenaron a la campana a diez años de silencio.

—Como si fuera una persona... —susurró Soledad mientras escudriñaba la torre poniente de Catedral, desde donde la Castigada los miraba silenciosa.

—Son más que personas. Pregúntale a Polo que sueña y habla con ellas más que con su esposa o sus hijas... Pero eso del castigo no es nada nuevo. Valle-Arizpe refiere que la campana que alguna vez adornó el balcón central de Palacio no sólo fue castigada con cien años de silencio sino condenada al destierro por ordenanza de Carlos V. Así fue como vino a dar acá...

—¿Cien años de silencio? ¿Pues qué hizo?

—Tocaba sola, como si un demonio la tuviera por dentro. Daba toque de fuego en plena madrugada y la gente se levantaba empavorecida... daba toque de revuelta y el alcalde mandaba fusilar hombres... Al último dio toque de juicio final y los hombres se creyeron muertos... Por eso le quitaron el badajo y la desterraron a las Indias. Alguien la vio olvidada en un rincón del Palacio y reparó en el arte de su hechura y su corona de maestría inigualable. Para no contravenir la ordenanza, la colocaron encima del reloj central pero sin su lengua. Permaneció siglos silenciosa hasta que Juárez la mandó fundir. Pero en el proceso el metal se descompuso. Como si el alma de la campana se resistiera a mudar de cuerpo...

—Hubieran tenido que ofrendarle una muchacha en el momento de la fundición... —susurró Soledad mientras observaba el balcón central de Palacio Nacional.

—¿Y tú como lo sabes?

—Mi padre me contaba historias cuando yo era niña. En una de ellas una joven oriental se arrojaba a la caldera para que la campana que fundía su padre por orden del emperador tuviera voz y alma verdaderas, después de quién sabe cuántos intentos que comprometían cada vez más la vida del fundidor... La muchacha, que amaba a su padre por sobre todas las cosas, decidió entregarle su alma a la campana. No hubo en el reino campana de voz más pura ni que se oyera a tantas leguas de distancia.

Hubo un silencio largo que envolvió la plaza donde se encontraban. La luna en lo alto refulgía entre nubes su resplandor plateado.

—Matías... —preguntó por fin Soledad—, ¿de veras crees que soy como una campana?

El ciego buscó el rostro de la muchacha. Sus ojos fijos la miraron con suavidad antes de contestar.

—Sí... pero castigada, y no por los otros sino por ti misma.

Soledad miró al ciego con rencor. ¿Cómo era que podía saber tantas cosas?

—Verás —prosiguió Matías—. Por la voz se conoce a la gente. Podrás ponerte afeites y pelucas, cambiarte la ropa y la cara, pero la voz surge de dentro, atraviesa esa máscara que nos hemos fabricado, esas personas que creemos que somos, y surge y se da sin que podamos controlarla. Si algo hay de auténtico en el hombre es su voz. Y la tuya, Soledad, resuena y es sonora por más intentos que hayas hecho por apagarla...

Dos lagrimones se le escurrieron a Soledad. Matías le tomó las manos entre las suyas y le dijo:

—Llora, que los antiguos decían que el llanto limpia el alma y aclara la voz...

Soledad lloró en silencio, tragándose sus lágrimas. Antes de que se diera cuenta —tal vez porque lloraba o tal vez porque la luna simulaba una refulgencia engañosa, o porque eran escurridizos por sí solos— ya estaban rodeados por los niños perdidos. Pero esta vez venían acompañados por el muchacho que se fingía ángel en la avenida 20 de Noviembre.

LXXIII

El primero en descubrirlos fue Matías. "Parece que hoy tendremos sorpresas", dijo antes de besarle a Soledad las manos. Luego se apartó las crenchas de pelo que traía sobre la frente y se acomodó en su improvisado asiento. La muchacha miró en su derredor pero aún dudó un instante: ante ellos se encontraban las estatuas congeladas de Clarín, Ruth, los otros niños perdidos, un muchacho alto con alas que no podía ser otro que Jorge. Soledad miró por encima de todos ellos la luna inmensa y espejeante y luego las estatuas de soldados que vigilaban desde las cornisas de Palacio como gárgolas fantasmales y creyó que soñaba. De pronto, como si escucharan una música secreta las estatuas de los niños y del ángel comenzaron a moverse, acompasada, suavemente. Brazos y piernas se deslizaban por el aire gozando su propia flexibilidad. Manos esculpían rostros etéreos, labios se entreabrían dejándose besar. Giros, movimientos cada vez más vehementes como el aletear en pleno vuelo de los ángeles. Matías se alzó del pedestal y comenzó también a moverse. Sus movimientos cortados simularon los de un muñeco de cuerda: a su modo, él también danzaba. Mientras tanto, la luna seguía su ascenso. Hubo un momento en que la luz dejó de caer oblicuamente sobre la plaza y se derramó directa, cascada sonámbula, sobre aquellos cuerpos que bailaban cada uno su propio delirio. Soledad observó entonces que dejaban de ser cuerpos para convertirse en sombras de sí mismos, y que aunque se rozaban, cada uno era una sombra que danzaba solitaria. No tuvo que pensarlo dos veces, sólo saltó del pedestal y comenzó ella también a moverse, llama tímida que jugaba sus bordes en el aire de la noche.

La luna seguía aún en lo alto cuando Jorge reparó en un punto en el suelo que se movía con la sinuosidad de un vientecillo rebelde. Sin dejar de danzar, observó que el punto se hacía un haz de sombra y por un momento creyó distinguir la silueta de una muchacha.

LXXIV

Era como si Jorge la siguiera. El muchacho bordeó la Plaza Mayor después de bajar del campanario y se dirigió hacia la calle de Madero. No lo había vuelto a encontrar desde la noche luminosa en que Matías y ella hablaban de la Castigada y de pronto Jorge y los niños los habían rodeado. Ahora era medianoche con luna menguante y el muchacho caminaba, distraídamente, con un andar errabundo, como si buscase un objeto perdido en el suelo. Después de dudar un poco, atravesó los Portales de Mercaderes y enfiló también por la misma avenida por donde tomara Soledad. Una discoteca recién inaugurada les salió al paso con su música estruendosa. Soledad cruzó la calle para evitar al puñado de jóvenes que se apelotonaban para ser admitidos. Jorge en cambio se escurrió entre ellos, sin prestar atención a las mujeres que volteaban a verlo. Tal vez fuera por su andar despreocupado, sus rasgos varoniles de una gallardía incuestionable, o ese aire de naturalidad con que se daba el derecho de estar entre los otros, pero lo cierto era que aunque no llevara su indumentaria de ángel, la gente le abría paso y lo seguía con la mirada.

Soledad se había detenido en la esquina de la Profesa para ver hacia dónde se dirigía el muchacho.

Él, tras dudar un poco, cruzó Isabel la Católica y se encaminó directamente hacia Soledad. Ella pegó un brinco y se trepó a la reja que resguardaba la iglesia jesuita. Esperó a que el muchacho siguiera de largo y entonces caminó tras él. Los escasos transeúntes —barrenderos, taxistas, indigentes, algún turista atrevido— le permitían seguirlo a distancia pero sin perderlo. Le parecía divertido que se hubieran invertido los papeles, que ahora fuera ella la que le seguía los pasos para descubrir —de pronto tuvo esa ocurrencia— la "vida secreta de un ángel". Al pasar frente a San Felipe de Jesús el muchacho se detuvo. Subió los escalones y se dirigió a una entrada lateral. Tocó la puerta. Soledad se apresuró a cruzar. Tan pronto entornaron aquella puerta, una voz dijo:

—Adorado sea el Santísimo Sacramento...

—Por siempre —respondió el muchacho. Entonces, apartándose la camisa, se descubrió una especie de medalla que a Soledad le parecía haber visto antes. Antes de besarla, musitó—: Tu yugo es suave, Señor, y tu carga ligera. Dame tu gracia para llevarlo dignamente.

La puerta cedió el paso a Jorge. Pero entonces, cuando ella iba a colarse, asomó un rostro que Soledad identificó de inmediato: se trataba de Pascual, el hombre con quien había platicado en el templo de Santo Domingo y que antes había encontrado en Reforma. Como si hablara consigo mismo, murmuró:

—No, Francisca, no puedes pasar. Ésta es una vigilia de varones. Nada de promiscuidad, ni lugar a las malas pasiones.

Soledad retrocedió consternada. ¿Cómo era que aquel hombre podía adivinarla en medio de su propia locura?

Sin salir de su asombro, enfiló hacia Reforma. Hacía días que no visitaba al general Valle.

LXXV

Lo sabía solo y desamparado, loco y nostálgico, y sonreía al pensar que cada vez había menos distancia entre el general y ella. Platicaban entonces de la ciudad de antes y la de ahora, Soledad aprendía sobre el arte de cargar una carabina, la utilidad de los granaderos a pie y a caballo, de los cazadores y tiradores, los guías a pie y montados, los zapadores, artilleros, lanceros... A su vez la muchacha le leía libros que extraía sin problema de la biblioteca de San Agustín, cuyo bibliotecario —amigo de don Matías— le confiaba al ciego la desaparición súbita de volúmenes de historia que no podían explicarse como simples robos. Había un interés particular por libros del XIX y especialmente biografías relacionadas con Maximiliano y Miramón.

Matías sonreía a su amigo Beristáin, verdadero ratón de biblioteca que se sabía al derecho y al revés los acervos, y le decía que mientras la gente robara libros el mundo estaba a salvo.

Soledad, ignorante de estas pláticas, acudía noche a noche a San Agustín en busca de aquellos libros que pudieran dar al general Valle alguna tranquilidad sobre el destino que le esperaba. Pero por más que buscara, linterna en mano, sólo encontraba litografías y óleos que recreaban la escena del fusilamiento de Maximiliano en el Cerro de las Campanas, mirando de frente al pelotón. Y como siempre, lo acompañaban el indígena Tomás Mejía y el amigo del alma de Leandro Valle: Miguel Miramón. Una madrugada, descubrió en uno de ellos que el pintor se había esmerado en el rostro de Miramón y que incluso, a diferencia de la mayoría de cuadros que reproducían esa misma escena, aquí el artista había capturado de perfil a soldados y a prisioneros, situándolos en un enfrentamiento inútil y desesperanzado, del que daba claras muestras el rostro desolado de Miguel Miramón que acababa de voltear en dirección del artista. Desde ahí, el amigo del general Valle miraba a los siglos por venir con el gesto infinito de quien se sabe ya perdido en el círculo de los traidores. Soledad casi saltó de alegría: no había encontrado que el general Miramón hubiera muerto de espaldas pero, en cambio, el rostro de aquel cuadro lo revelaba con la culpa del traidor. Decidió mostrárselo a su amigo Valle.

Frente a la estatua de Reforma tuvo que encaramarse en el pedestal y abrazar la efigie para poner el libro ante sus ojos. Ahí, en el pliego de papel de tonos sepia, Leandro Valle reconoció al amigo entrado en años pero todavía fiel a la memoria que guardaba de él, cuando se juraron la revancha de la pelea de gallos "en el más allá". Sin embargo, luego de que casi esbozara una sonrisa, el rostro de la estatua se ensombreció como si capas de piedra lo hubieran cubierto repentinamente. Soledad se apresuró a decir.

—Pero, general Valle, mire la cara de culpa que tiene Miramón. Es la cara del que se sabe culpable de traición.

La estatua comenzó a tararear una tonadilla: "Pica, pica, pica perica..." Soledad lo miró asombrada y el general se sintió obligado a contestar.

—Ese rostro en el que usted se fía no es sino fantasía del pintor. Miguel jamás se habría mostrado culpable puesto que en su fuero interno no lo era. Teníamos ideales distintos y hasta opuestos pero el hombre que actúa sin torcerse no podrá ser acusado de traidor y desleal... Yo tampoco fui ni lo uno ni lo otro, pero Dios —o el maligno, que ya creo que pueden ser la misma paga— dispuso que fuera a mí a quien le dieran muerte de traidor. Mas no es ésa mi cuita y congoja.

Traición o lealtad: la moneda gira veloz e inexorablemente; puede ser tan virtuosa y lábil la mano que la escamotea, que una y otra pueden invertirse y canjearse. Yo guardaba la esperanza de que si Miguel hubiera sido muerto por la espalda, a pesar de las historias del revés, esa fatalidad de espanto y desasosiego que persigue a algunos hombres, él y yo podríamos, al fin de los tiempos, volver a reunirnos.

Soledad, que tenía el rostro infantil del general tan cerca del suyo que casi lo oía respirar, percibió un estremecimiento en el cuerpo del hombre.

—Lo imaginaba pero me resistía a creerlo... —le escuchó murmurar.

—General Valle, no sé qué decir. Tal vez no debí mostrarle nada de esto.

El hombre volvió a su cancioncilla: "Pica, pica, pica perica..." La muchacha entendió que el general no quería hablar más del asunto así que cerró el libro y se aprestó a bajar.

—-Espere... ¿Cómo va? Ya casi no la recuerdo: "Pica, pica, pica perica, pica, pica, pica la rosa..." ¡Demontres! ¿Por qué los vendavales del olvido son tan voluntariosos? ¿Era perica o perico? Si por lo menos pudiera olvidar lo que no olvido...

—General, no se desespere —Soledad dudó un instante: —¿Quiere que le busque un cancionero de su época? Seguro que ahí viene la canción esa...

—No... —el hombre se mantuvo en silencio unos instantes: parecía recorrer laberintos del pasado, como si buscara un recuerdo perdido. De pronto pareció encontrarlo y dijo—. Huele usted de manera muy semejante a la señorita Laura Jáuregui... A vainilla con gardenias. Discúlpeme, Soledad, hace eternidades que no tenía una mujer tan cerca.

Soledad se quedó todavía unos minutos más junto al hombre. En aquellos puntos donde sus dedos se sujetaban al hombro del general, o toda esa larga proximidad donde su pierna coincidía con el flanco de él, percibía un torrente de energía cosquilleante y vivaz. El hombre dijo por fin:

—Bueno, basta ya... Demasiada compasión mancha el decoro.

Soledad dio un salto al piso y tardó en recomponerse. Miró el alba asomarse atrás de los edificios que quedaban a espaldas del general. Entonces agregó:

—No, general, no fue por compasión. Hace eternidades que yo tampoco tenía un hombre tan cerca.

El general se aclaró la garganta en aparente incomodidad. Pero a Soledad le pareció que su mirada sonreía cuando se despidieron en aquella ocasión.

LXXVI

Una de sus ocupaciones favoritas era ver trabajar a Jorge. No importaba que fuera de día, ni que lo hiciera en una avenida tan bulliciosa como 20 de Noviembre. Se escabullía tras algún transeúnte que llevara la dirección adecuada y así, a su sombra, acortaba la distancia que la separaba del ángel. Podía contemplarlo durante horas, las mismas que él permanecía estático hasta recibir una ofrenda a su arte. Y lo veía actuar, agitar las alas para levantar el vuelo, planear como si el cielo abierto lo circundara y una especie de estado de gracia irradiara de su piel luminosa; después la caída, aquel abandono que le alzaba la chaqueta y revelaba su torso perfecto y el rastro de vellosidades que apuntaba hacia su bajo vientre. Soledad no se cansaba de admirarlo y de percibir esos instantes gloriosos de ser toda ojos, de beberse cada uno de sus movimientos, de tocarlo en caricias boquiabiertas de la mirada. Y luego ese remolino casi doloroso que sentía girar en su vientre y que la hacía conocerse con una sed que en la privación se colmaba a sí misma.

A veces el ángel pronunciaba palabras. Eran regalos para ser tocados con los oídos, para suspender en una burbuja el entendimiento y, en la perplejidad así creada, encontrar un significado imprevisto y momentáneamente pleno. Decía, por ejemplo, "cohete de mil luces, mi corazón entre las nubes", y la gente se detenía a mirarle el pecho y contemplar el cielo como si aquellas palabras fueran literales. Pero no sólo eso, la gente también respondía: una señora de edad, un cobrador en bicicleta, una chica con aire de secretaria le daban las gracias ante la multitud, le estrechaban las manos y las alas, le plantaban un beso.

Un día que Soledad se había quedado en la acera de enfrente y contemplaba al muchacho entre el fluir incesante de autos y camiones, observó que el ángel levantaba una mano y la agitaba en el aire como si estuviera saludando a alguien. Fue tan repentino que sin entender lo que hacía ella también levantó la mano y devolvió el saludo. Jorge regresó a su actuación pero Soledad no podía creer que él la hubiera visto. De todos modos, esperó a que el muchacho terminara de trabajar para acercársele. Entonces, temerosa pero sobre todo emocionada porque tal vez el muchacho la había reconocido, le preguntó al oído:

—¿Pudiste verme, verdad?

Jorge asintió. Se había sentado en plena avenida y Soledad se arrodilló junto a él. Lo miró sacar un frasco de aceite para limpiarse el maquillaje blanco que le otorgaba a su rostro una inmovilidad de máscara. Soledad no podía terminar de creer lo que aquel simple gesto afirmativo revelaba, así que insistió:

—Entonces... cuando levantaste la mano en verdad me saludabas a mí, ¿no es cierto? —preguntó la muchacha con voz emocionada.

Jorge volvió a asentir. Se quitó las botas y las guardó en la bolsa de campaña de donde también sacó unos tenis grises que se calzó.

—Pero ahora no puedes verme...

El muchacho negó con la cabeza mientras terminaba de anudarse las agujetas.

—Entonces, ¿cómo fue que supiste que estaba ahí?

Jorge dirigió el rostro hacia donde estaba Soledad y contestó:

—No lo sé. Sólo te vi.

Soledad observó que una lágrima negra, de esas que Jorge se pintaba con un crayón negro para simular un arlequín de la Comedia del Arte, había quedado intacta. Tuvo el impulso de tocarla. Alargó la mano pero se detuvo a unos milímetros de la piel de Jorge.

El muchacho había cerrado los ojos como si estuviera recordando algo o esperara la caricia. Entonces continuó.

—De pronto te vi. Nadie había puesto una moneda en toda la mañana y creí que no soportaría más sin moverme. Entonces pensé en el aire, me dejaba caer en el aire. Aflojaba el cuerpo. Yo mismo era aire... Flotaba. Fue cuando te vi... Es como ahora que tengo los ojos cerrados y siento que tu mano está a punto de tocarme. ¿Por qué no lo haces?

Soledad se sintió descubierta y encogió el brazo. Pero Jorge percibió el movimiento y alcanzó a sujetarla.

—Sabía que eras real —dijo en son de triunfo.

Una corriente eléctrica, una descarga fulminante que sin embargo no cesaba. Como si las manos tuvieran vida propia y se hubieran convertido en fuentes de luz. El caso es que el cuerpo era como una casa y esa casa, antes oscura, había comenzado a iluminarse por dentro. Y junto con la luz, una alegría iba invadiendo los cuartos y los rincones y era más y más intensa. Subieron a los campanarios de Catedral. Soledad sin soltar la mano del muchacho, Jorge apretando el aire. Subían, retaban la gravedad y su alegría subía con ellos y los hacía más ligeros. No vieron a Polo, debía de estar en su bodega de la torre poniente.

Cuando estuvieron frente a frente, Jorge llevó la mano de Soledad hasta su pecho y volvió a cerrar los ojos. No pronunciaron palabra alguna, los labios hablaron su lengua de piel e instinto, y yo me quedé sin tinta para escribir estas líneas.

Se aproximaban las tres de la tarde. Jorge le pidió que lo acompañara a tocar el Santo Ángel. Soledad se dejó conducir pero cuando ya Polo les soltaba la cuerda de la campana que miraba hacia la calle 5 de Mayo, sintió miedo e intentó desasirse del muchacho. Él insistió y con las manos de ella entre las suyas, comenzó a impulsar el badajo. La espiral de sonido brotó y se extendió a través de ellos como si sus propios cuerpos fueran campanas. Soledad no lo pensó dos veces cuando Jorge, al impulso de la última campanada, le ordenó:

—Pide un deseo.

Su corazón latía enfebrecido y una agitación que casi le quitaba el aliento no le impidió obedecer. Formuló el deseo. Descubrió que, con la última vibración metálica, una alegría cosquilleante encarnaba de nueva cuenta en ella.

LXXVII

Toqué su mano, sus cinco dedos, toqué su pecho y sus hombros, su vientre y su sexo. Toqué. También sus nalgas, sus piernas y sus tobillos, cada dedo de sus pies. Toqué cada poro, cada cabello, cada pliegue y, así, toqué el centro de mi propio ser. Brillé. La tierra y los campanarios se cimbraron. Una fuerza despertaba. Era el dragón del laberinto. Me subí en él. Sus escamas acuosas eran espuma bajo mis flancos. Abracé su lomo ancho y poderoso y nos hundimos en el cielo. Sólo por tocar, tocarme.

(Un nudo se deshizo. Parecía imposible con ese mar rompiéndome como una ola dentro de otra ola. Y sentir que todo se debía a dos palabras simples que habían hecho luz en ese lugar exacto donde el cuerpo en penumbras necesita del pensamiento para aclararse y reconocerse. Pero lo más importante fue decirlas, mirarlas temblar, palomas sedientas, afuera de mí: "Te deseo", dije y el calor de una llama irradió por todos mis poros. Fue una plenitud que venía de adentro y se prodigaba como un regalo o una gracia. "Te deseo", volví a repetir sin poder creer que me hubiera atrevido. La piel y el cuerpo se desataron y dejaron de obedecerme. Me convertí en una letra que estallaba, un signo que por fin encontraba su sentido.)

LXXVIII

Soledad no cabía en sí, así que tan pronto se despejaron las calles fue a contarle al general Valle de Jorge. No entró en detalles pero habló con entusiasmo del oficio de estatua viviente con que se ganaba la vida, de cómo detenía el tráfico con sus alas de cartón plateado. El general Valle que cada vez se mostraba más reticente a la historia y que en cambio le había pedido que le leyera la *Divina comedia* de Dante, pidiéndole una y otra vez que repitiera los cantos del Infierno, pareció despertar de un sueño cuando le oyó decir a Soledad que el muchacho lo retaba a un duelo de estatuas. De lo absurda que le resultaba al principio la propuesta pasó a suponerla divertida.

Soledad se sentía tan contenta que había olvidado por completo el episodio del cuadro con la imagen de Miguel Miramón. Veía la estatua del general Valle, se miraba a sí misma con el corazón ardiente, y se le antojaba que la vida podía detenerse indefinidamente...

—Soledad, tal vez usted pueda decirme... —el hombre del pedestal comenzó a decir sin mirar a la muchacha—. Me he enterado de que hay una calle que lleva mi nombre...

—La conozco —contestó la chica y sin pensarlo, como si estuviera presa de un hechizo, continuó—: es una calle absurda, nauseabunda, allí se consume y se vende droga... y los niños se prostituyen y se pierden (pero también se encuentran y se esconden). Ahí viven, en un sótano, Clarín y los otros. Por ahí deambula Matías. Hay un chico al que sólo he visto un par de veces, pero del que se cuentan cosas temibles. También vive en Leandro Valle. Matías me ha dicho que es sobrino del legendario Sope, asesino, narcotraficante, violador, bandido y lindezas semejantes. Fue ultimado por una banda enemiga. Bueno, decir que fue ultimado es una imprecisión: en palabras de Matías fue más bien herido en sus partes nobles y aunque salvó la vida, le suplicó a su madre que le diera un tiro.

"El otro, el Sope sobrino, ha mostrado ser digno heredero de su renombrado tío: desde más pequeño regenteaba niños y niñas apenas un poco mayores que él, vendía droga y participaba en asaltos a negocios, casas y una vez a una subcomandancia de policía. Sí, él también vive en Leandro Valle."

Por largos instantes Soledad y el general se mantuvieron en silencio. Un viento ligero removió las copas de los árboles. Soledad sintió frío pero no culpa cuando el hombre le buscó la mirada y añadió. "Bueno, la hora es llegada. Acepto el duelo que propone su amigo", había dicho el general con determinación. Como de seguro se debía hundir una espada en el pecho de un hombre, limpia, certeramente, más si es para ayudarlo a bien morir.

LXXIX

Fue un día de santa Cirenia mártir cuando se dieron cita. Para no ser un hombre religioso, el general Valle se sabía al derecho y al revés el santoral, como si, castigado en un rincón de la vida, se hubiera puesto a aprender cosas inútiles del almanaque con el objetivo claro de matar el tiempo. Por eso pudo afirmar: "El viernes entrante, día también de Todos los Santos, nos batiremos a duelo." La muchacha, por su parte, pareció recordar su propio nombre: "Es cierto, dijo con la mirada lejana en dirección al Castillo de Chapultepec, estamos a finales de octubre. Cómo pasa el tiempo. Había olvidado que yo también tenía santo. Al principio a papá no le gustaba que me dijeran Soledad. Decía que no era nombre para una niña. Por eso inventamos el de Lucía, que era como una luz a la que le picaban la cola y por eso se quejaba... Pero en todo este tiempo llegué a creer que mi nombre sólo me pertenecía a mí." Quizá por eso, porque alguien le había recordado su pasado y una especie de atolondramiento se había apoderado de ella, quizá por eso fue que Soledad se encaramó en el pedestal y le plantó al general Valle un beso de despedida. Bajó de un brinco y se alejó metida en sus pensamientos, sin percatarse de que el hombre del pedestal también había quedado rumiando los suyos propios.

Pero Jorge no se vistió de ángel en aquella ocasión. Apenas le informó Soledad de la fecha para el duelo se hizo tiempo para recorrer la Lagunilla y el mercado Matamoros en busca de la indumentaria apropiada. Encontró por fin un saco antiguo que parecía levita, unos pantalones bombachos y unas botas altas de montar. También consiguió un espadín que se sujetó con un cinturón viejo y un sombrero de ala ancha. El día del encuentro se vistió con aquel ropaje pero no se maquilló, prefirió llevar la cara limpia y el pelo recogido. Cuando Soledad lo vio —habían quedado de encontrarse en la entrada de Catedral a la medianoche— le asombró la prestancia con que lucía su atuendo. Las escasas personas con que se cruzaron de camino a Reforma miraban al muchacho con respeto. No faltó, además, algún loco de la zona que no contento con cederle el paso, hizo una ceremoniosa caravana como si dejara pasar a un noble. Siguieron su camino y al caminar frente a San Felipe de Jesús, exactamente en el lugar adonde correspondería estar el altar central, Jorge hizo una genuflexión intempestiva.

—Es que el Santísimo está expuesto... —añadió cuando reanudaron la marcha. Fue entonces cuando Soledad se animó a preguntarle:

—Eres de los que rezan por la noche, ¿verdad?

—Sí... Hay un momento en que creer se vuelve una necesidad. Entonces puedes creer que tu vida es miserable, que tu gato es inmortal, que el día que poseas algo lograrás la felicidad. Yo llevo dos años de Adorador... Llegué buscando un lugar para dormir porque los días de guardia te brindan una cama para que descanses entre rezo y rezo. Creí que los engañaba pero al poco tiempo me di cuenta que yo era el engañado, que ellos sabían a lo que iba y me dejaban estar. Al verlos hablar, hincarse, rezar me parecía que no había gente más alucinada en este mundo que ellos. Mira que creer que gracias a sus oraciones la ciudad vence a las tinieblas de cada noche y resucita al amanecer... En serio, Soledad, hay gente de la Adoración que lo cree y reza para lavar con su vigilia nocturna los agravios que el mundo, la prensa, la televisión cometen a diario contra Dios nuestro señor. Al principio, me tenía que aguantar para no soltar la carcajada frente a ellos. Además había cada personaje, gente que hablaba sola, de a tiro pirada, teporochos que como yo buscaban un rincón acolchonado donde caer en la noche, los que tienen la amargura como gesto único... pero también otros que viven en un estado de gracia permanente a pesar de la pobreza de sus ropas o de la mugre, el sudor y los meados. Yo los veía y la verdad me sentía por encima de ellos. Pero si algo tengo es que soy necio como un tejón. Y yo veía que algunos persistían y que tras rezar y creerse que en verdad salvaban al mundo, salían al alba transfigurados. Sin darme cuenta comencé a envidiarlos. Un día me levanté con pie de miserable —mi hijo estaba enfermo, la gente me daba poco en 20 de Noviembre, me peleaba todos los días con Helena— y vine al templo. Vine a la vigilia por no dejar. Por primera vez no me sentí por encima de ellos, en su miseria reconocí mi miseria y los sentí tan prójimos que podía odiarlos y amarlos como a mí mismo. Fue como si las puertas de un cielo se me abrieran. No estaba solo.

Soledad escuchaba a Jorge mientras se acercaban a Reforma y no podía evitar mirarlo con una admiración mezclada de desconfianza. ¿Le hablaba en serio? ¿Podía alguien que se considerase cuerdo creer en Dios en estos tiempos? Claro que estaban las huestes de feligreses guadalupanos dispuestos a defender su fe como sólo un cristiano, un moro y un azteca reunidos hubieran podido hacerlo, pero ésos eran caso aparte: ganados del señor que necesitaban un ovejero que los ayudase a ordenar sus vidas, que les permitiese mirar en el rostro del espejo diario no esas fuerzas oscuras que nos revuelven en sueños o dictan nuestros apetitos más profundos, sino depositar afuera —el demonio está en los otros— todo lo que nos atemoriza de nosotros mismos. ¿Cuándo había dejado Soledad de creer en el Dios de los cristianos? El catolicismo lo había heredado como esas costumbres vacías y ritualísticas que acompañan a la mayoría de la clase media mexicana por más subdividida o inexistente que se la crea. A falta de un verdadero "cristianismo interior", su fe religiosa apenas si le alcanzó para celebrar una primera comunión cuyos preceptos tardó más en aprenderse de memoria que en olvidar al instante. Ya en su adolescencia, llegó a creer que la gente que pensaba dudaba. También tuvieron que ver algunas lecturas desacralizantes: Nietzsche y Hesse, Villaurrutia y Paz... A la postre, Dios descendió de su trono para irse a esconder en el sótano de los objetos herrumbrosos e inútiles.

Entre tanto, arribaron a Reforma. Apenas se acercaron a la estatua, Soledad procedió a una presentación.

—General Valle, éste es su retador —dijo señalando a Jorge quien, al escuchar la voz de la muchacha, se quitó el sombrero e hizo una caravana ante la efigie.

—Mucho gusto —musitó el joven.

"El suyo no es tanto como el mío", añadió el hombre del pedestal pero Jorge no pudo escucharlo. Entonces, Soledad intervino:

—Dice que a él también le da gusto conocerte.

—Ah... creí que yo podría escucharlo. En fin, pídele que detallemos el duelo.

"No hablemos de minucias, ni perdamos más tiempo: hasta vencer... o triunfar, que aquí no desmerecerá nadie. Adelante...", respondió Valle como si estuviera arremetiendo contra las multitudes. Soledad miró un instante el rostro de niño del general. Le pareció que transpiraba una serenidad inusual y procedió a explicarle a Jorge.

—¿O sea que no habrá límite de tiempo? Pero, oiga don Leandro del Valle y serranías que lo acompañan —Jorge se hacía el remolón—, yo sí me canso, simulo ser estatua pero no lo soy...

—Anda, Jorge, esas minucias se verán después... —intervino la muchacha.

—Está bien, ustedes ganan —dijo él y cruzó la avenida para colocarse a un lado de la estatua silenciosa de don Ignacio Ramírez. Una vez ahí, respiró profundo y se inmovilizó.

No había pasado siquiera una hora cuando Soledad le gritó que se acercara.

—¿Terminó todo por fin?

En vez de responderle, Sol le extendió el sable.

—Tómalo, te pertenece.

—Pero, ¿tú se lo quitaste? ¿O sea que ya no puede oírte? Cómo quien dice, ¿tú profanaste su estatua?

—No, no. No fui yo. Ha sido él. El propio general Valle dejó caer el sable.

—Pero entonces, ¿me ganó?

—Supongo que sí.

—Me hizo trampa.

—También supongo que sí.

—Bueno, eso me gano por andar retando a verdaderas estatuas.

Jorge extendió una mano en el aire esperando que la muchacha se la tomara. Pero ella estaba demasiado ocupada observando la estatua, como si se resistiese a creer lo que había pasado.

—Deseaba que se fuera pero ahora que se ha ido no puedo creerlo y desearía que regresara —dijo ella por fin.

—Sí, pero los deseos no tienen vuelta de hoja...

Soledad miró al muchacho que ya para entonces se había guardado la mano en la bolsa de la levita. Se acercó a él y le tocó los labios.

—Sabes... —le dijo juguetona—. Siempre deseé tener un ángel de la guarda, aunque de pronto se disfrazara de... —hizo una pausa mientras lo revisaba de pies a cabeza—, o intentara disfrazarse de insurgente o paisano... Y tú, ¿qué deseaste?

—No, eso de desear no es bueno... Yo —y extendió ambas manos rodeando la cadera de Soledad— sólo tomo lo que tengo entre las manos.

—Pues a los ojos de cualquiera, sólo tocas el aire.

—¿Tú crees? —dijo él comenzando a besarla.

—No, Jorge, aquí no...

—Pero si dices que ya se piró al otro mundo —el muchacho hizo un ademán hacia el general Valle.

—De todos modos. Mejor vámonos.

LXXX

Desde la torre oriente de Catedral la ciudad se internaba en un enjambre de silencio. La madrugada se antojaba inacabable con ese tiempo inmóvil de los sueños o la desesperación. Soledad lanzó un largo bostezo y el panorama se le llenó de destellos acuosos. Hacía rato que Jorge se había marchado rumbo a su casa. Por su parte, se había quedado extenuada después del duelo de estatuas y se le antojaba dormir en una verdadera cama pero el Palacio de Hierro y el Puerto de Liverpool habían inaugurado recientemente un sistema de seguridad cuyas alarmas, una vez activadas, no dejaban de sonar hasta que un equipo de vigilancia especializado llegaba a desconectarlas. Tendría que recurrir entonces al Recinto Juárez de Palacio Nacional que, entre otros muebles, conservaba la cama que el Benemérito había usado en sus estancias intermitentes en la Ciudad de México, cuando el Palacio Nacional era la residencia presidencial. Se descansaba bien en aquella austera cama de latón, su colchón —que por supuesto era mucho más nuevo que el resto del mobiliario— era confortable a pesar de que antes de utilizarlo Soledad, más de un soldado había dormido en él. Acostumbrados como estaban a que el Palacio era de juguete y sólo se usaba en las ceremonias oficiales desde que el presidente Cárdenas había trasladado su residencia a esa loma de Chapultepec que eran Los Pinos, bien podía el teniente encargado de los patios marianos echarse una pestaña y soñar con otras glorias menos heroicas y sí más terrenales: la próxima partida de cubilete con el general Orozco que lo había retado, unas enchiladas en La Poblana a espaldas de Palacio, una forradita con las putas de Circunvalación por no dejar que la mercancía se mallugue por falta de uso...

No fue difícil evitar que el teniente y sus subalternos siguieran acostándose en la cama del presidente Juárez: unas palabras, unos codazos, un jalón de pelos fueron suficientes para que se rumorara que la propia esposa del presidente indígena había dado en visitar su antigua morada. Soledad sonreía ante aquellas murmuraciones y dormía plácidamente, contenta porque se había salido con la suya. Sólo que en tiempos más recientes había optado por dormir en otras camas pues eran ya tantos los rumores sobre fantasmas que recorrían el Palacio a medianoche que empezó a temer encontrarse con alguno.

Pero ahora no le quedaba más remedio y enfiló sus pasos hacia la calle de Moneda. Golpeó la puerta con el aldabón hasta que un soldado adormilado asomó las narices. Al no encontrar a nadie el muchacho volvió a cerrar, pero ella golpeó todavía más fuerte. El soldado apretó la metralleta y se animó a salir unos pasos. Soledad traspasó el umbral mientras el joven miraba con ojos atónitos la calle vacía.

Subió las escalinatas hacia el recinto. En uno de los rellanos encontró a un par de soldados que compartían un cigarro de mariguana. Iba a dejarlos atrás, cuando uno de ellos comenzó a decir:

—Son unos niños que se desaparecen como por arte de magia. Tal vez porque están más hambreados que el hambre y son flacos y escurridizos como las sombras. Pero ya se les acabó la gracia. Dicen que quedaron atrapados en esos túneles que mandó cerrar el delegado el otro día cuando quiso tomar un atajo para llegar a Los Pinos porque tenía cita con el Preciso. Ya sabe usted, mi teniente, lo que dicen: que hay una ciudad por debajo de ésta y que por eso, a pesar del tráfico y las manifestaciones, el Preciso siempre llega a sus actos a tiempo.

—Sí, la he oído mentar. El otro día uno de mis muchachos me mostró una entrada pero la verdad estaba muy oscuro, apestaba a madres y ni que fuera yo Supermán o Batman para andar husmeando donde no me lo manden.

—Lo mismo digo. El valor se hizo para los pendejos que quieren morir jóvenes. Yo nunca he querido ser héroe y por eso voy a llegar a viejo. Pero el delegado tenía prisa, ya ve cómo se les va la vida a esos del gabinete, y ahí va mi compadre Epigmenio, que es su chofer, metiéndole al acelerador y haciendo que la camioneta se contoneara como putilla. Venían del callejón de Santo Tomás —ya ve que al delegado de ahora le gusta no más mirar y ahí se exhibe chuleta fresca en todita la calle. Total, que estaban atorados y no conseguían llegar a Fray Servando. Entonces el Poncho, uno de los guaruras quesque se conocía al derecho y al revés el Centro, les dijo de un atajo subterráneo.

—¿Poncho? ¿Pues qué no lo balearon el año pasado por andar de escandaloso en navidades? —preguntó el teniente.

—No, ése era Poncho Rodríguez, yo le hablo de Poncho Ramírez, el Cuatro Dedos... ¿Ya lo recuerda?

El teniente asintió no muy convencido.

—Pues ése les dijo del atajo. El delegado estaba tan nervioso que quiso probar y le ordenó a mi compadre Epigmenio que se metiera por donde les decía el Poncho, esas obras en reparación de Roldán o la Santísima... No me acuerdo bien. El caso es que fueron a dar a una bodega que usaban como estacionamiento y luego quitaron las vallas de seguridad y que se meten por un pasadizo oscuro como boca de lobo. Nomás se guiaban con los faros del coche para ver el camino. Mi compadre estaba que los calzones se le hacían yoyo, pero nadie se rajaba. Llegaron por fin a un cruce. Lo descubrieron porque desde lejos se adivinaba una claridad que venía de arriba, una alcantarilla o un respiradero. Ahí, el Poncho se bajó del auto para orientarse pues si tomaban por otro camino llegarían al Cerro de la Estrella o a Churubusco. Dice mi compadre Epigmenio que apenas caminó el Poncho unos pasos y lo perdieron de vista. Se quedaron quietos. Mi compadre escuchó que corría agua muy cerca de ellos. "¿Qué busca este pendejo, pues no que sabe?", dijo por fin el delegado. "Poncho... regrésate, cabrón", gritó el otro guarura con la cabeza fuera de la camioneta. No lo hubiera hecho. El eco retumbaba de un túnel a otro, sin parar. Fue entonces que mi compadre sintió que los estaban mirando.

—¿Mirando...? ¿Quiénes?

—No, ni se atrevió a buscar de dónde podían estarlos viendo. Usted no lo sabe pero cuando a mi compadre le entra frío le empiezan a temblar las piernas y pues no quería que el delegado se diera cuenta. Pero también el delegado debió sentir algo o la prisa lo desesperaba porque de pronto, sin esperar a que regresara el otro, ordenó: "Vámonos, cabrón, échate en reversa. Cómo se te ocurre traerme por estos pinches atajos, pinche Epigmenio... Mañana mismo me clausuran esta ratonera."

—¿Y el otro buey, el Poncho, lo dejaron ahí abajo?

—El muy buey salió horas después. Todo rasguñado y sucio. Más le hubieran hecho. Para qué habla si no sabe. Pero al fin salió. Los que sí parece que se quedaron atorados son esos niños porque al día siguiente pusieron tabiques en todas las entradas de por la zona. Y nadie se hubiera enterado si no es por la hermana de uno de ellos, esa chamaca que se revuelca con el Sope y con cuanto cabrón le ponga sus polvitos en la nariz. Dicen que es "ninfómana", pero en mi pueblo le dirían de otra forma...

Los dos hombres soltaron la carcajada. Luego, el teniente aspiró profundo del cigarro que a estas alturas se había consumido y ya le quemaba la punta de los dedos.

Soledad se había quedado helada. Sin duda el hombre hablaba de Clarín y los otros niños. Hacía días que no sabía nada de ellos. Sintió un frío tremendo y una penumbra súbita se apoderó de sus ojos, como si un ventarrón se hubiera colado adentro de ella y amenazara con apagar la luz.

Se sobrepuso. Los hombres aún seguían recargados en el barandal. Habían encendido otro cigarro. Corrió, salió del Palacio y siguió corriendo hasta la Plaza de Santo Domingo. Iba a buscar al ciego en el hotel

Río de Janeiro, despertarlo si era preciso. Pero Matías se hallaba sentado frente a la estatua de la Corregidora y Canica reposaba a su lado.

—Soledad... ¿estás ahí? —le preguntó al aire.

El anciano tenía puestas las manos sobre el bastón y sonreía. Canica se acercó a la muchacha y comenzó a lamerle las manos; Soledad lo apartó y enfrentó al ciego.

—¿Y los niños...? ¿Por qué no me dijiste nada?

—Ah... ya te enteraste —el ciego continuaba sonriendo en una mueca que a Soledad le pareció insoportable.

—Matías... ¿Cómo puedes?

—Decía el maestro Goethe: "Todos tus ideales no me han de apartar de ser verdadero, esto es, bueno y malo como la naturaleza." Persevero en las sombras pero no siempre encuentro la luz...

Soledad se quedó sin habla. ¿Qué le había pasado a Matías? ¿Acaso el dolor lo había enloquecido de remate?

—Ven, muchacha. Siéntate. No te fíes de las apariencias: traigo unas copas de más. ¿Preguntabas por Clarín y los otros niños? Están bien. Todos. ¿Verdad, Canica?

El perro movió la cola y volvió a tenderse a los pies del anciano. Soledad dudó un instante pero terminó por sentarse junto al hombre.

—Pero... ¿que no quedaron atrapados en un túnel?

—Sí... pero no por mucho tiempo. Esos chicos son perseverantes. Maravillas de vivir en estado de sitio permanente. El caso es que buscaron y encontraron una salida o lo que ellos creyeron el paraíso: una bodega de la Merced repleta de sacos de pistaches, nueces de la India, gomitas, cajas de ron y otras conservas. Se dieron un festín y cuando se hartaron sólo tuvieron que esperar a que la Merced entrara en movimiento con las primeras horas de la mañana. Entonces se escurrieron por la cortina abierta a medias por los estibadores. Así de simple.

—Entonces están bien. Pero ¿por qué fue Ruth a quejarse al Palacio?

—¿Ruth se quejó? Eso sí que no lo entiendo —el ciego se quedó pensativo unos instantes. Por fin repuso—. Espera, espera: el otro día les conté el mito de Pegaso. Les encantó la historia. Clarín dijo que conocía uno: el de la fuente de Palacio. Sí, recuerdo que Ruth quería montarlo y que los niños no la querían llevar. Como a ella el jefe de guardia no la deja entrar...

—¿Y a ellos sí?

—Tampoco pero se dan sus mañas. Ya los conoces. Lo que sí no me hubiera imaginado es que esa chiquilla tuviera tantas ganas de conocer al pegaso. Sólo espero que no haya hablado de más.

—¿De más? ¿Hay más?

—Siempre hay más. Pero ya viene el alba. Aprovechemos para dormir un poco. Sólo para soñar vinimos, decía el poeta. Eso me recuerda que hoy es Día de Muertos en Catedral. ¿Ya te preparaste para el carnaval? Ah... porque es un carnaval. Ya lo verás —y guardó silencio como si repasara entre tinieblas una película de recuerdos que hubiera visto varias veces. Tras unos minutos, hundió la barbilla en el pecho y se puso a roncar.

Soledad se quedó mirando el cielo. Un fulgor rosa a sus espaldas anunció el amanecer. Recordó a su amiga Rosa Bianco, aquella niña suave y caprichosa con la que jugaba a burlar a las hermanas Ángeles. Después había venido la muerte de su hermano, el teniente Pucheros de los Combatientes por la Libertad, y Rosa se había marchado con su madre al pueblo donde las campanas cantaban. Tin-güin-dín. Entonces había tenido un sueño: que su amiga antes de irse le cortaba el cuello, la mano derecha y el meñique. En el sueño Sol niña se miraba en el espejo y lloraba porque sabía que aquellas cicatrices no desaparecerían. Se despertó en llanto. Corrió a la azotea de la casa de los portales y descubrió el panorama de edificios, antenas de televisión, cúpulas, el triángulo de Tlatelolco, despertando entre nubes rosadas. Pero había sonreído cuando Lucía le gritó desde dentro: "Pues ya, ni que se llamara Aurora. Su nombre era Rosa y ni modo de que te acuerdes de ella cada vez que veas el color. Hay otras palabras que empiezan así, eso podría ser más divertido: rosacruz, rosaleda, rosar, rosariero..." Soledad se quedó pensando y finalmente agregó: "Bueno, también podría acordarme si viera la flor..." Al escucharla, Lucía casi se ahogaba del coraje. Apenas se repuso le echó en cara: "Oye, el dragón me pidió cuidarte pero no me dijo que eras boba y cursi. Así tendré que trabajar más." Hasta donde recordaba Soledad, fue la primera vez que se peleó con Lucía. Y no le permitió salir hasta que Lucía le dejó a un lado del buró de noche un libro de mitologías. Lo leyeron juntas. Cuando Atenea castigaba a Aracné por ser mejor tejedora que ella, Lucía replicaba en tanto que Sol aprobaba el castigo. Cuando Psiquis rompía la prohibición de ver a su divino esposo, Sol la reprendía mientras Lucía daba de brincos en la cama. No obstante, coincidieron en una historia: las dos querían ser Perseo, matar a la Gorgona y montar a Pegaso. "Vaya, ya estás aprendiendo", había dicho orgullosa Lucía.

El cielo había clareado. Matías seguía durmiendo a su lado pero Canica ya no estaba. La plaza se iba llenando de voces y de gente. La Corregidora en lo alto se había desperezado y se aprestaba a dirigir el movimiento de los autos y las palomas. Soledad echó de menos a su amigo Leandro Valle. Le habría gustado platicar más de Lucía con él, confesarle que a veces la extrañaba. ¿Es que Lucía no iba a regresar nunca? Una mujer gorda que cargaba cubetas de leche estuvo a punto de sentarse sobre ella. Soledad brincó y tuvo que encaramarse sobre Matías que apenas musitó: "Sí, Soledad, hoy es Día de Muertos. Gocemos y cantemos que sólo para soñar vivimos..." "Pinche viejo loco. Tú sí que no pierdes oportunidad", dijo la mujer gorda y se levantó indignada. Soledad movió al ciego hasta que consiguió despertarlo de nuevo. "Vamos, Matías, le dijo, te ayudo a llegar a tu hotel." El anciano, obediente, caminó con paso tambaleante y toreó los coches como si en vez de ciego fuera un farsante o en vez de dormido soñara despierto.

LXXXI

Esa tarde los gatos dejaron de ser pardos sólo en la noche. La nube de smog que normalmente invadía la ciudad se había tornado cristalina y los seres y las cosas nacían envueltos en una pureza tan inusual que enceguecía. Soledad se frotó los ojos al descubrir la ciudad como un lago de luz que se bebía la mirada y pensó: "Es que no despierto todavía." Probó a cerrar nuevamente los ojos, a internarse en el oleaje de su propia sangre, a perderse en los pasadizos del jarrón, a sumergirse en su penumbra protectora. Pero entonces percibió que no tenía que apretar demasiado los ojos ni cerrarse sobre sí misma para acallar el exterior: afuera la ciudad se ponía un dedo sobre los labios y aguardaba. "Algo está por suceder. ¿Despertaré o será mejor seguir soñando?", se dijo con esa voz anfibia del que se sabe dormido. Abrió los ojos. Los volcanes, los edificios, el aire, refulgían entregados a la caricia de la luz. En efecto, el tiempo se había parado a tomar el fresco de la tarde. Todo callaba, incluso su corazón. Ser y no estar. ¿Era esto la muerte, seguir mirando como si estuviéramos vivos?

En ese momento, las campanas de Catedral tocaron a rebato. El mundo renacía, la ciudad tomaba su curso. Al menos eso creyó Soledad hasta que alzó la vista y descubrió que no sólo las campanas de metal se agitaban ansiosamente: más arriba, en las puntas de las torres, otras campanas —inmensas, pétreas, majestuosas— se sacudían el polvo y el cochambre para despertar de un sueño de siglos. Soledad, a punto de caer, dejó a un lado la cordura y se contentó con ver cómo aquellas campanas gigantescas que remataban las torres de Catedral se columpiaban contra toda sensatez.

Cosas como éstas pasaban de común en la ciudad de Soledad, pero la gente se negaba a verlas: vendados los ojos y el alma apuraban el milagro como un mal trago, los pies alados la hacían buscar el refugio de sus casas con ruedas, precipitarse en peceras y el metro, en ese aire turbio de olores y malsabores que les vidriaban la mirada y les permitían perderse en cualquier rincón debajo de su piel, menos en el centro.

Y por supuesto, el atronadero de la piedra en movimiento obligó a poner cera en los oídos y las Ítacas personales dirigieron los pasos de aquellos que tenían miedo.

Pero, en esta ocasión, la gente en vez de alejarse buscaba las puertas de Catedral. Ríos de almas entraban en ella como en una auténtica y multitudinaria peregrinación. "Es misa para los fieles difuntos", escuchó que decía un campanero que no era Polo. Decidió bajar. Apenas había abierto la puerta metálica que conducía al atrio, un anciano regordete se le acercó. Con acento español le dijo: —Guapa... Sí, usted. ¿Está viva o acaba de morir?

Soledad sólo atinó a preguntarle: —¿Se me nota?

—Pues los ojos que abre, mi reina, no son de engaño.

—Sí, tal vez. No puedo asegurarlo, señor, pero creo que todavía no me muero. ¿Y usted?

—Bien muerto. Duermo aquí en Catedral: Antonio López Catalina/ 6 de agosto de 1894 - 6 de enero de 1983/ Beci de Bilbao - Ciudad de México.

—Ah...

—No se espante, niña.

—No... lo que pasa es que no entiendo.

—Mire, mi alma, se hace de noche. Hágame un favor.

Soledad lo miró con asombro. ¿Qué podía pedirle este hombre?

—Tengo una nietecilla... Viene a llorarme porque me quiso en vida y no me vio morir. Cree que no la perdono. Búsquela, se llama Teresa de Jesús. Dígale... dígale que yo también la quiero.

La muchacha prometió hacerlo y el hombre se marchó agradecido. A Soledad se le ocurrió entonces que podría buscar a su padre entre aquellas multitudes. A contracorriente, se acercó a las rejas del atrio y se prendió de una de ellas para escudriñar los rostros de la gente que seguía llegando. Pero lejos de encontrar a Javier García, atisbó a los niños perdidos en el momento en que escapaban de la puerta Mariana de Palacio Nacional. Entre todos cargaban un bulto que retrasaba su huida. Y hubieran sido alcanzados por el piquete de soldados que unos instantes después salió tras ellos, de no ser porque el Sope y Ruth asomaron la cabeza por una alcantarilla de la calle de Moneda y recibieron el bulto. Un hombre joven que también había visto a los niños salir de Palacio y correr con su cargamento, comenzó a explicarle:

—En mis tiempos no era tan fácil acercarse al palacio de gobierno. Imagínese: yo le traía un regalito a don Porfirio, una máquina infernal de mi propia invención. Pero los milicos me anduvieron vigilando y me terminó explotando entre las manos. Fue aquí mismo, en la calle de Seminario.

Soledad miró el rostro del hombre que así le hablaba. Se limitó a sonreírle pero evitó mirarle las manos,
temerosa de descubrírselas destrozadas y sangrientas.

—Mi nombre es Arnulfo Calderón de la Barca...
Recuérdelo por si volvemos a encontrarnos —dijo él y
comenzó a andar.

—El mío es Soledad García —dijo ella como si
recordara un sueño—. Mi padre se llamaba Javier García,
¿lo conoce?...

El hombre se perdía ya entre la gente que entraba
a Catedral. Volvió un rostro que a Soledad le resultó
desconocido, a pesar de que acababa de mirarlo apenas
unos segundos antes.

—Aquí todos nos conocemos pero su padre de
usted regresa por el cincalco de Chapultepec. ¿Quiere
que le diga algo cuando lo vea?

Soledad se volvía un mar de preguntas: ¿cuándo
volveré a verlo?, ¿es feliz donde está?, ¿me extraña? El
hombre terminaba por desaparecer entre las puertas de
Catedral mientras Soledad reparaba en sí misma, se miraba
el vientre y veía por primera vez el jarrón como un
laberinto orgánico, donde una Lucía pequeñísima, apenas una almendra, la miraba con los ojos ciegos del que
mira hacia dentro. Las campanas volvieron a tocar des-
quiciadas. A barlovento y sotavento, pues la Catedral cortaba amarras y zarpaba. Miró hacia arriba: docenas de
almas colgaban de las cuerdas atadas a los badajos y se
columpiaban como niños. Reían y jugaban liberadas
de cualquier culpa o castigo. Como Ruth que había conseguido el caballo alado de la fuente de Palacio —no era
otro el bulto que cargaban los niños— y lo montaba
ahora con sus piernas perfectas para despegar el vuelo.
Soledad sintió el impulso de treparse con ella antes de
que la Catedral terminara de zarpar, pero entonces la
mano de Matías la detuvo.

—Guíame a 20 de Noviembre, muchacha —le pidió el anciano—. Vamos a 20 de Noviembre que ahí se está armando la revolución.

—¿Qué? ¿Cuál revolución?

—No, yo no dije revolución. Las camionetas de la delegación se están llevando a los vendedores ambulantes. Habré dicho violencia... represión.

Soledad sentía la fuerza de la mano del ciego en su brazo pero aun así no pudo continuar caminando. Cayó, resbaló, subió o simplemente cerró los ojos para acallar ese vértigo que la devolvía a la angustia de no encontrar ningún sitio al cual asirse.

Por fin llegaron a la avenida. Había poco movimiento salvo por algunos barrenderos, unos cuantos taxistas que se habían detenido en grupo frente a un restaurante de lámparas fluorescentes, uno que otro transeúnte que se dirigía presuroso al metro antes de que fueran a cerrarlo.

—Matías, aquí no ha pasado nada —dijo por fin la muchacha.

—Tienes razón, aquí nunca pasa nada... —agregó el ciego mientras su nariz, enrojecida por aquel noviembre temprano, olisqueaba vestigios en el aire—. Pero de todos modos, aunque aquí no pase nada ni les hayan hecho un rasguño, acompáñame a la delegación.

Soledad tomó el brazo del ciego y lo encaminó para cruzar la avenida. Fue entonces cuando descubrió las aceras mojadas y una corriente de agua que se deslizaba hacia una alcantarilla, como si una lluvia intempestiva, los bomberos o los hombres de limpieza hubieran lavado las calles. Sintió que el corazón se le encogía sólo de pensar que la sangre pudiera desaparecer bajo un chorro de agua, borrarse con tal facilidad, hacerse transparente.

Caminaron en silencio hasta que Soledad, repentinamente animada, preguntó:

—Matías, vas a decir que estoy loca pero... ¿tú sabes de qué son los leones que están a la entrada del bosque de Chapultepec?

LXXXII

—Pero, Soledad —dijo al fin Matías en un momento de resuello—. No te contesté entonces la pregunta porque en este país donde todas las mentiras son verdades hasta que no se demuestre lo contrario, todo el mundo sabe de qué están hechos los leones de la entrada de Chapultepec. ¿A ver, Jorge, de qué son los leones que acabamos de pasar?

—¿Los leones? —Jorge también se había parado a descansar. Todavía cojeaba a pesar de que llevaba más de una semana que lo habían soltado los de la delegación—. Cualquier niño lo sabe, ¿verdad, Clarín?

Clarín y los otros niños voltearon a ver a los dos hombres.

—Sí, lo sé... —dijo regresándose con Matías y tomándole la mano para que continuaran la marcha.

—Sí, sí, cualquiera... —comentó otro de los niños. Soledad no supo si el Conejo o Miguel. Entonces intervino otro que comenzó a empujar a Jorge.

—Queremos el castillo —dijo mordiendo las palabras.

—Está bien —condescendió Matías y retomó el brazo de Soledad—. Les prometimos un domingo en el Castillo de Chapultepec y ahora tendremos que cumplirlo.

Comenzaban a subir la rampa cuando Clarín se plantó frente a un hombre que tomaba fotos con una cámara antigua. Apenas sacaba las placas del armatoste sostenido por un tripié, las sumergía en una cubeta que tenía al lado. Las imágenes surgían borrosamente ante los ojos de los otros niños que también se habían acercado a Clarín. Jorge le pidió a Soledad y a Matías que los esperaran.

—Nada de eso —dijo el ciego con voz resuelta—. Una foto para todos.

Los niños dieron de saltos. Tomaron a Matías de la mano y se colocaron frente a la cámara. Jorge jaló a Soledad pero ella se resistía. Recordaba sus clases de fotografía, aquellas lecciones elementales sobre un cuerpo interpuesto a la luz para crear su propia sombra. Pensó que en eso se parecían la fotografía y la vida: cuerpos a la intemperie, seres que se exponían.

Jorge se había unido al grupo pero Matías levantó una mano para que el fotógrafo aguardara. Soledad comprendió que la esperaba a ella. Se acercó al ciego y le tocó el hombro a Jorge. Ambos le hicieron espacio en el momento en que el fotógrafo disparaba la cámara. Luego siguió el proceso de costumbre: la placa, unos minutos de espera, el balde de agua. Cuando la imagen se aclaró por fin los niños aparecieron más delgados que de costumbre, Jorge —que se había movido en el último momento— se veía desafocado y Matías tenía los ojos en blanco. La única figura favorecida —el fotógrafo frunció el ceño— resultó ser una muchacha que de seguro pasaba por ahí y que la cámara había captado en la última fracción de segundo.

LXXXII-bis

Destino es padre que llama desde el Caballero Alto del castillo. Me he alejado demasiado. Padre grita. Ni modo, hay que regresar. Apenas llego, un jalón de orejas que es vehemencia, casi un beso. La puerta emparejada: un haz de luz para el cascabel que trae en la cola al azar.

LXXXIII

Desde las terrazas del castillo podían tocarse las nubes de aquella mañana somnolienta. No era tan temprano pero la ciudad bostezaba y se resistía a abandonar su sueño. Soledad la contempló como si por fin la poseyera. Bueno, no era una posesión completa sino más bien que se sentía parte de la ciudad y que la amaba como a un cuerpo propio, con su cara de niña pobre hollinada y de vez en cuando lavada de rocío, con su cuerpo imperfecto pero flexible y vigoroso, con su mal aliento y sus entrañas insospechables, con sus raptos que la hacían tocar el cielo y sus esfuerzos por resistir la destrucción.

A lo lejos un grupo de nubes jugueteaba sombras. Una figura alargada como serpiente, el vientre más o menos abultado, la cabeza que bien podía esperar la caricia o el ataque. Sonrió al perfilar un dragón plomizo que flotaba su sueño en el horizonte. Verlo en la lejanía, custodiando el cuenco del valle donde se extendía la ciudad con su laberinto indescifrable de calles y de vidas, la hizo pensar que tal vez Lucía tenía razón: que nunca había salido del jarrón. Era curioso imaginar que toda esa ciudad que aún no se desperezaba del todo cupiera en un simple jarrón chino, y que el dragón nadara en sus cielos sin despertar más sospechas que las de algún transeúnte al mirar hacia lo alto y decir: "Cuántas nubes. Parece que va a llover..." Pensó en mostrarles el dragón a los niños pero ellos jugaban a corretearse unos a otros en las terrazas. Jorge y Matías probaban suerte con unas turistas que querían saber la historia del castillo. Los niños los interrumpieron. En la parte alta del alcázar habían encontrado una fuente con monedas.

—Debe de ser una fuente de los deseos —dijo Matías tras despedirse con toda ceremonia de aquellas mujeres—. No la recordaba. Ha de ser la fuente del chapulín...

—No —agregó Jorge—. Ellos dijeron que estaba arriba y la del chapulín está aquí abajo.

—Ajá —asintió Clarín señalando el torreón del castillo.

—Ah, entonces encontraron la que está al pie del Caballero Alto.

Soledad miró hacia arriba, ahí el torreón se erguía, vigilante solitario de una ciudad dormida, como el deseo perenne que señala una vida.

—No sabía que fuera una fuente de los deseos —continuó Matías—... En fin, ¿pidieron alguno?

Los niños se mantuvieron en silencio. Soledad les descubrió las manos y los pantalones todavía mojados y añadió con asombro, como si no lo creyera todavía:

—No pidieron deseos, los tomaron.

Los niños creyeron que el anciano iba a reprenderlos, pero en vez de eso dijo:

—Bien hecho. A los deseos se les coge por la cola. ¿A dónde van a invitarnos a comer con esas monedas?

Comenzaba a llover cuando descendieron del castillo. Los niños desaparecieron rampa abajo, empujados por el viento. Jorge y Soledad ayudaron a Matías a correr. Con la agitación las gotas se les estampaban como besos repentinos y frescos. Soledad sintió que la vida, así fuera fugazmente, podía ser una bendición.

LXXXIV
(Epílogo)

Contrario a lo que Soledad hubiera deseado, su madre pidió ayuda al Centro Nacional para la Localización de Personas Desaparecidas y Extraviadas. En varios puntos de la ciudad pegaron volantes con su fotografía y señas particulares. Modesta, que le había llevado a Carmen la maleta, los papeles y la cámara Leica que rescató del cuarto de azotea, la ayudó también a precisar uno de los datos con que terminaba la descripción: "Desaparecida el 23 de junio de 1985."

La mayoría de los carteles se amarillaron o se desgajaron. Entre los que sobrevivieron un poco más hubo uno que quedó pegado en un poste de luz de la avenida 20 de Noviembre. Soledad no llegó a verlo pero le habría gustado leer el mensaje que alguien garabateó al pie:

Su cuerpo no la contiene

Agradecimientos

Muchos amigos me ayudaron a escribir este libro. Algunos han muerto y son tan ilustres que apenas me atrevo a nombrarlos, aunque nadie puede leer o escribir sin estar en perpetua deuda con Virginia Woolf, Italo Calvino, Marcel Proust, Homero, Miguel de Cervantes —para no mencionar sino a los primeros que se me ocurren—. Otros, quizás igualmente ilustres, viven aún y el hecho mismo los hace menos formidables.

Estoy agradecida especialmente con Philippe Dubois, Carolina Cañas y Roland Barthes cuyas reflexiones sobre la fotografía me han permitido realizar este libro. La vasta y peculiar erudición de Salvador Rueda Smithers y Ricardo Legorreta me ha evitado, lo espero, algunos lamentables errores. He tenido la ventaja —sólo yo puedo apreciar su valor— de basarme en el conocimiento de la campanalogía de don Polo y de Maricarmen, en otro tiempo campaneros de la Catedral Metropolitana. Judith Boldjo y Natasha Ivanova han estado especialmente listas para corregir mi húngaro. A la imaginación e incomparable valentía de Jorge Córdoba y Javier Contreras debo cuanto sé de las estatuas vivientes y cuerpos a la intemperie. Espero haber aprovechado en otro terreno la crítica singularmente penetrante de Hugo Hiriart, Federico Álvarez, Rosa Beltrán y Ernesto Alcocer. Las investigaciones infatigables de David Orduña, Arturo Beristáin y Ricardo Grijalva en la Adoración Nocturna Mexicana, el Fondo Reservado de la Biblioteca Nacional y la Biblioteca Lerdo de Tejada no fueron menos arduas por haber resultado casi del todo inútiles. Otros amigos me auxiliaron en modos diversos: Octavio Paz, quien aplaudió la idea de Lucía en el jarrón chino y me orientó sobre el erotismo de los cuerpos que no se somenten a la tiranía de la mirada, aunque ya no pudo leer el resultado; Rubén Bonifaz Nuño, quien inspiró con lecturas y otras peculiaridades a Matías Torres; Christopher Domínguez y Péter Esterházy, quienes me hicieron un favor que sólo ellos pudieron prestarme. Mi agradecimiento se extiende a otras personalidades de la vida de la ciudad: Sara Bolaños, Martín Díaz, Leonel Rodríguez, Manuel Martínez, Soledad Aranda, el maestro Galicia, Eduardo Corona, Ana Zárate, Eduardo Garduño, Lorena Ortiz, María Eugenia Rocha, Totó y Anareli, a quienes agradezco recuerdos y fabulaciones. Agradezco también la benevolencia y generosidad de Orlando Ortiz, Joaquín Diez-Canedo Flores, Claudia Ovando, Patricia Rubio, Hilda Sánchez, Carlos Mapes, Adolfo Castañón, Juan Andrés Mora, Ángel Román, Silvia Molina, Raquel Lubeski, Teresina Bueno, Alejandro Valles, Augusto Garcíarrubio, Clarice Lispector, Alejandra García, Zulma Núñez, David Martín del Campo y Miriam Grunstein —pero la lista se alarga y ya es demasiado ilustre. Concluiré, pues, agradeciendo a mis editores (muy especialmente a Claudia San Román, quien ha creído en este libro más de lo que yo hubiera hecho por uno ajeno); a Erika Araiza que fue mis ojos en las calles del Centro; y a mi hijo, Pablo Lamoyi, la invariable paciencia que ha puesto en ayudar mis pesquisas. Finalmente agradecería, pero he perdido su dirección y su nombre, a un paciente lector que gratuita y generosamente ha buscado mis deudas con otros autores en libros míos publicados con anterioridad y que, lo espero, no escatimará su celo esta vez.

Los deseos y su sombra se terminó de imprimir en junio de 2000, en Litográfica Ingramex, S.A. de C.V. Centeno 162, Col. Granjas Esmeralda, C. P. 09810, México, D. F. Composición tipográfica: Patricia Pérez. Cuidado de la edición: Noemí Novell, Astrid Velasco, Sandra Hussein y Rodrigo Fernández de Gortari.